Companhia Das Letras

Macunaíma, o herói sem nenhum caráter

MÁRIO RAUL DE MORAES ANDRADE nasceu em 9 de outubro de 1893 em São Paulo, onde morou a maior parte da vida. Formou-se pelo Conservatório Dramático e Musical de São Paulo, onde mais tarde ministrou aulas. Foi autodidata em muitas especialidades, como história, arte, folclore, etnografia, música, poesia e literatura. Em 1913, quando seu irmão mais novo morreu, Mário abandonou a escola de música e foi com a família para Araraquara. Ao voltar para São Paulo, acabou por se aproximar mais da literatura devido a um problema de saúde que o impediu de dar continuidade ao plano de ser pianista. Mário sempre escreveu poemas mesmo durante o período em que estudava música, e em 1917 estreou na literatura com o livro *Há uma gota de sangue em cada poema*, lançado com o pseudônimo de Mário Sobral. Em 1922, ano da Semana de Arte Moderna — idealizada com Oswald de Andrade, Tarsila do Amaral, Anita Malfatti, entre outros —, ele publica *Pauliceia desvairada*, livro modernista, escrito em verso livre, que propaga os princípios do movimento no Brasil. Em dezembro de 1926, Mário de Andrade se empenhou incessantemente na escrita da primeira versão de *Macunaíma*, o herói sem nenhum caráter (rapsódia) em seis dias. *Losango cáqui* (1926), *Clã do jabuti* (1927), *Amar, verbo intransitivo* (1927), *Remate de males* (1930), *Lira paulistana* (1945) e *Contos novos* (1946) são alguns de seus livros mais famosos. Morreu em 25 de fevereiro de 1945 aos 51 anos de idade.

SIMONE ROSSINETTI RUFINONI é professora de literatura brasileira do Departamento de Letras Clássicas e Vernáculas da Faculdade de Filosofia, Letras e Ciências Humanas da Universidade de São Paulo. Autora de *Favor e melancolia: Estudo sobre* A menina morta, *de Cornélio Penna* e organizadora do volume

Caminhos da lírica brasileira contemporânea: Ensaios. Atua como crítica literária com foco nas relações entre literatura e sociedade. Entre seus temas de pesquisa destacam-se a obra de Mário de Andrade, o romance brasileiro a partir de 1930 e a obra do poeta simbolista Cruz e Sousa.

Mário de Andrade

Macunaíma, o herói sem nenhum caráter

Prefácio de
SIMONE ROSSINETTI RUFINONI

Estabelecimento de texto de
TELÊ ANCONA LOPEZ
TATIANA LONGO FIGUEIREDO

2ª edição corrigida
7ª reimpressão

COMPANHIA DAS LETRAS

Grafia atualizada segundo o Acordo Ortográfico da Língua Portuguesa de 1990, que entrou em vigor no Brasil em 2009.

Published by Companhia das Letras in association with Penguin Group (USA) Inc.

ESTABELECIMENTO DE TEXTO
Telê Ancona Lopez e Tatiana Longo Figueiredo

PREPARAÇÃO
Andressa Bezerra Corrêa

CRONOLOGIA
Érico Melo a partir da "Cronologia" na *Revista do Instituto de Estudos Brasileiros*, n. 36, São Paulo, 1994, pp. 247-56

REVISÃO
Jane Pessoa
Adriana Bairrada

Dados Internacionais de Catalogação na Publicação (CIP)
(Câmara Brasileira do Livro, SP, Brasil)

Andrade, Mário de, 1893-1945.
Macunaíma, o herói sem nenhum caráter / Mário de Andrade ; prefácio de Simone Rossinetti Rufinoni ; estabelecimento de texto de Telê Ancona Lopez, Tatiana Longo Figueiredo. — 2ª ed. — São Paulo : Penguin Classics Companhia das Letras, 2016.

ISBN 978-85-8285-041-1

1. Romance brasileiro I. Rufinoni, Simone Rossinetti. II. Lopez, Telê Ancona. III. Figueiredo, Tatiana Longo. IV. Título.

16-00024 CDD-869.3

Índice para catálogo sistemático:
1. Romance: Literatura brasileira 869.3

EDITORA SCHWARCZ S.A.
Rua Bandeira Paulista, 702, cj. 32
04532-002 — São Paulo — SP
Telefone: (11) 3707-3500
www.penguincompanhia.com.br
www.companhiadasletras.com.br
www.blogdacompanhia.com.br

Sumário

Entre o erudito e o popular: *Macunaíma*, a Pauliceia e o Uraricoera

SIMONE ROSSINETTI RUFINONI

1. Os fios e a trama

Para a elaboração da complexa urdidura estética de *Macunaíma* confluem caminhos do modernismo e da trajetória intelectual de Mário de Andrade. Os materiais díspares reunidos respondem pelo diálogo entre o teor vanguardista, veio fecundo da contemporaneidade cosmopolita, e a inflexão primitivista, na esteira do nacionalismo emergente caracterizado pelo empenho em palmilhar o Brasil adormecido.

Duas constelações de imagens e significados antecipam a complementariedade de instâncias modernas e arcaicas: a Pauliceia e os desdobramentos do país indevassado. Esses eixos norteiam dois importantes livros de sua lírica — *Pauliceia desvairada* (1922) e *Clã do jabuti* (1927) —, perfazendo a arqueologia dos fios que tece a narrativa.

Paisagem n. 4

Os caminhões rodando, as carroças rodando,
rápidas as ruas se desenrolando,
rumor surdo e rouco, estrépitos, estalidos...
E o largo coro de ouro das sacas de café!...

Na confluência o grito inglês da São Paulo Railway...
Mas as ventaneiras da desilusão! a baixa do café!...

As quebras, as ameaças, as audácias superfinas!...
Fogem os fazendeiros para o lar!... Cincinato Braga!...
Muito ao longe o Brasil com seus braços cruzados...
Oh! as indiferenças maternais!
[...][1]

Poema

Neste rio tem uma iara...

De primeiro o velho que tinha visto a iara
Contava que ela era feiosa, muito!
Preta gorda manquitola ver peixe-boi.
Felizmente velho já morreu faz tempo.
Duma feita, madrugada de neblina,
Um moço que sofria de paixão
Por causa duma índia que não queria ceder pra ele,
Se levantou e desapareceu na água do rio.
Então principiaram falando que a iara cantava,
[era moça,
Cabelos de limo verde do rio...
Ontem o piá brincabrincando
Subiu na igara do pai abicada no porto,
Botou a mãozinha na água funda
E vai, a piranha abocanhou a mãozinha do piá.

Neste rio tem uma iara...[2]

Observa-se, nesses dois poemas, a dicção do modernismo de primeira hora, ao lado da tonalidade nacionalista que sobreveio à atualização das artes nacionais.[3] A fragmentação, o andamento reticente e o caráter simultaneísta da paisagem, em cuja confluência de entusiasmo e solidão desponta a força devastadora da ordem econômica, estabelecem interessante paralelo cognitivo ante a despretensão da outra tonalidade lírica, avessa ao traçado vanguardista, pois mergulha no universo mágico para cantar, emulando certo molde ingênuo, um meio conto sobre a figura da mitologia amazônica, a Iara ou Uiara, sereia nacional. Note-se que a mesma entidade malévola reaparecerá em *Macunaíma*, e despedaçará o herói após o retorno à selva; coroamento da inescapável sensação de queda que sucede às façanhas vividas em São Paulo. No poema, porém, o mal, quase inofensivo, vale por si; depois se fará mediador do fracasso.

A paisagem paulistana contrasta com a modulação do contador de histórias: em um, rapidez, cortes bruscos, pontuação excessiva; no outro, o não tempo lendário, leveza e continuidade. Essas duas ordens, responsáveis por sensibilidades antagônicas, cortam a composição de *Macunaíma*. A imediatez dissonante do tempo-espaço citadino incide sobre a economia do texto literário, fragmentário e crítico; já o timbre fabular ressoa diante do arcaísmo dos materiais elencados, cujo sentido e procedimentos contaminam a estrutura. Curiosamente, ambos apresentam uma tendência coletivizadora, porém com sinais trocados: em um o apagamento do eu desindividualiza a paisagem vivenciada; em outro, predomina a impessoalidade da fala do raconto.

Ambas as orientações desdobram o percurso do autor. Percebe-se a coerência de um projeto que remete a uma passagem de seus apontamentos para o prefácio de *Macunaíma*, evidenciando a necessária articulação entre as fases e faces de seu trabalho: "[...] ando sentindo já uma certa precisão de mostrar que minhas mudanças de pesquisa de livro pra livro, nem são tanta mudança assim, antes é uma transformação concatenada, desbastada e completada da mesma pesquisa inicial".[4]

Situado entre tais polos, o artista erudito é aquele capaz de ouvir o canto do povo e transfigurá-lo. A singular posição desse lugar de fala fulgura em um instantâneo de *Macunaíma*:

A tribo se acabara, a família virara sombras, a maloca ruíra minada pelas saúvas e Macunaíma subira pro céu, porém ficara o aruaí do séquito daqueles tempos de dantes em que o herói fora o grande Macunaíma imperador. E só o papagaio no silêncio do Uraricoera preservava do esquecimento os casos e a fala desaparecida. Só o papagaio conservava no silêncio as frases e feitos do herói.

Tudo ele contou pro homem e depois abriu asa rumo de Lisboa. E o homem sou eu, minha gente, e eu fiquei pra vos contar a história. Por isso vim aqui.

Algo do sentido profundo da narrativa relampeja nessa imagem que sela a história e nos lança diante de sua arquitetura mais recôndita: morto o protagonista, ante a iminência do *esquecimento*, um papagaio pousa na cabeça do narrador e lhe conta as aventuras do herói da nossa gente. O fecho se refere aos dois eixos que, articulados, norteiam a narrativa: a ancoragem no folclore e o filtro erudito. A oralidade e a ameaça da perda — modo e situação — submetem-se à fala intermediária desse outro: contador, artista, poeta, sujeito apto a preservar e transformar a memória, base da reelaboração erudita da matéria poética popular. Mas a passagem alude também à natureza da palavra falada, inspirada e encantatória, cuja formulação é da ordem do *mythos*. Nesse sentido, é possível aventar o quanto a fixação pela escrita traz em si um paradoxo: o discurso opta por uma verdade racional, na contramão do mito. Entre o fabuloso e o inteligível, o modernismo singularmente interessado de Mário de Andrade oferta a criação de uma espécie de *primitivismo erudito*.

Mimetizando o processo mnemônico dos repentistas, Mário de Andrade concebe *Macunaíma* de uma só vez, jorro que emerge do acúmulo de leituras e pesquisas empreendidas como parte do projeto do qual participa a arte de vanguarda num país periférico. Após a euforia modernista da fase combativa, marcada pelo desejo de equiparar a modernidade artística brasileira aos grandes centros de cultura, surge a preocupação com a busca das raízes nacionais que, no caso de Mário, implicará o mergulho no manancial arcaico popular. O artista envereda pelos caminhos da pesquisa etnográfica compilando e catalogando os dados que o país lhe fornece para depois refazê-los esteticamente, reconfeccionando as fontes da cultura popular pelas lentes da arte de vanguarda.

Ao promover o enlace entre o popular e o erudito, o livro encena a dicotomia central do modernismo brasileiro entre o primitivismo e o cosmopolitismo. No Brasil, a incorporação do estatuto de vanguarda não significou adesão a correntes ou grupos específicos; trouxe antes a conquista da liberdade criadora ancorada na desrealização como princípio antimimético por excelência, no caráter dessacralizador e na apreensão muito peculiar da voga irracionalista, que marcou algumas das mais influentes e radicais tendências da arte moderna na Europa.

Deve-se à inspiração da vanguarda europeia o mergulho no inconsciente e a valorização das culturas primitivas que, reorientados para o caso nacional, permitirão a apreensão em profundidade do Brasil oculto, desperto pela pesquisa e pelo empenho do artista.

2. Unidade e cisão; euforia e melancolia

Macunaíma encena o resultado de um projeto estético e ideológico de Mário de Andrade enquanto artista e pesquisador do Brasil. Das muitas faces do autor — autoimagem cujo reflexo dilacerado é captado pelo verso "Eu sou trezentos, sou trezentos-e-cincoenta", arrematado pela promessa de unidade distante: "Mas um dia afinal eu toparei comigo..."[5] — nos dá conta sua personalidade múltipla: entre a ficção, as pesquisas folclóricas, a crítica, a música e, de forma sintomática, o papel de tutor de uma geração, função pedagógica expressa pela tarefa incessante do missivista engajado. Trajetória cuja preocupação central era a de compreender a cultura brasileira, nas suas manifestações de literatura popular,[6] o que o levou ao trabalho de pesquisador interessado em coletar o material criativo oriundo da práxis do homem do povo, desentranhado das camadas iletradas do país. Para o artista, esse seria o caminho de uma arte verdadeiramente nacional e moderna, já que a matéria poética desprezada do mundo rústico seria o que de melhor a literatura poderia encontrar em termos de primitivismo. Muitas foram suas realizações com esse intuito — entre elas, destaca-se, durante sua atuação como chefe da Divisão de Expansão Cultural e do Departamento de Cultura da prefeitura de São Paulo, a Missão de Pesquisas Folclóricas, projeto que permitiu ampliar e dar respaldo técnico à pesquisa etnográfica.[7] "Você vasculhou o Brasil inteiro e aproveitou quase tudo", sentencia Manuel Bandeira em correspondência ao amigo por ocasião da publicação de *Macunaíma*.[8]

Entre essas pesquisas, avulta a valorização da dança dramática do bumba meu boi, presente em diversas regiões do país. Nesse festejo, Mário acreditou ver um elemento sintetizador do povo brasileiro, ritual e imagem que ensejariam o imaginário "brasão" do país.[9] As várias aparições do animal em sua obra remetem às danças dramáticas em cujos enredos e significado o estudioso observou a permanência de formas laborais coletivas que, unidas a especificidades locais, poderiam aproximar-se do tão buscado caráter nacional, um éthos (caráter) que se estamparia, doravante, no animal tornado totem — o "boi paciência", qualificativo que remete à resignação afim ao modo de ser nacional.[10] Consequência do enlace entre ética e estética, vida e obra, a cunhagem dessa representação passa a ser um emblema ou símbolo duplo que desponta de sua produção: significa ora o povo brasileiro, presente em escritos teóricos e na ficção, ora seu percurso pessoal como intelectual interessado. Lembre-se que o princípio de morte e renascimento presente na dança, bem como seu sentido de trabalho e religiosidade profana, está no centro dessa apropriação do boi como elemento de integração nacional. Não é à toa que *Macunaíma* dialoga com a estrutura e o significado do bailado.

Se o bumba meu boi, para além de constar como dado de enredo, penetra a narrativa como estrutura, acrescida do significado recriado pelo *brasão* imaginário do autor, caberia ponderar se a liberdade construtiva, cara à arte de vanguarda, restringe-se antes a um impulso que a um princípio. Diante de tal indagação, cabe assinalar que a modernidade, mesmo submetida a novas leis, reluz, imponente, sob esse fundo remoto e metódico, orquestrando o todo da composição.

O caráter híbrido da obra marioandradiana propõe desafios sempre repostos à leitura crítica. *Macunaíma* conta a saga de um herói meio malandro, ser entre humano e mítico, que abandona o espaço do Uraricoera depois da morte da mãe e, na companhia dos irmãos, lança-se no rodopiar do mundo em busca da muiraquitã, o amuleto perdido ganhado de Ci, a amazona por ele conquistada. Envolvido em diversas aventuras, é marcante o espírito jocoso e luxurioso da personagem cujo título irônico de "herói" remete à linhagem do *trickster*, figura malandra, astuta ou tola, frequentemente cômica. A narrativa endossa a norma do mundo mágico e das metamorfoses, atualizando o primado da inverossimilhança à moda moderna acionado, contudo, pela remissão ao miraculoso, irracionalismo anterior à voga da desconstrução antimimética. Um deambular à cata de aventuras marca a narrativa que passa a ser uma história de busca recheada de muitos episódios cujo enraizamento revela-se vário: filia-se aos contos populares cuja tessitura remonta à morfologia do conto maravilhoso, entronca-se na gênese europeia da Demanda do Santo Graal, rebaixando-a, e recria, a seu modo, estruturas constitutivas da música popular.[11]

Entre a carência do objeto, a conquista e, finalmente, a perda definitiva da pedra mágica que acarreta a morte do herói e sua transformação em estrela, muitas são as lendas, causos, provérbios, anedotas, fábulas que compõem a narrativa. Pode-se dizer que *Macunaíma* é uma antologia do folclore brasileiro[12] cuja realização se deve às pesquisas de Mário bem como à sua reflexão sobre o Brasil. Desse modo, seria possível concluir pelo caráter eminentemente local de seus tantos fios, que, entretecidos, encaminhariam o todo para uma apreensão simbólica da nação, tendo sua figura central fácil analogia com o brasileiro — aquele que, malandro, sem caráter e movido pelo princípio do prazer, não poderia se adequar à civilização. O brasileiro e seu povo: lembre-se a anedota do banho dos três irmãos na pegada de Sumé cujo resultado são as três raças que compõem a nação — branco, índio e negro —, jocosa alegoria que não descarta a nota sobre o lugar social, uma vez que, de acordo com a hierarquia dos banhos, primeiro Macunaíma sai da água "branco loiro e de olhos azuizinhos", estereótipo do europeu, ao qual se segue Jiguê, "da cor do bronze", e Maanape, negro ("Macunaíma teve dó e consolou: — Não se avexe, mano Maanape, não se avexe não, mais sofreu nosso tio Judas!").[13]

A obra, porém, não se limitou a compendiar o Brasil, nem seu herói a mimetizar uma suposta caricatura do brasileiro. Maior é a abrangência crítica dessa complexa construção estética. A primeira resenha sobre a publicação, texto anônimo cuja autoria hoje é atribuída a Mário de Andrade, identifica uma de suas fontes centrais, o estudo etnográfico: *Von Roraima zum Orinoco*, do etnólogo alemão Theodor Koch-Grünberg, acerca dos ciclos amazônicos.[14] Esse texto teria fornecido não só muitas passagens do enredo, como a sugestão da personagem central

Makunaíma — o grande mau — cuja origem venezuelana viria se amalgamar a diversos materiais brasileiros do acervo popular e erudito.

A fonte estrangeira abriu caminho para a acusação de cópia ou plágio, numa estratégia de possível diminuição da envergadura autoral do texto. A esse respeito, diz Mário em carta aberta a Raimundo Moraes:

> Copiei, sim, meu querido defensor. O que me espanta e acho sublime de bondade, é os maldizentes se esquecerem de tudo quanto sabem, restringindo a minha cópia a Koch Gruenberg, quando copiei todos. E até o sr., na cena da Boiuna. Confesso que copiei, copiei às vezes textualmente. Quer saber mesmo? Não só copiei os etnógrafos e os textos ameríndios, mas ainda, na Carta pras Icamiabas, pus frases inteiras de Rui Barbosa, de Mário Barreto, de cronistas portugueses coloniais, e devastei a tão preciosa quão solene língua dos colaboradores da *Revista de Língua Portuguesa*.[15]

A polêmica propõe a discussão a respeito da remodelação estrutural que orienta a construção. As características tomadas ao conto maravilhoso — estrutura que prevê as peripécias do herói ante o inimigo rumo à resolução do agravo —, que, presentes, são responsáveis pela moldura da narrativa de busca, não explicam o porquê das tantas histórias acopladas à história central;[16] além disso, há que se perguntar: em que medida a *forma literária* acompanha o pensamento do autor sobre o Brasil? E ainda: qual a contribuição da cultura erudita no agenciamento do lendário nacional entremesclado às fontes de natureza diversa, universais e locais, arcaicas e modernas?

O estudo de Gilda de Mello e Souza, *O tupi e o alaúde*, lança luzes sobre essas e outras questões a partir da hipótese de que o princípio estrutural profundo que rege a narrativa se apoia nas "normas de compor do populário", de acordo com procedimentos tomados à música. A arte erudita atua tal qual o cantador nordestino: embebe-se das fontes primevas, memorizando-as; em seguida, as *desnivela*, rebaixando-as a mera estrutura, para depois enriquecer o modelo, acrescentando-lhe materiais diversos que, mediados pela reflexão crítica própria da alta cultura, as devolve, a partir do trabalho estético, *nivelando*-as, à categoria de obra de arte moderna.[17]

Assim, o eixo central da narrativa — a busca da muiraquitã — não apaga a força de tantas histórias que se articulam frouxamente a esse núcleo, permanecendo com um andamento autônomo. Mário chamou o complexo de lendas costuradas em torno da narrativa central de "rapsódia", com referência à música e ao modo de compor dos velhos rapsodos gregos. A liberdade proporcionada pelo modernismo lhe permitiu construir um texto novo, erudito, cujo modo de organização refaz estruturas populares como as do bailado do bumba meu boi (*suíte*) ou do improviso do cantador (*variação*).[18] O próprio termo "rapsódia" participa desse processo: construção erudita que se vale de procedimentos retirados do repertório popular.

Próximo da experiência do pensamento crítico brasileiro, estabelecendo afinidades com clássicos de interpretação do Brasil,[19] a elaboração artística permite a apreensão da discussão sobre a representação do país sem engessar o chamado caráter nacional em fórmulas ou categorias; em vez disso, as esferas do contar e do interpretar relacionam-se sem perder a ambiguidade, e o tom de indagação permanece perfazendo um todo cuja complexidade da dúvida produz conhecimento.[20] O famoso epíteto "herói sem nenhum caráter" conduz antes à impossibilidade de aceder à síntese — do brasileiro, do povo, da nação — que ao estereótipo do "mau caráter", diagnóstico que, a ser levado como intenção subjacente, em muito diminuiria as potencialidades da composição. Além disso, se o herói é mentiroso, malandro, lúbrico ou imoral não deixa de ser apaixonado, poeta, sincero e, por vezes, curiosamente solidário (lembre-se a historieta do tico-tiquinho e chupinzão): rege sua personalidade o desconcertante e inquietante império da dúvida. Fiel ao empreendimento estético e ideológico de Mário de Andrade, a especificidade da arte de vanguarda em *Macunaíma* é a da apreensão de um Brasil cuja autenticidade repousa nas práticas mítico-mágicas das comunidades iletradas; daí a tarefa da arte moderna em face do contexto local: reinventar, a partir da captação do funcionamento dos diversos núcleos estruturais desse arsenal pouco conhecido, um material novo, erudito, reflexivo e crítico que possa dialogar livremente com as fontes, acrescidas de outras que lhes dão respaldo e densidade. Se a obra enuncia um caráter nacional, ele deve ser buscado nas malhas da sofisticada fatura: o inter-relacionar de formas e valores antagônicos (atraso e modernidade, sertão e litoral, folclore e vanguarda), mediante a estilização erudita, conduz a uma síntese artística superior, na contramão da redução alegórica.[21]

A multiplicidade — do protagonista, dos personagens, do enredo, dos núcleos de significado — capta matizes que, na passagem da euforia modernista à melancolia prenunciadora da consciência de crise dos anos 1930, do anedotário cômico, mágico e mítico, ao sarcasmo diante da crescente domesticação da vida, dão a ver as fissuras de um projeto de modernização que se desenvolve mediante a conservação de estruturas obsoletas. Ao mesmo tempo, dialeticamente, segundo o projeto intelectual de Mário, repousaria na redescoberta e transmutação de formas tardias a possibilidade de nossa inserção emancipatória no concerto das nações. O mito seria sucedâneo de outro modo de participação no capitalismo, pela via da apregoada "civilização da preguiça", suposição que, já distante dos anos eufóricos, revela seus limites: dá conta disso o desamparo que sela a jornada do herói, o fecho alegorizado pelo esfacelamento estampado na constelação da Ursa Maior.[22]

Em certos momentos, a mesma preguiça — repisada pelo leitmotiv “Ai! que preguiça!...” — índice de ingenuidade e promessa de felicidade, expõe fissuras e estabelece curiosa afinidade com traços do sujeito melancólico. Tal inflexão negativa encontra respaldo no segundo refrão da narrativa: “Pouca saúde e muita saúva, os males do Brasil são!”. Retenha-se o tom desencantado do ócio na volta ao Uraricoera: munido de bugigangas civilizatórias, desprovido de forças, refém da vingança de Vei, a situação do herói pode anunciar a recorrência ao fracasso detectada por Mário nos romancistas dos anos de 1930.[23] Além disso, a sintomática frase, anterior à desistência final, “NÃO VIM NO MUNDO PARA SER PEDRA”, sugere a dubiedade de uma resistência já minada pela fadiga, cuja negação trai a imagem da petrificação como sintoma da impossibilidade.

3. Selva e cidade, cultura popular e literatura: *mythos* e *logos*

Rumo a São Paulo a fim de reaver seu talismã, o herói envolve-se em diversas aventuras que ora se relacionam à busca, ora possuem desenvolvimento independente, tecendo a estrutura rapsódica tomada à música. Na metrópole, procura entender o mundo urbano e capitalista, razão pela qual a narrativa se enriquece de ironias em relação à vida paulistana e de críticas ao universo do mercado. Macunaíma mantém a mentalidade primitiva com a qual vivia no mato, mas na cidade as coisas parecem exigir outra leitura. Com o intuito de sobreviver ao mundo do trabalho, escreve a “Carta pras Icamiabas” às amazonas, arremedando o estilo culto e os cronistas do Brasil colônia. A carta, cuja linguagem destoa do todo, é um manifesto lúdico e burlesco de resistência ao universo comandado pelas coisas e máquinas: chama a atenção o uso do registro paródico, lúdico e irreverente, para promover a desagregação da tradição acadêmica e das regras que orientam a vida na cidade.

Para além do andamento narrativo calcado na lógica do mundo mítico-mágico, Mário o aproxima dos índices de modernidade expressos pela "cidade macota lambida pelo igarapé Tietê". O herói chega à metrópole imbuído do espírito dos prodígios, da elaboração fabular do mundo, da invenção e do logro, das metamorfoses, do princípio do prazer. Precisará compreender a lei do capital e dos negócios, a punição ante os malfeitos, a limitação do desejo subsumido por outra esfera, agora princípio de realidade, mundo dominado pelo capital e pelo trabalho. A narrativa e o protagonista, porém, forcejam por fazer valer o mito no universo da modernidade e da razão, cruzamento que incidirá, na fatura, sobre o diálogo entre opostos redimensionando a articulação entre cultura popular e vanguarda, mito e modernidade, campo e cidade, desejo e trabalho — *mythos* e *logos*.

> A inteligência do herói estava muito perturbada. Acordou com os berros da bicharia lá embaixo nas ruas, disparando entre as malocas temíveis. E aquele diacho de sagui-açu que o carregara pro alto do tapiri tamanho em que dormira... Que mundo de bichos! que despropósito de papões roncando, mauaris juruparis sacis e boitatás nos atalhos nas socavas nas cordas dos morros furados por grotões donde gentama saía muito branquinha branquíssima, de certo a filharada da mandioca!... A inteligência do herói estava muito perturbada. As cunhãs rindo tinham ensinado pra ele que o sagui-açu não era saguim não, chamava elevador e era uma máquina. De-manhãzinha ensinaram que todos aqueles piados berros cuquiadas sopros roncos esturros não eram nada disso não, eram mas clácsons campainhas apitos buzinas e tudo era máquina. As onças-pardas não eram onças-pardas, se chamavam fordes hupmobiles chevrolés dodges mármons e eram máquinas. Os

> tamanduás os boitatás as inajás de curuatás de fumo, em vez eram caminhões bondes autobondes anúncios luminosos relógios faróis rádios motocicletas telefones gorjetas postes chaminés... Eram máquinas e tudo na cidade era só máquina! O herói aprendendo calado. De vez em quando estremecia. Voltava a ficar imóvel escutando assuntando maquinando numa cisma assombrada. Tomou-o um respeito cheio de inveja por essa deusa de deveras forçuda, Tupã famanado que os filhos da mandioca chamavam de Máquina, mais cantadeira que a Mãe-d'água, em bulhas de sarapantar.[24]

O herói embatuca diante da força e do enigma da máquina. Não compreende sua onipotência e sentido; procurará humanizá-la, em vão. Interpreta todos os objetos como máquinas, presenças cuja lógica desconhece, mas que a magia submeterá também ao princípio da metamorfose. A narrativa apreende algo da iminente mercadoria no espaço do país periférico, anacrônico e, contudo, lançado de forma abrupta na modernidade. Traça sarcasticamente, pelo crivo do personagem híbrido, o olhar do atraso, figurado de modo hiperbólico pela mentalidade mágica, perante o processo em curso da modernização no país. Não se trata mais da mirada entusiasta do modernista de primeira hora, aquele que em *Pauliceia desvairada* cantara a urbe encantadora e dissonante, mas de um olhar afinado com os prenúncios da virada que a década seguinte iria representar: a rapsódia, publicada em 1928, antecipa a consciência de crise pós-utópica que sobreveio à euforia modernista.

A passagem citada permite aquilatar o alcance da reflexão sobre os impasses em face da modernização brasileira, marcada pelo novo ajustado à manutenção das forças conservadoras. Longe o deslumbre com que, em um primeiro momento, o olhar de vanguarda entreviu a civilização nos moldes europeus; diante das máquinas, surpreende a lucidez da reflexão sobre a dialética desumanizadora da mercadoria. O herói inconsequente verte-se em sábio e sintetiza a assombrosa verdade:

> — Os filhos da mandioca não ganham da máquina nem ela ganha deles nesta luta. Há empate.
>
> Não concluiu mais nada porque inda não estava acostumado com discursos porém palpitava pra ele muito embrulhadamente muito! que *a máquina devia de ser um deus de que os homens não eram verdadeiramente donos só porque não tinham feito dela uma Iara explicável mas apenas uma realidade do mundo. De toda essa embrulhada o pensamento dele sacou bem clarinha uma luz: os homens é que eram máquinas e as máquinas é que eram homens.* Macunaíma deu uma grande gargalhada. Percebeu que *estava livre outra vez* e teve uma satisfa mãe.[25]

A *máquina* é signo de todo o processo de modernização. À castração experimentada no contato com a urbe, ante a escravização reverente dos *filhos da mandioca*, oferta-se a apreensão poética do princípio da coisificação: *os homens é que eram máquinas*. A sujeição à desumanização terá seu contraponto na humanização da máquina: as máquinas são homens, imagem que flagra o espectro do *fetiche* da mercadoria, modo pelo qual os objetos assumem forma misteriosa, enigmaticamente autônoma. Os homens desumanizam-se, as coisas humanizam-se. Em pauta a possível salvaguarda emancipatória — via ócio, arte ou mito — enunciada pelo pensamento poético e crítico, *estava livre outra vez*, ao constatar que a razão se tornou inexplicável — qual sereia embusteira. Como que a considerar o papel de proeminência de alternativas reflexivas demolidoras, mito e razão trocam seus papéis: esta, sujeita ao peculiar processo de reencantamento do mundo, revela-se paradoxalmente mito; este, por sua vez, como vingança, simulará a lógica do raciocínio desmitificador.[26]

Curiosamente, o pressuposto abstrato captado pela ideia de *Iara explicável* — espécie de máquina-esfinge que, sujeita à reflexão, pode ser devassada — comparecerá nos episódios em que o plano do miraculoso é mobilizado para a compreensão dos objetos do mundo da cultura. Em um desses momentos, tomando de empréstimo o molde das lendas de origem, fabula um símile de mito moderno: "No tempo de dantes, moços, o automóvel não era uma máquina que nem hoje não, era a onça-parda",[27] e a gênese da "máquina-automóvel" é atribuída à metamorfose da onça Paluá, quando do confronto e posterior fuga da ira de sua comadre, a tigre preta.

Mas é, sobretudo, o estatuto da preguiça que figura como resistência ao mundo hostil, que anseia por matar o mito e cujos enigmas têm fundo opressor. Desse modo, *Macunaíma* dá roupagem poética às considerações do autor a propósito de uma possível civilização fundada na preguiça, no sentido de um *ócio criador* capaz de se opor ao império do trabalho, não só pela eleição do fabulário lúdico e por vezes amoral, mas também pela apropriação positivadora dos mitos raciais da indolência do autóctone.

O entrecruzamento de popular e erudito, arcaico e moderno, permite ainda especular o quanto o arcabouço mobilizado, para além do projeto intelectual de Mário, enraíza-se na experiência da arte moderna ocidental, redimensionando o aproveitamento do mito que a narrativa encerra. Sabe-se que este, sobretudo na prosa moderna, ressurge como resposta a uma crise: trata-se do processo de desagregação do eu autônomo, alicerce não só da individualidade burguesa e do andamento narrativo da experiência romanesca oitocentista, como também do ponto de vista calcado nas certezas de uma razão onipresente.[28] Como revide à razão destronada, os arquétipos serão revisitados, figurando possível rota de fuga em face do individualismo em crise e de seu correlato código realista. Contra a narrativa calcada nas certezas do sujeito, a arte oferecerá estruturas arquetípicas modernamente refeitas. Há que se pensar o quanto a investidura fabular não compreenderia — para além do imperativo de compendiar a memória do Brasil soterrado — uma recusa à lógica inerente ao mundo da técnica, da razão e da crença no indivíduo. Nesse percurso, emerge outra dobra do diálogo entre popular e erudito: a relevância do achado em termos de enredo — qual seja: o encontro do ser mítico com a matéria do mundo — desnuda-se intenção que orienta escolhas estéticas. A lei da narrativa, opção pelo primado do inverossímil, por si só se insurge contra as certezas do indivíduo e da razão; daí a novidade emergir com travo amargo diante do mito renovado. Assim como Macunaíma arrosta perigos, o mito enfrenta a modernidade avassaladora, submetendo-a à corrosão da sátira. A recombinação emerge do cruzamento dessas instâncias, *mythos* submetido à reflexão crítica, atributo da erudição.

Ao mesmo tempo, as ordens que se interpenetram não saem incólumes: o mito não será mais o mesmo; nem a cidade deixará de sofrer o influxo da desrazão. Se o retorno ao Uraricoera é crivado de signos ruinosos, a cidade, por sua vez, é transformada em um enorme bicho-preguiça de pedra — antítese do trabalho e do dinamismo. O moderno retorno ao arquetípico não é ingênuo, nem absoluto: a negatividade da história eiva o suposto otimismo mais presente nas primeiras páginas, a cada passo avança o domínio de uma melancolia que dialoga com a imponderabilidade dos destinos do país, bem como do projeto de arte e de nação abraçado por Mário.

O caráter lúdico, articulado à interpretação simbólica das possibilidades e impasses do país, parece encontrar lugar privilegiado em dois momentos: ora no afã de compendiar o todo pela exploração desenfreada das partes, ora na representação do *espaço*, onde confluem, pelo minucioso trabalho da forma, as marcas do Brasil real e de suas potencialidades imaginárias. As insistentes referências às localidades abrangem, de modo vertiginoso, a nação inteira, sem contar algumas paragens nos países fronteiriços. A ênfase na geografia deslinda o quanto o dado estrutural passa a *espaço social simbólico*, cujas consequências radicam na interpretação de país que o livro formaliza. O catálogo do mundo aliado à cartografia metafórica acaba por delinear certa miragem de totalidade.

As recorrentes enumerações, dispostas quase sem virgulação, constituem dado estilístico cujo alcance dá ao inventário caráter de catálogo — que atende à atividade do pesquisador — e é também índice de modernidade, do ilimitado e desnorteante mundo das coisas, tendente à exaustão. Oscilam entre o arrolamento dos atributos tomados ao mundo rústico (bichos, utensílios) e o dos objetos da cultura (mercadorias, máquinas, palavras).

Assim, as séries do mundo primitivo:

> Mais pra diante fez que nem tinha reparado e veio muito peixe, veio pirandira veio pacu veio cascudo veio bagre jundiá tucunaré, todos esses peixes [...]. Isso vieram muitos peixes, veio acará veio piracanjuba veio aviú guarijuba, piramutaba mandi surubim, todos esses peixes.[29]

Ou:

> fez talequal reparara e veio uma imundície de caça, viados cotias tamanduás capivaras tatus aperema pacas guaxains lontras muçuãs catetos monos tejus queixadas antas, a anta sabatira, onças, a onça-pinima a papa-viado a suçuarana a jaguatirica, canguçu pixuna, isso era uma imundície de caças![30]

E a esfera da metrópole não poderia ser mais enfática na enumeração dos nomes do capital:

> Porém entrando nas terras do igarapé Tietê adonde o burbom vogava e a moeda tradicional não era mais cacau, em vez, chamava arame contos contecos mil-réis borós tostão duzentorréis quinhentorréis, cinquenta paus, noventa bagarotes, e pelegas cobres xenxéns caraminguás selos bicos-de-coruja massuni bolada calcáreo gimbra siridó bicha e pataracos, assim, adonde até liga pra meia ninguém comprava nem por vinte mil cacaus. Macunaíma ficou muito contrariado. Ter de trabucar, ele, herói!...[31]

Tornado parte da fatura, o caráter *colecionista* desdobra seu alcance: pode manifestar desde a atividade incessante do pesquisador de coisas nacionais — em cujo excesso se divisa a variedade e a riqueza do acervo — até o sentido metafórico da desmesura angustiante da vida moderna — inventário do supérfluo, do desnecessário. A singular convivência das ordens da natureza e da cultura evidencia-se justamente por meio da permutabilidade das sequências.

Colecionadores são também o gigante Piaimã, Macunaíma ("Venceslau Pietro Pietra era um colecionador célebre e ele não. Suava de inveja e afinal resolveu imitar o gigante", o que o leva a fazer uma "coleção de palavras-feias de que gostava tanto")[32] e o próprio autor — rasgo autobiográfico, quando a ficção se faz autoparódia.

As listagens ganham nova configuração e alcance nos episódios em que se associam às fugas do herói, incorporando-as a outra modalidade: as *corridas* de cunho *desgeograficador*, nas quais vigora a indeterminação espacial, permitindo que se percorra o país de um ponto a outro acumulando lugares, episódios, personagens. Impera a lógica do inverossímil maravilhoso nos lances em que o herói sai em disparada: assim a fuga do gigante, de Capei, da velha Ceiuci, do minhocão Oibê. Parece haver pouca ordenação tanto no acúmulo de coisas como na liberdade dada ao tratamento do espaço. No entanto, a capacidade de percorrer distâncias intransponíveis de um só fôlego tinge o impossível de relevante significado contextual. Sirva-se de exemplo a fuga do herói da velha Ceiuci:

> Galopeou galopeou galopeou. Passando no Ceará decifrou os letreiros indígenas do Aratanha; no Rio Grande do Norte costeando o serrote do Cabelo-não-tem decifrou outro. Na Paraíba, indo de Manguape pra Bacamarte passou na Pedra Lavrada com tanta inscrição que dava um romance. Não leu por causa da pressa e nem a da Barra do Poti no Piauí, nem a de Pajeú em Pernambuco, nem a dos Apertados do Inhamum que já era no quarto dia e se escutava no ar rentinho: "Baúa! Baúa!". Era a velha Ceiuci chegando. Macunaíma pernas pra que vos quero pelo eucaliptal. Mas o passarinho sempre mais perto e Macunaíma isso vinha que vinha acochado pela velha. Afinal topou com a biboca dum surucucu que tinha parte com o canhoto.
>
> [...]
>
> Varou num átimo o mar de areia do chapadão dos Parecis e por derrames e dependurados entrou na caatinga e assustou as galinhas com pintos de ouro do Camutengo perto de Natal. Légua e meia adiante abandonando a margem do São Francisco emporcalhada com a enchente-da-páscoa, entrou por uma brecha aberta no morro alto.[33]

A analogia com a abstração espaço-temporal condizente com narrativas arcaicas não desautoriza o modo como tal dinamismo comunica-se com a atualidade histórica. Compostas como outra espécie de enumerações, mais complexa, as *carreiras* captam algo da vertigem da vida moderna em face do tempo, dinâmica afim ao mundo dos negócios e à esfera da razão representada pela cidade. Mas, além disso, a sarabanda espaço-temporal substitui o dado empírico pela figuração do não vivido, abstração de uma indivisibilidade geográfica que traduz um sentido simbólico de Brasil. Note-se que, em meio às andanças vertiginosas, não lhe é franqueada a passagem para a Europa: o herói volta sempre ao mesmo ponto, reiterando outros episódios como o do navio no vale do Anhangabaú ou o de Vei, a Sol, momentos que abordam a atração pelo estrangeiro e o exílio na própria terra.

Em nível profundo, esses imbricamentos tocam a reflexão sobre a nacionalidade, o povo e os rumos da nação. O excesso de determinações espaço-temporais é, paradoxalmente, índice de desgeograficação. Ao mesmo tempo, o autor timbra em dotar o que é aparentemente genérico de lastro específico, de modo que os enredos, os procedimentos estilísticos ou a estrutura submetem-se à apaixonada reflexão sobre os limites da construção de uma modernidade local.

A esse respeito, manifesta-se o próprio autor nos dois prefácios que escreveu para a obra: "(Um dos meus interesses foi desrespeitar lendariamente a geografia e a fauna e flora geográficas. Assim desregionalizava o mais possível a criação ao mesmo tempo que conseguia o mérito de conceber literariamente o Brasil como entidade homogênea — um conceito étnico nacional e geográfico)". Em outra passagem: "O país aparece desgeograficado no clima na flora na fauna no homem, na lenda, na tradição histórica até quando isso possa divertir ou concluir um dado sem repugnar pelo absurdo".[34] As citações desvendam o propósito da elaboração aparentemente caótica: trata-se de apreender, pela indeterminação, um sentido de país que se dá pela multiplicidade, operação antitética: descentralizar para captar uma ideia mais alta do todo. Essa disposição pode inverter os sinais da dissidência entre província e centro, local e universal, de vez que o *inespecífico* intenta captar um sentido de *especificidade*. Em outras palavras: a tendência à indeterminação — cara à modernidade e, por extensão, à ideia de universalidade — opera em nome da busca de um sentido profundo, formulação atenta ao anseio de apreensão totalizante de país.[35]

A fauna, a flora e, sobretudo, a personagem participam do mesmo princípio de *identidade pela desidentificação*. Mário comenta que Macunaíma não é um símbolo ("não quero que tomem Macunaíma e outros personagens como símbolos") e que "a circunstância do herói do livro não ser absolutamente brasileiro me agrada como o que",[36] contudo, em carta a Carlos Drummond de Andrade, matiza a negativa: "nunca tive intenção de que Macunaíma não tivesse referência com o brasileiro. Até vivia falando que Macu não era *o* brasileiro porém que ninguém não podia negar que era *bem* brasileiro. Porém Macunaíma não pode ser símbolo do brasileiro, simplesmente porque 'símbolo' empregado assim, sem mais nada, implica necessariamente totalidade psicológica. E essa Macunaíma propositalmente não possui".[37] O vaivém das considerações do autor expressa antes consciência da construção que mera contradição. O desejo latente de apreender um sentido complexo de nação não se rende à caricatura, pois não lhe interessava compor uma "fábula normativa".[38]

O substrato popular pressupõe a aprendizagem e a valorização das práticas silenciadas e recalcadas pela cultura letrada, mas é também capaz de ver marcas que a incipiente industrialização crava na subjetividade ("os homens é que eram máquinas"). No entanto, cabe observar o quanto a rapsódia alcança a apreensão de comportamentos, crenças e realizações que comparecem independentemente da objetivação do sujeito e do trabalho, apesar da onipresente noção de coletividade. Ao perseguir o traçado do modo de ser nacional, o povo é uma presença-ausência, vislumbrado por meio de suas manifestações culturais. Em outro caminho, pode-se considerar o quanto o código do mito, aliado à opção pela dicção irônica e distanciada, não esboçaria também a difícil presença do povo no primeiro modernismo, o que limitaria, objetivamente, o intuito de uma arte engajada. Em *Macunaíma*, o povo é um *sentido de povo* tomado à sua práxis, entre rito e criatividade, religiosidade e trabalho. O funcionamento profundo das estruturas e mecanismos do universo mágico é mobilizado e refeito pelas mãos do artista — mas o sujeito permanece ausente.

Sem ainda emergir enquanto sujeito histórico literariamente figurado (o que seria feito, em larga escala, na literatura da década de 1930), o povo é um *modo de ser* utópico. Mais uma dobra das *descaracterizações caracterizadoras* do modernismo marioandradiano em busca de um *acorde* possível de sujeito e de país.[39]

Dilacerado três vezes ao longo da narrativa, três vezes redivivo: procedimento que remete à estrutura de morte e ressurreição presente nas danças dramáticas em torno da figura do boi. O animal também comparece explicitamente no capítulo 16 ("Uraricoera") ao final da narrativa, como que a simular a morte próxima do herói. O ritual pagão do bailado guarda parentesco com o mito antigo da procura, cujas fases — que vão do conflito (*ágon*) à paixão (*páthos*), passando pelo despedaçamento (*sparagmós*) até alcançar a recognição (*anagnórisis*) — guardam semelhanças também com a versão do sacrifício cristão. As etapas do arquétipo permitem pensar a trajetória de Mário de Andrade, entre a unidade almejada e a inexorável dilaceração.[40] É possível entrever ainda o quanto a narrativa não só acompanha tal seriação, como o herói faz coro a outras figuras representativas do percurso engajado do artista. Toda sua obra testemunha a ânsia da completude exposta à avassaladora constatação de sua impossibilidade histórica. Evidenciam-se, desse modo, as semelhanças: o boi-paciência desentranhado de sua experiência etnográfica — brasão do povo brasileiro, ícone de trabalho, comunidade e perseverança

— traduz o esfacelamento sujeito à redenção do rito. A reparação comparece, contudo esmaecida. A historicidade e a consciência crítica minam o prometido renascimento do universo primevo, fazendo com que a sequência estanque preponderantemente no penúltimo dos momentos, o da cisão (*sparagmós*), como se só a mutilação comportasse a paradoxal recuperação da unidade. Assim, ao totem correspondem outras figuras, partidas e recompostas, da experiência propriamente estética, cujas fendas são cada vez mais cicatrizes à mostra: o arlequim da sua primeira fase lírica (cuja roupa de losangos mimetiza as contradições do eu lírico na Pauliceia), o jabuti (que dá nome ao *Clã do Jabuti*, animal em cujo ciclo fabular colhe-se a lenda sobre a origem fragmentária do casco refeito),[41] a imagem da "viola quebrada" (canção de Mário, metáfora da lira do poeta) e Macunaíma. A presença ostensiva do despedaçamento em sua obra permite atar o lance final do herói a um conjunto maior de signos e símbolos como que a testemunhar um empenho inalcançável de identidade e plenitude. Entre outras coisas, *Macunaíma* emblematiza o trajeto do intelectual interessado cujas pesquisas e reflexões pautavam-se por certo otimismo que a lucidez artística não permitiu referendar; daí que a expressão literária da busca do caráter nacional tenha conseguido formalizar a ambiguidade e a dúvida — constelação: unidade e dispersão — como, talvez, seu maior êxito.

Notas

1. Mário de Andrade, *Poesias completas*. Edição anotada de Telê Ancona Lopez e Tatiana Longo Figueiredo. Rio de Janeiro: Nova Fronteira, 2013, p. 109. v. 1.
2. Id., p. 267.
3. No seu famoso ensaio "O movimento modernista", de

1942, Mário de Andrade elege como um dos princípios norteadores do modernismo brasileiro a "atualização da in-teligência artística brasileira", em *Aspectos da literatura brasileira*. 5. ed. São Paulo: Livraria Martins Editora, 1974.

4. Mário de Andrade escreveu dois prefácios para a obra (o primeiro em 1926, ano da primeira versão do livro, e outro em 1928), os quais não foram publicados. Cf. Telê Porto Ancona Lopez, "Nos caminhos do texto", em Mário de Andrade, *Macunaíma, o herói sem nenhum caráter*. Ed. crítica de Telê Porto Ancona Lopez (Coord.). 2. ed. Madri; Paris; México; Buenos Aires; São Paulo; Rio de Janeiro; Lima: ALLCA XX, 1996. (Coleção Archivos, 6, 1. ed., 1988) Nas anotações para o prefácio, o autor enuncia outros fios de sua composição, afins à dicotomia comentada: "Sem vontade de pandegar sinto lógica em estabelecer uma equação assim: *Amar, verbo intransitivo* + *Clã do jabuti* = *Macunaíma*". Marta Rossetti Batista; Telê Porto Ancona Lopez; Yone Soares Lima, *Brasil: 1º tempo modernista: 1917/29 — Documentação*. São Paulo: IEB/USP, 1972, p. 295. Assim, além das vozes da Pauliceia, enunciam-se as referências à cultura erudita, sobretudo a alemã, que viriam se amalgamar ao acervo popular.

5. A lírica de Mário de Andrade foi estudada por João Luiz Lafetá, que a divide em cinco fases ou "máscaras"; esse poema pertence à quarta delas, a do "espelho sem reflexo". (*Figuração da intimidade: Imagens na poesia de Mário de Andrade*. São Paulo: Martins Fontes, 1986.)

6. Segundo Telê Porto Ancona Lopez, Mário preferia chamar o conjunto designado por cultura popular de "literatura popular", em *Mário de Andrade: Ramais e caminho*. São Paulo: Duas Cidades, 1972, p. 123.

7. A respeito da atuação de Mário de Andrade junto ao Departamento de Cultura, ver Joan Dassin, *Política e poesia em Mário de Andrade*. São Paulo: Duas Cidades, 1978.

8. Marcos Antonio de Moraes (Org.), *Correspondência Mário de Andrade & Manuel Bandeira*. 2. ed. São Paulo: Edusp; IEB, 2001, p. 399 (carta de 23 ago. 1928).

9. Ver a penúltima estrofe do poema "Brasão", do livro *A costela do grão Cão*: "E falta o boi Paciência, o boi que

pertence a Armida,/ Traz por guampas os cornos da luna/ E um peitoral de turmalinas./ Mas esse vem no outro coração mole,/ Não se mostra a ninguém./ O boi Paciência serão treze preguiças assustadas,/ No porto do imenso rio esperando,/ Esperando pelos treze caminhos/ Das mil cavernas das quarenta mil perguntas". Mário de Andrade, *Poesias completas*. Ed. crítica de Diléa Zanotto Manfio. Belo Horizonte: Villa Rica, 1993, p. 320.

10. Sobre a presença da figura do boi em Mário de Andrade, ver Telê Porto Ancona Lopez, "Uma dimensão popular do Brasil", em *Mário de Andrade: Ramais e caminho*, op. cit.; Gilda de Mello e Souza, *O tupi e o alaúde*. 2. ed. São Paulo: Editora 34, 2003; e Victor Knoll, "Dois sinais e um brasão", em *Paciente arlequinada: Uma leitura da obra poética de Mário de Andrade*. São Paulo: Hucitec; Secretaria de Estado da Cultura, 1983.
11. Ver Haroldo de Campos, *Morfologia do Macunaíma*. 2. ed. São Paulo: Perspectiva, 2008; Gilda de Mello e Souza, op. cit.
12. Diz Mário de Andrade: "Este livro afinal não passa de uma antologia do folclore brasileiro", em Marta Rossetti Batista; Telê Porto Ancona Lopez; Yone Soares Lima, op. cit., p. 290.
13. Segundo Cavalcanti Proença, o episódio remete à lenda brasileira colhida por Lindolpho Gomes em *Roteiro de Macunaíma*. 5. ed. Rio de Janeiro: Civilização Brasileira, 1978.
14. José de Paula Ramos, *Leituras de Macunaíma: Primeira onda (1928-1936)*. São Paulo: Edusp; Fapesp, 2012.
15. Marta Rossetti Batista; Telê Porto Ancona Lopez; Yone Soares Lima, op. cit., pp. 296-7.
16. Refiro-me à polêmica entre os estudos de Haroldo de Campos (op. cit.) e Gilda de Mello e Souza (op. cit., p. 46), que assim se pronuncia sobre a interpretação dele: "a fragilidade maior de seu enfoque foi ter projetado num livro, cujas componentes eram todas ambíguas e ambivalentes, uma leitura unívoca, que rejeitava os desvios da norma, para fazer a obra de arte caber à força no modelo de que, fatalmente, teria de extravasar".
17. Gilda de Mello e Souza, op. cit., pp. 9-29.

18. Ibid.
19. Tema recorrente na experiência intelectual brasileira a partir de 1930, a busca do caráter nacional na rapsódia estabelece contato com clássicos como *Retrato do Brasil*, de Paulo Prado, *Casa-Grande e Senzala*, de Gilberto Freyre, e *Raízes do Brasil*, de Sérgio Buarque de Holanda. Ver Alfredo Bosi, "Situação de Macunaíma", em *Céu, inferno*. São Paulo: Duas Cidades; Ed. 34, 2003.
20. Alfredo Bosi, op. cit., destaca duas esferas que cortariam a obra: a esfera afetiva, responsável pelo contar de histórias, e a esfera interpretativa, marcada pelo pensamento crítico acerca dos destinos do país.
21. Diz Florestan Fernandes em estudo sobre Mário e o folclore: "A arte erudita deve realizar-se na e através da arte popular — e a antítese, no caso a arte popular, cede o lugar a uma terceira forma de arte que do ponto de vista da fatura chama-se ainda arte erudita, mas que é uma coisa nova, mais essencial e mais expressiva. [...] Desse modo, processa-se também o desencantamento do folclore, pois a arte popular surge como uma etapa necessária do desenvolvimento de uma forma artística superior, nada mais", em "Mário de Andrade e o folclore". *Revista do Instituto de Estudos Brasileiros* (*IEB*), São Paulo, n. 36, pp. 146-7, 1994.
22. Sobre a preguiça em Mário de Andrade, ver Telê Porto Ancona Lopez, *Mário de Andrade: Ramais e caminho*, op. cit.; e Victor Knoll, op. cit., pp. 139-42.
23. Trata-se do ensaio "A elegia de abril", em *Aspectos da literatura brasileira*, op. cit.
24. Ver pp. 67-8.
25. Ver p. 69, grifos meus.
26. Para maior aprofundamento e desdobramento acerca do tema da falência da razão tornada mito moderno, ver Theodor W. Adorno; Max Horkheimer, *Dialética do esclarecimento: Fragmentos filosóficos*. Rio de Janeiro: Zahar, 1985.
27. Ver p. 155.
28. Ver Anatol Rosenfeld, "Reflexões sobre o romance moderno", *Texto/ contexto*. São Paulo: Perspectiva; Brasília: INL, 1973.

29. Ver p. 176.
30. Ver p. 178.
31. Ver p. 66.
32. Ver pp. 82-3.
33. Ver pp. 133-4.
34. Marta Rossetti Batista; Telê Porto Ancona Lopez; Yone Soares Lima, op. cit., p. 290.
35. Segundo Gilda de Mello e Souza, a desregionalização atendia ao projeto nacionalista do autor, de modo que as paragens distantes apontam para uma "utopia geográfica" onde se pode observar a "projeção de um desejo profundo do escritor, manifestado em outros momentos de sua obra: desejo de estabelecer a identidade entre o habitante rico do Sul e o pobre seringueiro do Norte, entre as cidades prósperas e superpovoadas do litoral e o 'vasto interior, onde ainda a pobreza reina, a incultura e o deserto'", op. cit., pp. 32-3.
36. Marta Rossetti Batista; Telê Porto Ancona Lopez; Yone Soares Lima, op. cit., p. 292.
37. Silviano Santiago (Org.), *Carlos & Mário: Correspondência completa entre Carlos Drummond de Andrade* (*inédita*) *e Mário de Andrade*. Rio de Janeiro: Bem-Te-Vi, 2002, p. 338. Os grifos são do autor.
38. Marta Rossetti Batista; Telê Porto Ancona Lopez; Yone Soares Lima, op. cit., p. 293.
39. Em carta a Drummond, Mário de Andrade utiliza o termo "acorde" para dar conta desse complexo modo de ser nacional que procura representar: "As raças são acordes musicais", em Silviano Santiago (Org.), op. cit., p. 70.
40. João Luiz Lafetá, op. cit., faz uso do modelo arquetípico do mito da procura para estudar uma das fases da lírica do autor. Penso que a sugestão do crítico pode ser ampliada, a fim de dar conta da obra de Mário como um todo, visto a presença reiterada da promessa de unidade, intensificada pela remissão ao mito, submetida à iminência da desagregação.
41. A respeito do jabuti, ver Victor Knoll, op. cit., pp. 63-5. O autor considera algumas dessas imagens como *sinais* do poeta.

Macunaíma, o herói sem nenhum caráter

A Paulo Prado

1. Macunaíma

No fundo do mato-virgem nasceu Macunaíma, herói da nossa gente. Era preto retinto e filho do medo da noite. Houve um momento em que o silêncio foi tão grande escutando o murmurejo do Uraricoera, que a índia tapanhumas pariu uma criança feia. Essa criança é que chamaram de Macunaíma.

Já na meninice fez coisas de sarapantar. De primeiro passou mais de seis anos não falando. Si o incitavam a falar exclamava:

— Ai! que preguiça!...

e não dizia mais nada. Ficava no canto da maloca, trepado no jirau de paxiúba, espiando o trabalho dos outros e principalmente os dois manos que tinha, Maanape já velhinho e Jiguê na força do homem. O divertimento dele era decepar cabeça de saúva. Vivia deitado mas si punha os olhos em dinheiro, Macunaíma dandava pra ganhar vintém. E também espertava quando a família ia tomar banho no rio, todos juntos e nus. Passava o tempo do banho dando mergulho, e as mulheres soltavam gritos gozados por causa dos guaiamuns diz-que habitando a água doce por lá. No mocambo si alguma cunhatã se aproximava dele pra fazer festinha, Macunaíma punha a mão nas graças dela, cunhatã se afastava. Nos machos guspia na cara. Porém respeitava os velhos e frequentava com aplicação a murua a poracê o torê o bacororô a cucuicogue, todas essas danças religiosas da tribo.

Quando era pra dormir trepava no macuru pequeninho sempre se esquecendo de mijar. Como a rede da mãe estava por debaixo do berço, o herói mijava quente na velha, espantando os mosquitos bem. Então adormecia sonhando palavras-feias, imoralidades estrambólicas e dava patadas no ar.

Nas conversas das mulheres no pino do dia o assunto era sempre as peraltagens do herói. As mulheres se riam, muito simpatizadas, falando que "espinho que pinica, de pequeno já traz ponta", e numa pajelança Rei Nagô fez um discurso e avisou que o herói era inteligente.

Nem bem teve seis anos deram água num chocalho pra ele e Macunaíma principiou falando como todos. E pediu pra mãe que largasse da mandioca ralando na cevadeira e levasse ele passear no mato. A mãe não quis porque não podia largar da mandioca não. Macunaíma choramingou dia inteiro. De-noite continuou chorando. No outro dia esperou com o olho esquerdo dormindo que a mãe principiasse o trabalho. Então pediu pra ela que largasse de tecer o paneiro de guarumá-membeca e levasse ele no mato passear. A mãe não quis porque não podia largar o paneiro não. E pediu pra nora, companheira de Jiguê, que levasse o menino. A companheira de Jiguê era bem moça e chamava Sofará. Foi se aproximando ressabiada porém desta vez Macunaíma ficou muito quieto sem botar a mão na graça de ninguém. A moça carregou o piá nas costas e foi até o pé de aninga na beira do rio. A água parara pra inventar um ponteio de gozo nas folhas do javari. O longe estava bonito com muitos biguás e biguatingas avoando na entrada do furo. A moça botou Macunaíma na praia porém ele principiou choramingando, que tinha muita formiga!... e pediu pra Sofará que o levasse até o derrame do morro lá dentro do mato. A moça fez. Mas assim que deitou o curumim nas tiriricas, tajás e trapoerabas da serrapilheira, ele botou corpo num átimo e ficou um príncipe lindo. Andaram por lá muito.

Quando voltaram pra maloca a moça parecia muito fatigada de tanto carregar piá nas costas. Era que o herói tinha brincado muito com ela... Nem bem ela deitou Macunaíma na rede, Jiguê já chegava de pescar de puçá e a companheira não trabalhara nada. Jiguê enquizilou e depois de catar os carrapatos deu nela muito. Sofará aguentou a sova sem falar um isto.

Jiguê não desconfiou de nada e começou trançando corda com fibra de curauá. Não vê que encontrara rasto fresco de anta e queria pegar o bicho na armadilha. Macunaíma pediu um pedaço de curauá pro mano porém Jiguê falou que aquilo não era brinquedo de criança. Macunaíma principiou chorando outra vez e a noite ficou bem difícil de passar pra todos.

No outro dia Jiguê levantou cedo pra fazer armadilha e enxergando o menino tristinho falou:

— Bom dia, coraçãozinho dos outros.

Porém Macunaíma fechou-se em copas carrancudo.

— Não quer falar comigo, é?

— Estou de mal.

— Por causa?

Então Macunaíma pediu fibra de curauá. Jiguê olhou pra ele com ódio e mandou a companheira arranjar fio pro menino. A moça fez. Macunaíma agradeceu e foi pedir pro pai-de-terreiro que trançasse uma corda pra ele e assoprasse bem nela fumaça de petum.

Quando tudo estava pronto Macunaíma pediu pra mãe que deixasse o caxiri fermentando e levasse ele no mato passear. A velha não podia por causa do trabalho mas a companheira de Jiguê mui sonsa falou pra sogra que "estava às ordens". E foi no mato com o piá nas costas.

Quando o botou nos carurus e sororocas da serrapilheira, o pequeno foi crescendo foi crescendo e virou príncipe lindo. Falou pra Sofará esperar um bocadinho que já voltava pra brincarem e foi no bebedouro da anta armar um laço. Nem bem voltaram do passeio, tardinha, Jiguê já chegava também de prender a armadilha no rasto da anta. A companheira não trabalhara nada. Jiguê ficou fulo e antes de catar os carrapatos bateu nela muito. Mas Sofará aguentou a coça com paciência.

No outro dia a arraiada inda estava acabando de trepar nas árvores, Macunaíma acordou todos, fazendo um bué medonho, que fossem! que fossem no bebedouro buscar a bicha que ele caçara!... Porém ninguém não acreditou e todos principiaram o trabalho do dia.

Macunaíma ficou muito contrariado e pediu pra Sofará que desse uma chegadinha no bebedouro só pra ver. A moça fez e voltou falando pra todos que de-fato estava no laço uma anta muito grande já morta. Toda a tribo foi buscar a bicha, matutando na inteligência do curumim. Quando Jiguê chegou com a corda de curauá vazia, encontrou todos tratando da caça. Ajudou. E quando foi pra repartir não deu nem um pedaço de carne pra Macunaíma, só tripas. O herói jurou vingança.

No outro dia pediu pra Sofará que levasse ele passear e ficaram no mato até a boca-da-noite. Nem bem o menino tocou no folhiço e virou num príncipe fogoso. Brincaram. Depois de brincarem três feitas, correram mato fora fazendo festinhas um pro outro. Depois das festinhas de cotucar, fizeram a das cócegas, depois se enterraram na areia, depois se queimaram com fogo de palha, isso foram muitas festinhas. Macunaíma pegou num tronco de copaíba e se escondeu por detrás da piranheira. Quando Sofará veio correndo, ele deu com o pau na cabeça dela. Fez uma brecha que a moça caiu torcendo de riso aos pés dele. Puxou-o por uma perna. Macunaíma gemia de gosto se agarrando no tronco gigante. Então a moça abocanhou o dedão do pé dele e engoliu. Macunaíma chorando de alegria tatuou o corpo dela com o sangue do pé. Depois retesou os músculos, se erguendo num trapézio de cipó e aos pulos atingiu num átimo o galho mais alto da piranheira. Sofará trepava atrás. O ramo fininho vergou oscilando com o peso do príncipe. Quando a moça chegou também no tope eles brincaram outra vez balanceando no céu. Depois de brincarem Macunaíma quis fazer uma festa em Sofará. Dobrou o corpo todo na violência dum puxão mas não pôde continuar, galho quebrou e ambos despencaram aos emboléus até se esborracharem no chão. Quando o herói voltou da sapituca procurou a moça em redor, não estava. Ia se erguendo pra buscá-la porém do galho baixo em riba dele furou o silêncio o miado temível da suçuarana. O herói se estatelou de medo e fechou os olhos pra ser comido sem ver. Então se escutou um risinho e Macunaíma tomou com uma gusparada no peito, era a moça. Macunaíma principiou atirando pedras nela e quando feria, Sofará gritava de excitação tatuando o corpo dele embaixo com o sangue espirrado. Afinal uma pedra lascou o canto da boca da moça e moeu três dentes. Ela pulou do galho e juque! tombou sentada na barriga do herói que a envolveu com o corpo todo, uivando de prazer. E brincaram mais outra vez.

Já a estrela Papaceia brilhava no céu quando a moça voltou parecendo muito fatigada de tanto carregar piá nas costas. Porém Jiguê desconfiando seguira os dois no mato, enxergara a transformação e o resto. Jiguê era muito bobo. Teve raiva. Pegou num rabo-de-tatu e chegou-o com vontade na bunda do herói. O berreiro foi tão imenso que encurtou o tamanhão da noite e muitos pássaros caíram de susto no chão e se transformaram em pedra.

Quando Jiguê não pôde mais surrar, Macunaíma correu até a capoeira, mastigou raiz de cardeiro e voltou são. Jiguê levou Sofará pro pai dela e dormiu folgado na rede.

2. Maioridade

Jiguê era muito bobo e no outro dia apareceu puxando pela mão uma cunhã. Era a companheira nova dele e chamava Iriqui. Ela trazia sempre um ratão vivo escondido na maçaroca dos cabelos e faceirava muito. Pintava a cara com araraúba e jenipapo e todas as manhãs passava coquinho de açaí nos beiços que ficavam totalmente roxos. Depois esfregava limão-de-caiena por cima e os beiços viravam totalmente encarnados. Então Iriqui se envolvia num manto de algodão listrado com preto de acariúba e verde de tatajuba e aromava os cabelos com essência de umiri, era linda.

Ora depois de todos comerem a anta de Macunaíma a fome bateu no mocambo. Caça, ninguém não pegava caça mais, nem algum tatu-galinha aparecia! e por causa de Maanape ter matado um boto pra comerem, o sapo cunauaru chamado Maraguigana pai do boto ficou enfezado. Mandou a enchente e o milharal apodreceu. Comeram tudo, até a crueira dura se acabou e o fogaréu de noite e dia não moqueava nada não, era só pra remediar a friagem que caiu. Não havia pra gente assar nele nem uma isca de jabá.

Então Macunaíma quis se divertir um pouco. Falou pros manos que inda tinha muita piaba muito jeju muito matrinxão e jatuaranas, todos esses peixes do rio, fossem bater timbó! Maanape disse:

— Não se encontra mais timbó.

Macunaíma disfarçando secundou:

— Junto daquela grota onde tem dinheiro enterrado enxerguei um despotismo de timbó.

— Então venha com a gente pra mostrar onde que é.

Foram. A margem estava traiçoeira e nem se achava bem o que era terra o que era rio entre as mamoranas copadas. Maanape e Jiguê procuravam procuravam enlameados até os dentes, degringolando juque! nos barreiros ocultos pela inundação. E pulapulavam se livrando dos buracos, aos berros, com as mãos pra trás por causa dos candirus safadinhos querendo entrar por eles. Macunaíma ria por dentro vendo as micagens dos manos campeando timbó. Fingia campear também mas não dava passo não, bem enxutinho no firme. Quando os manos passavam perto dele, se agachava e gemia de fadiga.

— Deixe de trabucar assim, piá!

Então Macunaíma sentou numa barranca do rio e batendo com os pés n'água espantou os mosquitos. E eram muitos mosquitos piuns maruins arurus tatuquiras muriçocas meruanhas mariguis borrachudos varejas, toda essa mosquitada.

Quando foi de-tardezinha os manos vieram buscar Macunaíma tiriricas por não terem topado com nenhum pé de timbó. O herói teve medo e disfarçou:

— Acharam?

— Que achamos nada!

— Pois foi aqui mesmo que enxerguei timbó. Timbó já foi gente um dia que nem nós... Presenciou que andavam campeando ele e soverteu. Timbó foi gente um dia que nem nós...

Os manos se admiraram da inteligência do menino e voltaram os três pra maloca.

Macunaíma estava muito contrariado por causa da fome. No outro dia falou pra velha:

— Mãe, quem que leva nossa casa pra outra banda do rio lá no teso, quem que leva? Fecha os olhos um bocadinho, velha, e pergunta assim.

A velha fez. Macunaíma pediu para ela ficar mais tempo com os olhos fechados e carregou tejupar marombas flechas picuás sapicuás corotes urupemas redes, todos esses trens pra um aberto do mato lá no teso do outro lado do rio. Quando a velha abriu os olhos estava tudo lá e tinha caça peixes, bananeiras dando, tinha comida por demais. Então foi cortar banana.

— Inda que mal lhe pergunte, mãe, por que a senhora arranca tanta pacova assim!

— Levar pra vosso mano Jiguê com a linda Iriqui e pra vosso mano Maanape que estão padecendo fome.

Macunaíma ficou muito contrariado. Maginou maginou e disse pra velha:

— Mãe, quem que leva nossa casa pra outra banda do rio no banhado, quem que leva? Pergunta assim!

A velha fez. Macunaíma pediu pra ela ficar com os olhos fechados e levou todos os carregos, tudo, pro lugar em que estavam de já-hoje no mondongo inundado. Quando a velha abriu os olhos tudo estava no lugar de dantes, vizinhando com os tejupares de mano Maanape e de mano Jiguê com a linda Iriqui. E todos ficaram roncando de fome outra vez.

Então a velha teve uma raiva malvada. Carregou o herói na cintura e partiu. Atravessou o mato e chegou no capoeirão chamado Cafundó do Judas. Andou légua e meia nele, nem se enxergava mato mais, era um coberto plano apenas movimentado com o pulinho dos cajueiros. Nem guaxe animava a solidão. A velha botou o curumim no campo onde ele podia crescer mais não e falou:

— Agora vossa mãe vai embora. Tu ficas perdido no coberto e podes crescer mais não.

E desapareceu. Macunaíma assuntou o deserto e sentiu que ia chorar. Mas não tinha ninguém por ali, não chorou não. Criou coragem e botou pé na estrada, tremelicando com as perninhas de arco. Vagamundou de déu em déu semana, até que topou com o Currupira moqueando carne, acompanhado do cachorro dele Papamel. E o Currupira vive no grelo do tucunzeiro e pede fumo pra gente. Macunaíma falou:

— Meu avô, dá caça pra mim comer?

— Sim, Currupira fez.

Cortou carne da perna moqueou e deu pro menino, perguntando:

— O que você está fazendo na capoeira, rapaiz!

— Passeando.

— Não diga!

— Pois é, passeando…

Então contou o castigo da mãe por causa dele ter sido malévolo pros manos. E contando o transporte da casa de novo pra deixa onde não tinha caça deu uma grande gargalhada. O Currupira olhou pra ele e resmungou:

— Tu não é mais curumi, rapaiz, tu não é mais curumi não… Gente grande que faiz isso…

Macunaíma agradeceu e pediu pro Currupira ensinar o caminho pro mocambo dos Tapanhumas. O Currupira estava querendo mas era comer o herói, ensinou falso:

— Tu vai por aqui, menino-home, vai por aqui, passa pela frente daquele pau, quebra a mão esquerda, vira e volta por debaixo dos meus uaiariquinizês.

Macunaíma foi fazer a volta porém chegado na frente do pau, coçou a perninha e murmurou:

— Ai! que preguiça!…
e seguiu direito.

O Currupira esperou bastante porém curumim não chegava… Pois então o monstro amontou no viado, que é o cavalo dele, fincou o pé redondo na virilha do corredor e lá se foi gritando:

— Carne de minha perna! carne de minha perna!

Lá de dentro da barriga do herói a carne respondeu:

— Que foi?

Macunaíma apertou o passo e entrou correndo na caatinga porém o Currupira corria mais que ele e o menino isso vinha que vinha acochado pelo outro.

— Carne de minha perna! carne de minha perna!

A carne secundava:

— Que foi?

O piá estava desesperado. Era dia do casamento da raposa e a velha Vei, a Sol, relampeava nas gotinhas da chuva debulhando luz feito milho. Macunaíma chegou perto duma poça, bebeu água de lama e vomitou a carne.

— Carne de minha perna! carne de minha perna! que o Currupira vinha gritando.

— Que foi? secundou a carne já na poça.

Macunaíma ganhou os bredos pro outro lado e escapou.

Légua e meia adiante por detrás dum formigueiro escutou uma voz cantando assim:

"Acuti pitá canhém..." lentamente.

Foi lá e topou com a cotia farinhando mandioca num tipiti de jacitara.

— Minha vó, dá aipim pra mim comer?

— Sim, cotia fez. Deu aipim pro menino, perguntando:

— Que que você está fazendo na caatinga, meu neto?

— Passeando.

— Ah o quê!

— Passeando, então!

Contou como enganara o Currupira e deu uma grande gargalhada. A cotia olhou pra ele e resmungou:

— Culumi faz isso não, meu neto, culumi faz isso não... Vou te igualar o corpo com o bestunto.

Então pegou na gamela cheia de caldo envenenado de aipim e jogou a lavagem no piá. Macunaíma fastou sarapantado mas só conseguiu livrar a cabeça, todo o resto do corpo se molhou. O herói deu um espirro e botou corpo. Foi desempenando crescendo fortificando e ficou do tamanho dum homem taludo. Porém a cabeça não molhada ficou pra sempre rombuda e com carinha enjoativa de piá.

Macunaíma agradeceu o feito e frechou cantando pro mocambo nativo. A noite vinha besourenta enfiando as formigas na terra e tirando os mosquitos d'água. Fazia um calor de ninho no ar. A velha tapanhumas escutou a voz do filho no longe cinzado e se espantou. Macunaíma apareceu de cara amarrada e falou pra ela:

— Mãe, sonhei que caiu meu dente.

— Isso é morte de parente, comentou a velha.

— Bem que sei. A senhora vive mais uma Sol só. Isso mesmo porque me pariu.

No outro dia os manos foram pescar e caçar, a velha foi no roçado e Macunaíma ficou só com a companheira de Jiguê. Então ele virou na formiga quenquém e mordeu Iriqui pra fazer festa nela. Mas a moça atirou a quenquém longe. Então Macunaíma virou num pé de urucum. A linda Iriqui riu, colheu as sementes se faceirou toda pintando a cara e os distintivos. Ficou lindíssima. Então Macunaíma, de gostoso, virou gente outra feita e morou com a companheira de Jiguê.

Quando os manos voltaram da caça Jiguê percebeu a troca logo, porém Maanape falou pra ele que agora Macunaíma estava homem pra sempre e troncudo. Maanape era feiticeiro. Jiguê viu que a maloca estava cheia de alimentos, tinha pacova tinha milho tinha macaxeira, tinha aluá e caxiri, tinha maparás e camorins pescados, maracujá-michira ata abio sapota sapotilha, tinha paçoca de viado e carne fresca de cutiara, todos esses comes e bebes bons... Jiguê conferiu que não pagava a pena brigar com o mano e deixou a linda Iriqui pra ele. Deu um suspiro catou os carrapatos e dormiu folgado na rede.

No outro dia Macunaíma depois de brincar cedinho com a linda Iriqui, saiu pra dar uma voltinha. Atravessou o reino encantado da Pedra Bonita em Pernambuco e quando estava chegando na cidade de Santarém topou com uma viada parida.

— Essa eu caço! ele fez. E perseguiu a viada. Esta escapuliu fácil mas o herói pôde pegar o filhinho dela que nem não andava quase, se escondeu por detrás duma carapanaúba e cotucando o viadinho fez ele berrar. A viada ficou feito louca, esbugalhou os olhos parou turtuveou e veio vindo veio vindo parou ali mesmo defronte chorando de amor. Então o herói flechou a viada parida. Ela caiu esperneou um bocado e ficou rija estirada no chão. O herói cantou vitória. Chegou perto da viada olhou que mais olhou e deu um grito, desmaiando. Tinha sido uma peça do Anhanga... Não era viada não, era mas a própria mãe tapanhumas que Macunaíma flechara e estava morta ali, toda arranhada com os espinhos das titaras e mandacarus do mato.

Quando o herói voltou da sapituca foi chamar os manos e os três chorando muito passaram a noite de guarda bebendo oloniti e comendo carimã com peixe. Madrugadinha pousaram o corpo da velha numa rede e foram enterrá-la por debaixo duma pedra no lugar chamado Pai da Tocandeira. Maanape, que era um catimbozeiro de marca maior, foi que gravou o epitáfio. E era assim:

Jejuaram o tempo que o preceito mandava e Macunaíma gastou o jejum se lamentando heroicamente. A barriga da morta foi inchando foi inchando e no fim das chuvas tinha virado num cerro macio. Então Macunaíma deu a mão pra Iriqui, Iriqui deu a mão pra Maanape, Maanape deu a mão pra Jiguê e os quatro partiram por esse mundo.

3. Ci, Mãe do Mato

Uma feita os quatro iam seguindo por um caminho no mato e estavam penando muito de sede, longe dos igapós e das lagoas. Não tinha nem mesmo umbu no bairro e Vei, a Sol, esfiapando por entre a folhagem, guascava sem parada o lombo dos andarengos. Suavam como numa pajelança em que todos tivessem besuntado o corpo com azeite de piquiá, marchavam. De repente Macunaíma parou riscando a noite do silêncio com um gesto imenso de alerta. Os outros estacaram. Não se escutava nada porém Macunaíma sussurrou:

— Tem coisa.

Deixaram a linda Iriqui se enfeitando sentada nas raízes duma samaúma e avançaram cautelosos. Já Vei estava farta de tanto guascar o lombo dos três manos quando légua e meia adiante Macunaíma escoteiro topou com uma cunhã dormindo. Era Ci, Mãe do Mato. Logo viu pelo peito destro seco dela, que a moça fazia parte dessa tribo de mulheres sozinhas parando lá nas praias da lagoa Espelho da Lua, coada pelo Nhamundá. A cunhã era linda com o corpo chupado pelos vícios, colorido com jenipapo.

O herói se atirou por cima dela pra brincar. Ci não queria. Fez lança de flecha tridente enquanto Macunaíma puxava da pajeú. Foi um pega tremendo e por debaixo da copada reboavam os berros dos briguentos diminuindo de medo os corpos dos passarinhos. O herói apanhava. Recebera já um murro de fazer sangue no nariz e um lapo fundo de txara no rabo. A icamiaba não tinha nem um arranhãozinho e cada gesto que fazia era mais sangue no corpo do herói soltando berros formidandos que diminuíam de medo os corpos dos passarinhos. Afinal se vendo nas amarelas porque não podia mesmo com a icamiaba, o herói deitou fugindo chamando pelos manos:

— Me acudam que sinão eu mato! me acudam que sinão eu mato!

Os manos vieram e agarraram Ci. Maanape trançou os braços dela por detrás enquanto Jiguê com a murucu lhe dava uma porrada no coco. E a icamiaba caiu sem auxílio nas samambaias da serrapilheira. Quando ficou bem imóvel, Macunaíma se aproximou e brincou com a Mãe do Mato. Vieram então muitas jandaias, muitas araras-vermelhas tuins coricas periquitos, muitos papagaios saudar Macunaíma, o novo Imperador do Mato-Virgem.

E os três manos seguiram com a companheira nova. Atravessaram a cidade das Flores evitaram o rio das Amarguras passando por debaixo do salto da Felicidade, tomaram a estrada dos Prazeres e chegaram no capão de Meu Bem que fica nos cerros da Venezuela. Foi de lá que Macunaíma imperou sobre os matos misteriosos, enquanto Ci comandava nos assaltos as mulheres empunhando txaras de três pontas.

O herói vivia sossegado. Passava os dias marupiara na rede matando formigas taiocas, chupitando golinhos estalados de pajuari e quando agarrava cantando acompanhado pelos sons gotejantes do cotcho, os matos reboavam com doçura adormecendo as cobras os carrapatos os mosquitos as formigas e os deuses ruins.

De-noite Ci chegava recendendo resina de pau, sangrando das brigas e trepava na rede que ela mesmo tecera com fios de cabelo. Os dois brincavam e depois ficavam rindo um pro outro.

Ficavam rindo longo tempo, bem juntos. Ci aromava tanto que Macunaíma tinha tonteiras de moleza.

— Puxa! como você cheira, benzinho!
que ele murmuriava gozado. E escancarava as narinas mais. Vinha uma tonteira tão macota que o sono principiava pingando das pálpebras dele. Porém a Mãe do Mato inda não estava satisfeita não e com um jeito de rede que enlaçava os dois convidava o companheiro pra mais brinquedo. Morto de soneira, infernizado, Macunaíma brincava para não desmentir a fama só, porém quando Ci queria rir com ele de satisfação:

— Ai! que preguiça!...
que o herói suspirava enfarado. E dando as costas pra ela adormecia bem. Mas Ci queria brincar inda mais... Convidava convidava... O herói ferrado no sono. Então a Mãe do Mato pegava na txara e cotucava o companheiro. Macunaíma se acordava dando grandes gargalhadas estorcegando de cócegas.

— Faz isso não, oferecida!

— Faço!

— Deixa a gente dormir, seu bem...

— Vamos brincar.

— Ai! que preguiça!...

E brincavam mais outra vez.

Porém nos dias de muito pajuari bebido, Ci encontrava o Imperador do Mato-Virgem largado por aí num porre mãe. Iam brincar e o herói esquecia no meio.

— Então, herói!

— Então o quê!

— Você não continua?

— Continua o quê!

— Pois, meus pecados, a gente está brincando e vai você para no meio!

— Ai! que preguiça...

Macunaíma mal esboçava de tão chumbado. E procurando um macio nos cabelos da companheira adormecia feliz.

Então pra animá-lo Ci empregava o estratagema sublime. Buscava no mato a folhagem de fogo da urtiga e sapecava com ela uma coça coçadeira no chuí do herói e na nalachítchi dela. Isso Macunaíma ficava que ficava um lião querendo. Ci também. E os dois brincavam que mais brincavam num deboche de ardor prodigioso.

Mas era nas noites de insônia que o gozo inventava mais. Quando todas as estrelas incendiadas derramavam sobre a Terra um ólio calorento que ninguém não suportava de tão quente, corria pelo mato uma presença de incêndio. Nem a passarinhada aguentava no ninho. Mexia inquieta o pescoço, voava pro galho em frente e no milagre mais enorme deste mundo inventava de supetão uma alvorada preta, cantacantando que não tinha fim. A bulha era tremenda o cheiro poderoso e o calor inda mais.

Macunaíma dava um safanão na rede atirando Ci longe. Ela acordava feito fúria e crescia pra cima dele. Brincavam assim. E agora despertados inteiramente pelo gozo inventavam artes novas de brincar.

Nem bem seis meses passaram e a Mãe do Mato pariu um filho encarnado. Isso, vieram famosas mulatas da Bahia, do Recife, do Rio Grande do Norte e da Paraíba, e deram pra Mãe do Mato um laçarote rubro cor de mal, porque agora ela era mestra do cordão encarnado em todos os Pastoris de Natal. Depois foram-se embora com prazer e alegria, bailando que mais bailando, seguidas de futebóleres águias pequenos xodós seresteiros, toda essa rapaziada dorê. Macunaíma ficou de repouso o mês de preceito porém se recusou a jejuar. O pecurrucho tinha cabeça chata e Macunaíma inda a achatava mais batendo nela todos os dias e falando pro guri:

— Meu filho, cresce depressa pra você ir pra São Paulo ganhar muito dinheiro.

Todas as icamiabas queriam bem o menino encarnado e no primeiro banho dele puseram todas as joias da tribo pra que o pequeno fosse rico sempre. Mandaram buscar na Bolívia uma tesoura e enfiaram ela aberta debaixo do cabeceiro porque sinão Tutu Marambá vinha, chupava o umbigo do piá e o dedão do pé de Ci. Tutu Marambá veio, topou com a tesoura e se enganou: chupou o olho dela e foi-se embora satisfeito. Todos agora só matutavam no pecurrucho. Mandaram buscar pra ele em São Paulo os famosos sapatinhos de lã tricotados por dona Ana Francisca de Almeida Leite Morais e em Pernambuco as rendas "Rosa dos Alpes", "Flor de Guabiroba" e "Por ti padeço" tecidas pelas mãos de dona Joaquina Leitão mais conhecida pelo nome de Quinquina Cacunda. Filtravam o milhor tamarindo das irmãs Louro Vieira, de Óbidos, pro menino engolir no refresco o remedinho pra lombriga. Vida feliz, era bom!... Mas uma feita jucurutu pousou na maloca do Imperador e soltou o regougo agourento. Macunaíma tremeu assustado espantou os mosquitos e caiu no pajuari por demais pra ver si espantava o medo também. Bebeu e dormiu noite inteira. Então chegou a Cobra Preta e tanto que chupou o único peito vivo de Ci que não deixou nem o apojo. E como Jiguê não conseguira moçar nenhuma das icamiabas o curumim sem ama chupou o peito da mãe no outro dia, chupou mais, deu um suspiro envenenado e morreu.

Botaram o anjinho numa igaçaba esculpida com forma de jabuti e pros boitatás não comerem os olhos do morto o enterraram mesmo no centro da taba com muitos cantos muita dança e muito pajuari.

Terminada a função a companheira de Macunaíma, toda enfeitada ainda, tirou do colar uma muiraquitã famosa, deu-a pro companheiro e subiu pro céu por um cipó. É lá que Ci vive agora nos trinques passeando, liberta das formigas, toda enfeitada ainda, toda enfeitada de luz, virada numa estrela. É a Beta do Centauro.

No outro dia quando Macunaíma foi visitar o túmulo do filho viu que nascera do corpo uma plantinha. Trataram dela com muito cuidado e foi o guaraná. Com as frutinhas piladas dessa planta é que a gente cura muita doença e se refresca durante os calorões de Vei, a Sol.

4. Boiuna Luna

No outro dia bem cedo o herói padecendo saudades de Ci, a companheira pra sempre inesquecível, furou o beiço inferior e fez da muiraquitã um tembetá. Sentiu que ia chorar. Chamou depressa os manos, se despediu das icamiabas e partiu.

Gauderiaram gauderiaram por todos aqueles matos sobre os quais Macunaíma imperava agora. Por toda a parte ele recebia homenagens e era sempre acompanhado pelo séquito de araras-vermelhas e jandaias. Nas noites de amargura ele trepava num açaizeiro de frutas roxas como a alma dele e contemplava no céu a figura faceira de Ci. "Marvada!" que ele gemia... Então ficava muito sofrendo, muito! e invocava os deuses bons cantando cânticos de longa duração...

Rudá, Rudá!...
Tu que secas as chuvas,
Faz com que os ventos do oceano
Desembestem por minha terra
Pra que as nuvens vão-se embora
E a minha marvada brilhe
Limpinha e firme no céu!...
Faz com que amansem
Todas as águas dos rios
Pra que eu me banhando neles

Possa brincar com a marvada
Refletida no espelho das águas!...

Assim. Então descia e chorava encostado no ombro de Maanape. Jiguê soluçando de pena animava o fogo da caieira pra que o herói não sentisse frio. Maanape engolia as lágrimas, invocando o Acutipuru o Murucututu o Ducucu, todos esses donos do sono em acalantos assim:

Acutipuru,
Empresta vosso sono
Pra Macunaíma
Que é muito manhoso!...

Catava os carrapatos do herói e o acalmava balanceando o corpo. O herói acalmava acalmava e adormecia bem.

No outro dia os três estradeiros recomeçavam a caminhada através dos matos misteriosos. E Macunaíma era sempre seguido pelo séquito de araras-vermelhas e jandaias.

Caminhando caminhando, uma feita em que a arraiada principiava enxotando a escureza da noite, escutaram longe um lamento de moça. Foram ver. Andaram légua e meia e encontraram uma cascata chorando sem parada. Macunaíma perguntou pra cascata:

— Que é isso!

— Chouriço!

— Conta o que é.

E a cascata contou o que tinha sucedido pra ela.

— Não vê que chamo Naipi e sou filha do tuxaua Mexô-Mexoitiqui nome que na minha fala quer dizer Engatinha-Engatinha. Eu era uma boniteza de cunhatã e todos os tuxauas vizinhos desejavam dormir na minha rede e provar meu corpo mais molengo que embiroçu. Porém quando algum vinha eu dava dentadas e contapés por amor de experimentar a força dele. E todos não aguentavam e partiam sorumbáticos.

Minha tribo era escrava da boiuna Capei que morava num covão em companhia das saúvas. Sempre no tempo em que os ipês de beira-rio se amarelavam de flores a boiuna vinha na taba escolher a cunhã virgem que ia dormir com ela na socava cheia de esqueletos.

Quando meu corpo chorou sangue pedindo força de homem pra servir, a suinara cantou manhãzinha nas jarinas de meu tejupá, veio Capei e me escolheu. Os ipês de beira-rio relampeavam de amarelo e todas as flores caíram nos ombros soluçando do moço Titçatê guerreiro de meu pai. A tristura talqualmente correição de sacassaia viera na taba e devorara até o silêncio.

Quando o pajé velho tirou a noite do buraco outra vez, Titçatê ajuntou as florzinhas perto dele e veio com elas pra rede da minha última noite livre. Então mordi Titçatê.

O sangue espirrou na munheca mordida porém o moço não fez caso não, gemeu de raiva amando, me encheu a boca de flores que não pude mais morder. Titçatê pulou na rede e Naipi serviu Titçatê.

Depois que brincamos feito doidos entre sangue escorrendo e as florzinhas de ipê, meu vencedor me carregou no ombro me jogou na ipeigara abicada num esconderijo de aturiás e flechou pro largo rio Zangado, fugindo da boiuna.

No outro dia quando o pajé velho guardou a noite no buraco outra vez, Capei foi me buscar e encontrou a rede sangrando vazia. Deu um urro e deitou correndo em busca nossa. Vinha vindo vinha vindo, a gente escutava o urro dela perto, mais perto pertinho e afinal as águas do rio Zangado empinaram com o corpo da boiuna ali.

Titçatê não podia mais remar desfalecido, sangrando sempre com a mordida na munheca. Por isso que não pudemos fugir. Capei me prendeu, me revirou, fez a sorte do ovo em mim, deu certo e a boiuna viu que eu já servira Titçatê.

Quis acabar com o mundo de raiva tamanha, não sei... me virou nesta pedra e atirou Titçatê na praia do rio, transformado numa planta. É aquela uma que está lá, lá embaixo, lá! É aquele mururê tão lindo que se enxerga, bracejando n'água pra mim. As flores roxas dele são os pingos de sangue da mordida, que meu frio de cascata regelou.

Capei mora embaixo de mim, examinando sempre si fui mesmo brincada pelo moço. Fui sim e passarei chorando nesta pedra até o fim do que não tem fim, mágoas de não servir mais o meu guerreiro T'çatê...

Parou. O choro pingava nos joelhos de Macunaíma e ele soluçou tremido.

— Si... si... si a boboiuna aparecesse eu... eu matava ela!

Então se escutou um urro guaçu e Capei veio saindo d'água. E Capei era a boiuna. Macunaíma ergueu o busto relumeando de heroísmo e avançou pro monstro. Capei escancarou a goela e soltou uma nuvem de apiacás. Macunaíma bateu que mais bateu vencendo os marimbondos. O monstro atirou uma guascada tirlintando com os guizos do rabo, porém nesse momento uma formiga tracuá mordeu o calcanhar do herói. Ele agachou distraído com a dor e o rabo passou por cima dele indo bater na cara de Capei. Então ela urrou mais e deu um bote na coxa de Macunaíma. Ele só fez um afastadinho com o corpo, agarrou num rochedo e juque! decepou a cabeça da bicha.

O corpo dela se estorceu na corrente enquanto a cabeça com aqueles olhões docinhos vinha beijar vencida os pés do vingador. O herói teve medo e jogou no viado mato dentro acompanhado pelos manos.

— Vem cá, siriri, vem cá! que a cabeça gritava.

Eles chispavam mais. Correram légua e meia e olharam pra trás. A cabeça de Capei vinha rolando sempre em busca deles. Correram mais e quando não podiam de fadiga treparam num bacuparizeiro ribeirinho pra ver si a cabeça continuava pra diante. Mas cabeça parou por debaixo do pau e pediu bacuparis. Macunaíma sacudiu a árvore. A cabeça catou as frutas do chão, comeu e pediu mais. Jiguê sacudiu bacuparis dentro d'água porém a cabeça falou que lá não ia não. Então Maanape atirou com toda a força uma fruta longe e enquanto a cabeça ia buscá-la os manos desceram do pau e se rasparam. Correndo correndo, légua e meia adiante deram com a casa onde morava o bacharel de Cananeia. O coroca estava na porta sentado e lia manuscritos profundos. Macunaíma falou pra ele:

— Como vai, bacharel?

— Menos mal, ignoto viajor.

— Tomando a fresca, não?

— C'est vrai, como dizem os franceses.

— Bem, té-logo bacharel, estou meio afobado...

E chisparam outra vez. Atravessaram os sambaquis do Caputera e do Morrete num respiro. Logo adiante havia um rancho teatino. Entraram e fecharam a porta bem. Então Macunaíma pôs reparo que perdera o tembetá. Ficou desesperado porque era a única lembrança que guardava de Ci. Ia saindo pra campear a pedra porém os manos não deixaram. Não durou muito a cabeça chegou. Juque! bateu.

— Que que há?

— Abra a porta pra mim entrar!

Porém jacaré abriu? nem eles! e a cabeça não pôde entrar. Macunaíma não sabia que a cabeça ficara escrava dele e não vinha pra fazer mal não. A cabeça esperou muito porém vendo que não abriam mesmo matutou no que ia ser. Si fosse ser água os outros bebiam, si fosse ser formiga esmagavam, si fosse mosquito flitavam, si fosse trem de ferro descarrilava, si fosse rio punham no mapa... Resolveu: "Vou ser Lua". Gritou:

— Abram a porta, gente, que quero umas coisas!

Macunaíma espiou pela fresta e avisou Jiguê já abrindo:

— Está solta!

Jiguê tornou a fechar a porta. Por isso que existe a expressão "Tá solto!" indicando que a gente não faz mesmo o que nos pedem.

Quando Capei viu que não abriam a porta principou se lamentando muito e perguntou pra iandu caranguejeira si ajudava a subida pro céu.

— Meu fio Sol derrete, secundou a aranha tatamanha.

Então a cabeça pediu pros xexéus se ajuntarem e ficou noite escura.

— Meu fio ninguém não enxerga de noite, disse a aranha tatamanha.

A cabeça foi buscar um cuitê de friagem nos Andes e falou:

— Despeja uma gota cada légua e meia, fio branqueia de geada. Podemos ir.

— Pois então vamos.

A iandu principiou fazendo fio no chão. Com o primeiro ventinho que brisou por ali o fio leviano se ergueu no céu. Então a aranha tatamanha subiu por ele e da ponta lá em riba derramou um bocado de geada. E enquanto a iandu caranguejeira fazia mais fio de lá pra riba, o de baixo branqueava todo. A cabeça gritou:

— Adeus, meu povo, que vou pro céu!

E lá foi comendo fio sobessubindo pro campo vasto do céu. Os manos abriram a porta e espiaram. Capei sempre subindo.

— Você vai mesmo pro céu, cabeça?

— Uum, ela fez não podendo mais abrir a boca.

Quando foi ali pela hora antes da madrugada a boiuna Capei chegou no céu. Estava gorducha de tanto fio comido e muito pálida do esforço. Todo o suor dela caía sobre a Terra em gotinhas de orvalho novo. Por causa do fio geado é que Capei é tão fria. Dantes Capei foi a boiuna mas agora é a cabeça da Lua lá no campo vasto do céu. Desde essa feita as caranguejeiras preferem fazer fio de-noite.

No outro dia os manos deram um campo até a beira do rio mas campearam campearam em vão, nada de muiraquitã. Perguntaram pra todos os seres, aperemas saguis tatus-mulitas tejus muçuãs da terra e das árvores, tapiucabas chabós matintapereras pinica-paus e aracuãs do ar, pra ave japiim e seu compadre marimbondo, pra baratinha casadeira, pro pássaro que grita "Taám!" e sua companheira que responde "Taím!", pra lagartixa que anda de pique com o ratão, pros tambaquis tucunarés pirarucus curimatás do rio, os pecaís tapicurus e iererês da praia, todos esses entes vivos mas ninguém não vira nada, ninguém não sabia de nada. E os manos bateram pé na estrada outra vez, varando os domínios imperiais. O silêncio era feio e o desespero também. De vez em quando Macunaíma parava pensando na marvada... Que desejo batia nele! Parava tempo. Chorava muito tempo. As lágrimas escorregando pelas faces infantis do herói iam lhe batizar a peitaria cabeluda. Então ele suspirava sacudindo a cabecinha:

— Qual, manos! Amor primeiro não tem companheiro, não!...

Continuava a caminhar. E por toda a parte recebia homenagens e era sempre seguido pelo séquito sarapintado de jandaias e araras-vermelhas.

Uma feita em que deitara numa sombra enquanto esperava os manos pescando, o Negrinho do Pastoreio pra quem Macunaíma rezava diariamente se apiedou do panema e resolveu ajudá-lo. Mandou o passarinho uirapuru. Quando sinão quando o herói escutou um tatalar inquieto e o passarinho uirapuru pousou no joelho dele. Macunaíma fez um gesto de caceteação e enxotou o passarinho uirapuru. Nem bem minuto passado escutou de novo a bulha e o passarinho pousou na barriga dele. Macunaíma nem se amolou mais. Então o passarinho uirapuru agarrou cantando com doçura e o herói entendeu tudo o que ele cantava. E era que Macunaíma estava desinfeliz porque perdera a muiraquitã na praia do rio quando subia no bacupari. Porém agora, cantava o lamento do uirapuru, nunca mais que Macunaíma havia de ser marupiara não, porque uma tracajá engolira a muiraquitã e o mariscador que apanhara a tartaruga tinha vendido a pedra verde pra um regatão peruano se chamando Venceslau Pietro Pietra. O dono do talismã enriquecera e parava fazendeiro e baludo lá em São Paulo, a cidade macota lambida pelo igarapé Tietê.

Dito isto o passarinho uirapuru executou uma letra no ar e desapareceu. Quando os manos chegaram da pesca Macunaíma falou pra eles:

— Ia andando por um caminho negaceando um catingueiro e vai, presenciei um friúme no costado. Botei a mão e saiu uma lacraia mansa que me falou toda a verdade.

Então Macunaíma contou o paradeiro da muiraquitã e disse pros manos que estava disposto a ir em São Paulo procurar esse tal Venceslau Pietro Pietra e retomar o tembetá roubado.

— ... e cascavel faça ninho si eu não topo com a muiraquitã! Si vocês venham comigo muito que bem, si não, homem, antes só do que mal acompanhado! Mas eu tenho opinião de sapo e quando encasqueto uma coisa aguento firme no toco. Hei de ir só pra tirar a prosa do passarinho uirapuru, minto! da lacraia.

Depois que discursou Macunaíma deu uma grande gargalhada imaginando na peça que pregava no passarinho. Maanape e Jiguê resolveram ir com ele, mesmo porque o herói carecia de proteção.

5. Piaimã

No outro dia Macunaíma pulou cedo na ubá e deu uma chegada até a foz do rio Negro pra deixar a consciência na ilha de Marapatá. Deixou-a bem na ponta dum mandacaru de dez metros, pra não ser comida pelas saúvas. Voltou pro lugar onde os manos esperavam e no pino do dia os três rumaram pra margem esquerda da Sol.

Muitos casos sucederam nessa viagem por caatingas rios corredeiras, gerais, corgos, corredores de tabatinga matos-virgens e milagres do sertão. Macunaíma vinha com os dois manos pra São Paulo. Foi o Araguaia que facilitou-lhes a viagem. Por tantas conquistas e tantos feitos passados o herói não ajuntara um vintém só mas os tesouros herdados da icamiaba estrela estavam escondidos nas grunhas do Roraima lá. Desses tesouros Macunaíma apartou pra viagem nada menos de quarenta vezes quarenta milhões de bagos de cacau, a moeda tradicional. Calculou com eles um dilúvio de embarcações. E ficou lindo trepando pelo Araguaia aquele poder de igaras, duma em uma duzentas em ajojo que nem flecha na pele do rio. Na frente Macunaíma vinha de pé, carrancudo, procurando no longe a cidade. Matutava matutava roendo os dedos agora cobertos de berrugas de tanto apontarem Ci estrela. Os manos remavam espantando os mosquitos e cada arranco dos remos repercutindo nas duzentas igaras ligadas, despejava uma batelada de bagos na pele do rio, deixando uma esteira de chocolate onde os camuatás pirapitingas dourados piracanjubas uarús-uarás e bacus se regalavam.

Uma feita a Sol cobrira os três manos duma escaminha de suor e Macunaíma se lembrou de tomar banho. Porém no rio era impossível por causa das piranhas tão vorazes que de quando em quando, na luta pra pegar um naco de irmã espedaçada, pulavam aos cachos pra fora d'água metro e mais. Então Macunaíma enxergou numa lapa bem no meio do rio uma cova cheia d'água. E a cova era que nem a marca dum pé gigante. Abicaram. O herói depois de muitos gritos por causa do frio da água entrou na cova e se lavou inteirinho. Mas a água era encantada porque aquele buraco na lapa era marca do pezão do Sumé, do tempo em que andava pregando o evangelho de Jesus pra indiada brasileira. Quando o herói saiu do banho estava branco loiro e de olhos azuizinhos, água lavara o pretume dele. E ninguém não seria capaz mais de indicar nele um filho da tribo retinta dos Tapanhumas.

Nem bem Jiguê percebeu o milagre, se atirou na marca do pezão do Sumé. Porém a água já estava muito suja da negrura do herói e por mais que Jiguê esfregasse feito maluco atirando água pra todos os lados só conseguiu ficar da cor do bronze novo. Macunaíma teve dó e consolou:

— Olhe, mano Jiguê, branco você ficou não, porém pretume foi-se e antes fanhoso que sem nariz.

Maanape então é que foi se lavar, mas Jiguê esborrifara toda a água encantada pra fora da cova. Tinha só um bocado lá no fundo e Maanape conseguiu molhar só a palma dos pés e das mãos. Por isso ficou negro bem filho da tribo dos Tapanhumas. Só que as palmas das mãos e dos pés dele são vermelhas por terem se limpado na água santa. Macunaíma teve dó e consolou:

— Não se avexe, mano Maanape, não se avexe não, mais sofreu nosso tio Judas!

E estava lindíssimo na Sol da lapa os três manos um loiro um vermelho outro negro, de pé bem erguidos e nus.

Todos os seres do mato espiavam assombrados. O jacareúna o jacaretinga o jacaré-açu o jacaré-ururau de papo amarelo, todos esses jacarés botaram os olhos de rochedo pra fora d'água. Nos ramos das ingazeiras das aningas das mamoranas das embaúbas dos catauaris de beira-rio o macaco-prego o macaco-de-cheiro o guariba o bugio o cuatá o barrigudo o coxiú o cairara, todos os quarenta macacos do Brasil, todos, espiavam babando de inveja. E os sabiás, o sabiacica o sabiapoca o sabiaúna o sabiá-piranga o sabiá-gongá que quando come não me dá, o sabiá-barranco o sabiá-tropeiro o sabiá-laranjeira o sabiá-gute, todos esses ficaram pasmos e esqueceram de acabar o trinado, vozeando vozeando com eloquência. Macunaíma teve ódio. Botou as mãos nas ancas e gritou pra natureza:

— Nunca viu não!

Então os seres naturais debandaram vivendo e os três manos seguiram caminho outra vez.

Porém entrando nas terras do igarapé Tietê adonde o burbom vogava e a moeda tradicional não era mais cacau, em vez, chamava arame contos contecos mil-réis borós tostão duzentorréis quinhentorréis, cinquenta paus, noventa bagarotes, e pelegas cobres xenxéns caraminguás selos bicos-de-coruja massuni bolada calcáreo gimbra siridó bicha e pataracos, assim, adonde até liga pra meia ninguém comprava nem por vinte mil cacaus. Macunaíma ficou muito contrariado. Ter de trabucar, ele, herói!... Murmurou desolado:

— Ai! que preguiça!...

Resolveu abandonar a empresa, voltando pros pagos de que era imperador. Porém Maanape falou assim:

— Deixa de ser aruá, mano! Por morrer um caranguejo o mangue não bota luto não! que diacho! desanima não que arranjo as coisas!

Quando chegaram em São Paulo, ensacou um pouco do tesouro pra comerem e barganhando o resto na Bolsa apurou perto de oitenta contos de réis. Maanape era feiticeiro.

Oitenta contos não valia muito mas o herói refletiu bem e falou pros manos:

— Paciência. A gente se arruma com isso mesmo, quem quer cavalo sem tacha anda de a-pé...

Com esses cobres é que Macunaíma viveu.

E foi numa boca-da-noite fria que os manos toparam com a cidade macota de São Paulo esparramada a beira-rio do igarapé Tietê. Primeiro foi a gritaria da papagaiada imperial se despedindo do herói. E lá se foi o bando sarapintado volvendo pros matos do norte.

Os manos entraram num cerrado cheio de inajás ouricuris ubuçus bacabas mucajás miritis tucumãs trazendo no curuatá uma penachada de fumo em vez de palmas e cocos. Todas as estrelas tinham descido do céu branco de tão molhado de garoa e banzavam pela cidade. Macunaíma lembrou de procurar Ci. Êh! dessa ele nunca poderia esquecer não, porque a rede feiticeira que ela armara pros brinquedos fora tecida com os próprios cabelos dela e isso torna a tecedeira inesquecível. Macunaíma campeou campeou mas as estradas e terreiros estavam apinhados de cunhãs tão brancas tão alvinhas, tão!... Macunaíma gemia. Roçava nas cunhãs murmurejando com doçura: "Mani! Mani! filhinhas da mandioca..." perdido de gosto e tanta formosura. Afinal escolheu três. Brincou com elas na rede estranha plantada no chão, numa maloca mais alta que a Paranaguara. Depois, por causa daquela rede ser dura, dormiu de atravessado sobre os corpos das cunhãs. E a noite custou pra ele quatrocentos bagarotes.

A inteligência do herói estava muito perturbada. Acordou com os berros da bicharia lá embaixo nas ruas, disparando entre as malocas temíveis. E aquele diacho de sagui-açu que o carregara pro alto do tapiri tamanho em que dormira... Que mundo de bichos! que despropósito de papões roncando, mauaris juruparis sacis e boitatás nos atalhos nas socavas nas cordas dos morros furados por grotões donde gentama saía muito branquinha branquíssima, de certo a filharada da mandioca!... A inteligência do herói estava muito perturbada. As cunhãs rindo tinham ensinado pra ele que o sagui-açu não era saguim não, chamava elevador e era uma máquina. De-manhãzinha ensinaram que todos aqueles piados berros cuquiadas sopros roncos esturros não eram nada disso não, eram mas clácsons campainhas apitos buzinas e tudo era máquina. As onças-pardas não eram onças-pardas, se chamavam fordes hupmobiles chevrolés dodges mármons e eram máquinas. Os tamanduás os boitatás as inajás de curuatás de fumo, em vez eram caminhões bondes autobondes anúncios-luminosos relógios faróis rádios motocicletas telefones gorjetas postes chaminés... Eram máquinas e tudo na cidade era só máquina! O herói aprendendo calado. De vez em quando estremecia. Voltava a ficar imóvel escutando assuntando maquinando numa cisma assombrada. Tomou-o um respeito cheio de inveja por essa deusa de deveras forçuda, Tupã famanado que os filhos da mandioca chamavam de Máquina, mais cantadeira que a Mãe-d'água, em bulhas de sarapantar.

Então resolveu ir brincar com a Máquina pra ser também imperador dos filhos da mandioca. Mas as três cunhãs deram muitas risadas e falaram que isso de deuses era uma gorda mentira antiga, que não tinha deus não e que com a máquina ninguém não brinca porque ela mata. A máquina não era deus não, nem possuía os distintivos femininos de que o herói gostava tanto. Era feita pelos homens. Se mexia com eletricidade com fogo com água com vento com fumo, os homens aproveitando as forças da natureza. Porém jacaré acreditou? nem o herói! Se levantou na cama e com um gesto, esse sim! bem guaçu de desdém, tó! batendo o antebraço esquerdo dentro do outro dobrado, mexeu com energia a munheca direita pras três cunhãs e partiu. Nesse instante, falam, ele inventou o gesto famanado de ofensa: a pacova.

E foi morar numa pensão com os manos. Estava com a boca cheia de sapinhos por causa daquela primeira noite de amor paulistano. Gemia com as dores e não havia meios de sarar até que Maanape roubou uma chave de sacrário e deu pra Macunaíma chupar. O herói chupou chupou e sarou bem. Maanape era feiticeiro.

Macunaíma passou então uma semana sem comer nem brincar só maquinando nas brigas sem vitória dos filhos da mandioca com a Máquina. A Máquina era que matava os homens porém os homens é que mandavam na Máquina... Constatou pasmo que os filhos da mandioca eram donos sem mistério e sem força da máquina sem mistério sem querer sem fastio, incapaz de explicar as infelicidades por si. Estava nostálgico assim. Até que uma noite, suspenso no terraço dum arranha-céu com os manos, Macunaíma concluiu:

— Os filhos da mandioca não ganham da máquina nem ela ganha deles nesta luta. Há empate.

Não concluiu mais nada porque inda não estava acostumado com discursos porém palpitava pra ele muito embrulhadamente muito! que a máquina devia de ser um deus de que os homens não eram verdadeiramente donos só porque não tinham feito dela uma Iara explicável mas apenas uma realidade do mundo. De toda essa embrulhada o pensamento dele sacou bem clarinha uma luz: os homens é que eram máquinas e as máquinas é que eram homens. Macunaíma deu uma grande gargalhada. Percebeu que estava livre outra vez e teve uma satisfa mãe. Virou Jiguê na máquina telefone, ligou pros cabarés encomendando lagosta e francesas.

No outro dia estava tão fatigado da farra que a saudade bateu nele. Se lembrou da muiraquitã. Resolveu agir logo porque primeira pancada é que mata cobra.

Venceslau Pietro Pietra morava num tejupar maravilhoso rodeado de mato no fim da rua Maranhão olhando pra noruega do Pacaembu. Macunaíma falou pra Maanape que ia dar uma chegadinha até lá por amor de conhecer Venceslau Pietro Pietra. Maanape fez um discurso mostrando as inconveniências de ir lá porque o regatão andava com o calcanhar pra frente e si Deus o assinalou alguma lhe achou. De certo um mauari malevo... Quem sabe si o gigante Piaimã comedor de gente!... Macunaíma não quis saber.

— Pois vou assim mesmo. Onde me conhecem honras me dão, onde não me conhecem me darão ou não!

Então Maanape acompanhou o mano.

Por detrás do tejupar do regatão vivia a árvore Dzalaúra-Iegue que dá todas as frutas, cajus cajás cajamangas mangas abacaxis abacates jaboticabas graviolas sapotis pupunhas pitangas guajiru cheirando sovaco de preta, todas essas frutas e é mui alta. Os dois manos estavam com fome. Fizeram um zaiacúti com folhagem cortada pelas saúvas, esconderijo no galho mais baixo da árvore pra flecharem a caça devorando as frutas. Maanape falou pra Macunaíma:

— Olha, si algum passo cantar não secunda não, mano, sinão adeus minhas encomendas!

O herói mexeu a cabeça que sim. Maanape atirava com a sarabatana e Macunaíma recolhia por detrás do zaiacúti a caça caindo. Caça caía com estrondo e Macunaíma aparava os macucos macacos micos monos mutuns jacus jaós tucanos, todas essas caças. Porém o estrondo tirou Venceslau Pietro Pietra do farniente e ele veio saber o que era aquilo. E Venceslau Pietro Pietra era o gigante Piaimã comedor de gente. Chegou na porta da casa e cantou feito pássaro:

— Ogoró! ogoró! ogoró!

parecendo muito longe. Macunaíma secundou logo:

— Ogoró! ogoró! ogoró!

Maanape sabia do perigo e murmurou:

— Esconde, mano!

O herói escondeu por detrás do zaiacúti entre a caça morta e as formigas. Então gigante veio.

— Quem que secundou?

Maanape respondeu:

— Sei não.

— Quem que secundou?

— Sei não.

Treze vezes. Daí o gigante falou:

— Foi gente. Me mostra quem era.

Maanape jogou um macuco morto. Piaimã engoliu o macuco e falou:

— Foi gente! Me mostra quem era!

Maanape jogou um macaco morto. Piaimã engoliu-o e continuou:

— Foi gente! Me mostra quem era!

Então enxergou o dedo mindinho do herói escondido e atirou um baníni na direção. Se ouviu um grito gemido comprido, juuúque! e Macunaíma agachou com a flecha enterrada no coração. O gigante falou pra Maanape:

— Atira a gente que eu cacei!

Maanape atirou guaribas jaós mutuns, mutum-de-vargem mutum-de-fava mutuporanga urus urumutum piaçocas, todas essas caças porém Piaimã engolia e tornava a pedir a gente que ele flechara. Maanape não queria dar o herói e jogava as caças. Levaram muito tempo assim e Macunaíma já tinha morrido. Afinal Piaimã deu um berro medonho:

— Maanape, meu neto, deixa de conversa! Atira a gente que eu cacei que sinão te mato, velho safadinho!

Maanape não queria jogar o mano mesmo, pegou desesperado em seis caças duma vez, um macuco um macaco um jacu uma jacutinga uma picota e uma piaçoca e atirou no chão gritando:

— Toma seis!

Piaimã ficou danado. Agarrou quatro paus do mato, uma acapurana um angelim um apió e um carauá, e veio com eles pra cima de Maanape:

— Sai do caminho, porqueira! jacaré não tem pescoço, formiga não tem caroço! comigo é só quatro paus na ponta da unha, jogador de caça falsa!

Então Maanape ficou com muito medo e jogou, truque!

o herói no chão. Foi assim que Maanape com Piaimã inventaram o jogo sublime do truco.

Piaimã sossegou.

— Este mesmo.

Agarrou o defunto por uma perna e foi puxando. Entrou na casa. Maanape desceu da árvore desesperado. Quando ia pra seguir atrás do defunto mano topou com a formiguinha sarará chamada Cambgique. A sarará perguntou:

— O que você faz por aqui, parceiro!

— Vou atrás do gigante que matou meu mano.

— Vou também.

Então Cambgique sugou todo sangue do herói, esparramado no chão e nos ramos e sugando sempre as gotas do caminho foi mostrando o rasto pra Maanape.

Entraram na casa atravessaram o hol e a sala de jantar, passaram pela copa saíram no terraço do lado e pararam na frente do porão. Maanape acendeu uma tocha de jutaí e puderam descer a escadinha negra. Bem na porta da adega rastejava a última gota de sangue. A porta estava fechada. Maanape coçou o nariz e perguntou pra Cambgique:

— E agora!

Então veio por debaixo da porta o carrapato Zlezlegue e perguntou pra Maanape:

— Agora o quê, parceiro?

— Vou atrás do gigante que matou meu mano.

Zlezlegue falou:

— Está bom. Então fecha o olho, parceiro. Maanape fechou.

— Abre o olho, parceiro.

Maanape abriu e o carrapato Zlezlegue tinha virado numa chave yale, Maanape ergueu a chave do chão e abriu a porta. Zlezlegue virou carrapato outra vez e ensinou:

— Com as garrafas bem de cima você convence Piaimã.

E desapareceu. Maanape tirou dez garrafas, abriu e veio vindo um aroma perfeito. Era o cauim famoso chamado quiânti. Então Maanape entrou na outra sala da adega. O gigante estava aí com a companheira, uma caapora velha sempre cachimbando que se chamava Ceiuci e era muito gulosa. Maanape deu as garrafas pra Venceslau Pietro Pietra, um naco de fumo do Acará pra caapora e o casal esqueceram que havia mundo.

O herói picado em vinte vezes trinta torresminhos bubuiava na polenta fervendo. Maanape catou os pedacinhos e os ossos e estendeu tudo no cimento pra refrescar. Quando esfriaram a sarará Cambgique derramou por cima o sangue sugado. Então Maanape embrulhou todos os pedacinhos sangrando em folhas de bananeira, jogou o embrulho num sapicuá e tocou pra pensão.

Lá chegado botou o cesto de pé assoprou fumo nele e Macunaíma veio saindo meio pamonha ainda, muito desmerecido, do meio das folhas. Maanape deu guaraná pro mano e ele ficou taludo outra vez. Espantou os mosquitos e perguntou:

— O que foi que sucedeu pra mim?

— Mas, meus cuidados, não falei pra você não secundar cantiga de passarinho! falei sim, pois então!...

No outro dia Macunaíma acordou com escarlatina e levou todo o tempo da febre imaginando que carecia da máquina garrucha pra matar Venceslau Pietro Pietra. Nem bem sarou foi na casa dos ingleses pedir uma smith-wesson. Os ingleses falaram:

— As garruchas inda estão muito verdolengas porém vamos a ver si tem alguma temporã.

Então foram embaixo da árvore garrucheira. Os ingleses falaram:

— Você fica esperando aqui. Si despencar alguma garrucha então pegue. Mas não deixa ela cair no chão não!

— Feito.

Os ingleses sacudiram sacudiram a árvore e caiu uma garrucha temporã. Os ingleses falaram:

— Essa está boa.

Macunaíma agradeceu e foi-se embora. Queria que os outros acreditassem que ele falava o inglês porém não falava nem sweetheart não, os manos é que falavam. Maanape também desejava garrucha balas e uísque. Macunaíma aconselhou:

— Você não fala inglês bem, mano Maanape, vai lá e a volta é cruel. É capaz de pedir garrucha e darem conversa. Deixa que eu vou.

E foi falar outra vez com os ingleses. Debaixo da árvore garrucheira os ingleses sacolejaram sacolejaram os ramos porém não caiu nem uma garrucha não. Então foram debaixo da árvore baleira, os ingleses sacudiram e despencou um desperdício de balas que Macunaíma deixou cair no chão depois catou.

— Agora uísque, falou.

Foram debaixo da árvore uisqueira, os ingleses sacudiram e despencaram duas caixas que Macunaíma pegou no ar. Agradeceu pros ingleses e voltou pra pensão. Lá chegado escondeu as caixas debaixo da cama e foi falar com o mano:

— Falei inglês com eles, mano, porém não tinha nem garrucha nem uísque por causa que passou uma correição de formiga oncinha e comeu tudo. As balas trago aqui. Agora dou minha garrucha pra você e quando alguém bulir comigo você atira.

Então virou Jiguê na máquina telefone, ligou pro gigante e xingou a mãe dele.

6. A francesa e o gigante

Maanape gostava muito de café e Jiguê muito de dormir. Macunaíma queria erguer um papiri pros três morarem porém jamais que papiri se acabava. Os puxirões goravam sempre porque Jiguê passava o dia dormindo e Maanape bebendo café. O herói teve raiva. Pegou numa colher, virou-a num bichinho e falou:

— Agora você fica sovertida no pó de café. Quando mano Maanape vier beber, morda a língua dele!

Então pegando num cabeceiro de algodão, virou-o numa tatorana branca e falou:

— Agora você fica sovertida na maqueira. Quando mano Jiguê vier dormir, chupe o sangue dele!

Maanape já vinha entrando na pensão pra beber café outra vez. O bichinho picou a língua dele.

— Ai! Maanape fez.

Macunaíma bem sonso falou:

— Está doendo, mano? Quando bichinho me pica não dói não.

Maanape teve raiva. Atirou o bichinho muito pra longe falando:

— Sai, praga!

Então Jiguê entrou na pensão pra tirar um corte. O marandová branquinho tanto chupou o sangue dele que até virou rosado.

— Ai! que Jiguê gritou.

E Macunaíma:

— Está doendo, mano? Ora veja só! Quando tatorana me chupa até gosto.

Jiguê teve raiva e atirou a tatorana longe falando:

— Sai, praga!

E então os três manos foram continuar a construção do papiri. Maanape e Jiguê ficaram dum lado e Macunaíma do outro pegava os tijolos que os manos atiravam. Maanape e Jiguê estavam tiriricas e desejando se vingar do mano. O herói não maliciava nada. Vai, Jiguê pegou num tijolo, porém pra não machucar muito virou-o numa bola de couro duríssima. Passou a bola pra Maanape que estava mais na frente e Maanape com um pontapé mandou ela bater em Macunaíma. Esborrachou todo o nariz do herói.

— Ui! que o herói fez.

Os manos bem sonsos gritaram:

— Uai! está doendo, mano! Pois quando bola bate na gente nem não dói!

Macunaíma teve raiva e atirando a bola com o pé bem pra longe falou:

— Sai, peste!

Veio onde estavam os manos:

— Não faço mais papiri, pronto!

E virou tijolos pedras telhas ferragens numa nuvem de içás que tomou São Paulo por três dias.

O bichinho caiu em Campinas. A tatorana caiu por aí. A bola caiu no campo. E foi assim que Maanape inventou o bicho-do-café, Jiguê a lagarta-rosada e Macunaíma o futebol, três pragas.

No outro dia, com o pensamento sempre na Marvada, o herói percebeu que xetrara mesmo duma vez e nunca mais que podia aparecer na rua Maranhão porque agora Venceslau Pietro Pietra já o conhecia bem. Imaginou imaginou e ali pelas quinze horas teve uma ideia. Resolveu enganar o gigante. Enfiou um membi na goela, virou Jiguê na máquina telefone e telefonou pra Venceslau Pietro

Pietra que uma francesa queria falar com ele a respeito da máquina negócios. O outro secundou que sim e que viesse agorinha já porque a velha Ceiuci tinha saído com as duas filhas e podiam negociar mais folgado.

Então Macunaíma emprestou da patroa da pensão uns pares de bonitezas, a máquina ruge, a máquina meia-de-seda, a máquina combinação com cheiro de casca-sacaca, a máquina cinta aromada com capim-cheiroso, a máquina decoletê úmida de patchuli, a máquina mitenes, todas essas bonitezas, dependurou dois mangarás nos peitos e se vestiu assim. Pra completar inda barreou com azul de pau-campeche os olhinhos de piá que se tornaram lânguidos. Era tanta coisa que ficou pesado mas virou numa francesa tão linda que se defumou com jurema e alfinetou um raminho de pinhão paraguaio no patriotismo pra evitar quebranto. E foi no palácio de Venceslau Pietro Pietra. E Venceslau Pietro Pietra era o gigante Piaimã comedor de gente.

Saindo da pensão Macunaíma topou com um beija-flor com rabo de tesoura. Não gostou da caguira não e pensou abandonar o randevu porém como promessa é dívida fez um esconjuro e seguiu.

Lá chegado encontrou o gigante no portão, esperando. Depois de muitos salamaleques Piaimã tirou os carrapatos da francesa e levou-a pra uma alcova lindíssima com esteios de acaricoara e tesouras de itaúba. O assoalho era um xadrez de muirapiranga e pau-cetim. A alcova estava mobiliada com as famosas redes brancas do Maranhão. Bem no centro havia uma mesa de jacarandá esculpido arranjada com louça branco-encarnada de Breves e cerâmica de Belém, dispostas sobre uma toalha de rendas tecidas com fibra de bananeira. Numas bacias enormes originárias das cavernas do rio Cunani fumegava tacacá com tucupi, sopa feita com um paulista vindo dos frigoríficos da Continental, uma jacarezada e polenta. Os vinhos eram um Puro de Ica subidor vindo de Iquitos, um Porto imitação, de Minas, uma caiçuma de oitenta anos, champanha de São Paulo bem gelada e um extrato de jenipapo famanado e ruim como três dias de chuva. E inda havia dispostos com arte enfeitadeira e muitos recortados de papel os esplêndidos bombons Falchi e biscoitos do Rio Grande empilhados em cuias dum preto brilhante de cumaté com desenhos esculpidos a canivete, provindas de Monte Alegre.

A francesa sentou numa rede e fazendo gestos graciosos principiou mastigando. Estava com muita fome e comeu bem. Depois tomou um copo de Puro pra rebater e resolveu entrar no assunto de chapéu-de-sol aberto. Foi logo perguntando si o gigante era verdade que possuía uma muiraquitã com forma de jacaré. O gigante foi lá dentro e voltou com um caramujo na mão. E puxou pra fora dele uma pedra verde. Era a muiraquitã! Macunaíma sentiu um frio por dentro de tanta comoção e percebeu que ia chorar. Mas disfarçou bem perguntando si o gigante não queria vender a pedra. Porém Venceslau Pietro Pietra piscou faceiro dizendo que vendida não dava a pedra não. Então a francesa pediu suplicando pra levar a pedra de emprestado pra casa. Venceslau Pietro Pietra mais uma vez piscou faceiro falando que de emprestado não dava a pedra também não.

— Você imagina então que vou cedendo assim com duas risadas, francesa? Qual!

— Mas eu estou querendo tanto a pedra!...

— Vá querendo!

— Pois tanto se me dá como se me dava, regatão!

— Regatão uma ova, francesa! Dobre a língua! Colecionador é que é!

Foi lá dentro e voltou carregando um grajau tamanho feito de embira e cheinho de pedra. Tinha turquesas esmeraldas berilos seixos polidos, ferragem com forma de agulha, crisólita pingo-d'água tinideira esmeril lapinha ovo de pomba osso de cavalo machados facões flechas de pedra lascada, grigris rochedos elefantes petrificados, colunas gregas, deuses egípcios, budas javaneses, obeliscos mesas mexicanas, ouro guianense, pedras ornitomorfas de Iguape, opalas do igarapé Alegre, rubis e granadas do rio Curupi, itamotingas do rio das Garças, itacolumitos, turmalinas de Vupabuçu, blocos de titânio do rio Piriá, bauxitas do ribeirão do Macaco, fósseis calcáreos de Pirabas, pérolas de Cametá, o rochedo tamanho que Oaque o pai do Tucano atirou com a sarabatana lá do alto daquela montanha, um litóglifo de Calamare, tinha todas essas pedras no grajau.

Então Piaimã contou pra francesa que ele era um colecionador célebre, colecionava pedras. E a francesa era Macunaíma, o herói. Piaimã confessou que a joia da coleção era mesmo a muiraquitã com forma de jacaré comprada por mil contos da imperatriz das icamiabas lá nas praias da lagoa Jaciuruá. E tudo era mentira do gigante. Vai, ele sentou na rede mui rente da francesa, muito! e falou murmuriando que com ele era oito ou oitenta, não vendia não emprestava a pedra mas porém era capaz de dar... "Conforme..." O gigante estava mas era querendo brincar com a francesa. Quando por causa do jeito de Piaimã o herói entendeu o que significava o tal de "conforme", ficou muito inquieto. Matutou: "Será que o gigante imagina que sou francesa mesmo!... Cai fora, peruano sem-vergonha!". E saiu correndo pelo jardim. O gigante correu atrás. A francesa pulou numa moita pra se esconder porém estava uma pretinha lá. Macunaíma cochichou pra ela:

— Caterina, sai daí sim?

Caterina nem gesto. Macunaíma já meio impinimado com ela, cochichou:

— Caterina, sai daí que sinão te bato!

A mulatinha ali. Então Macunaíma deu um bruto dum tapa na peste e ficou com a mão grudada nela.

— Caterina, me larga minha mão e vai-te embora que te dou mais tapa, Caterina!

Caterina era mas uma boneca de cera de carnaúba posta ali pelo gigante. Ficou bem quieta. Macunaíma deu outro tapa com a mão livre e ficou mais preso.

— Caterina, Caterina! me larga minhas mãos e vai-te embora pixaim! sinão te dou um contapé!

Deu o pontapé e ficou mais preso ainda. Afinal o herói ficou inteirinho grudado na Catita. Então chegou Piaimã com um cesto. Tirou a francesa da armadilha e berrou pro cesto:

— Abra a boca, cesto, abra a vossa grande boca!

O cesto abriu a boca e o gigante despejou o herói nele. O cesto fechou a boca outra vez, Piaimã carregou-o e voltou. A francesa em vez de bolsa estava armada com o mênie que serve pra guardar as flechinhas da sarabatana. O gigante deixou o cesto encostado na porta de entrada e afundou casa adentro pra guardar o mênie entre as pedras da coleção. Porém o mênie era de pano cheirando pixé de caça. O gigante desconfiou daquilo e perguntou:

— Vossa mãe é tão cheirosa e gordinha que nem você, criatura?

E revirou os olhos de gozo. Ele estava maliciando que o mênie era filhinho da francesa. E a francesa era Macunaíma o herói. Lá do cesto ele escutou a pergunta e principiou ficando excessivamente inquieto. "Pois então será mesmo que esse tal de Venceslau imagina que passei por debaixo de algum arco-da-velha pra ter mudado a natureza? te esconjuro, credo!" Então assoprou raiz de cumacá em pó que bambeia cordas, bambeou o amarrilho do cesto e pulou pra fora. Ia saindo quando topou com o jaguara do gigante, que chamava Xaréu, nome de peixe pra não ficar hidrófobo. O herói teve medo e desembestou numa chispada mãe parque adentro. O cachorro correu atrás. Correram correram. Passaram lá rente à Ponta do Calabouço, tomaram rumo de Guajará Mirim e voltaram pra leste. Em Itamaracá Macunaíma passou um pouco folgado e teve tempo de comer uma dúzia de manga-jasmim que nasceu do corpo de dona Sancha, dizem. Rumaram pra sudoeste e nas alturas de Barbacena o fugitivo avistou uma vaca no alto duma ladeira calçada com pedras pontudas. Lembrou de tomar leite. Subiu esperto pela capistrana pra não cansar porém a vaca era de raça Guzerá muito brava. Escondeu o leitinho pobre. Mas Macunaíma fez uma oração assim:

Valei-me Nossa Senhora,
Santo Antônio de Nazaré,
A vaca mansa dá leite,
A braba dá si quisé!

A vaca achou graça, deu leite e o herói chispou pro sul. Atravessando o Paraná já de volta dos pampas bem que ele queria trepar numa daquelas árvores porém os latidos estavam na cola dele e o herói isso vinha que vinha acochado pelo jaguara. Gritava:

— Sai, pau!

E desviava de cada castanheira, de cada pau-d'arco, de cada cumaru bom de trepar. Adiante da cidade de Serra no Espírito Santo quase arrebentou a cabeça numa pedra com muitas pinturas esculpidas que não se entendia. De certo era dinheiro enterrado... Porém Macunaíma estava com pressa e frechou pras barrancas da ilha do Bananal. Enfim enxergou um formigueiro de trinta metros abrindo um olho no rés do chão bem na frente. Barafustou subindo pelo buraco adentro e se encolheu no alto. O jaguara ficou acuando ali.

Então o gigante veio e topou com o jaguara acuando o formigueiro. Bem na entrada a francesa perdera uma correntinha de prata. "Meu tesouro está aqui" murmurou o gigante. Então o jaguara desapareceu. Piaimã arrancou da terra com raiz e tudo uma palmeira inajá e nem deixou sinal no chão. Cortou o grelo do pau e enfiou-o pelo buraco por amor de fazer a francesa sair. Porém jacaré saiu? nem ela! Abriu as pernas e o herói ficou como se diz empalado na inajá. Vendo que a francesa não saía mesmo, Piaimã foi buscar pimenta. Trouxe uma correição das formigas anaquilãs que é pimenta de gigante, botou-as no buraco, elas ferraram no herói. Mas nem assim mesmo a francesa saiu.

Piaimã jurou vingança. Pinchou fora as anaquilãs e gritou pra Macunaíma:

— Agora que te agarro mesmo porque vou buscar a jararaca Elitê!

Quando ouviu isso o herói gelou. Com a jararaca ninguém não pode não. Gritou pro gigante:

— Espera um bocado, gigante, que já saio.

Porém pra ganhar tempo tirou os mangarás do peito e botou na boca do buraco falando:

— Primeiro bota isso pra fora, faz favor.

Piaimã estava tão furibundo que atirou os mangarás longe. Macunaíma presenciou a raiva do gigante.

Tirou a máquina decoletê, pôs ela na boca do buraco, falando outra vez:

— Bota isso pra fora, faz favor.

Piaimã inda atirou o vestido mais longe. Então Macunaíma botou a máquina cinta, depois a máquina sapatos e foi fazendo assim com todas as roupas. O gigante isso já estava fumando de tão danado. Jogava tudo longe sem nem olhar o que era. Então bem de mansinho o herói pôs o sim-sinhô dele na boca do buraco e falou:

— Agora me bote pra fora só mais esta cabaça fedorenta.

Piaimã cego de raiva agarrou no sim-sinhô sem ver o que era e atirou sim-sinhô com herói e tudo légua e meia adiante. E ficou esperando pra sempre enquanto o herói lá longe ganhava os mororós.

Chegou na pensão tomando a bênção de cachorro e chamando gato de tio, só vendo! suando esfolado com fogo nos olhos, botando os bofes pela boca. Descansou um pedaço e como estava arado de fome bateu uma fritada de sururu de Maceió, um pato seco de Marajó molhando a janta com mocororó. Descansou.

Macunaíma estava muito contrariado. Venceslau Pietro Pietra era um colecionador célebre e ele não. Suava de inveja e afinal resolveu imitar o gigante. Porém não achava graça em colecionar pedras não porque já tinha uma imundície delas na terra dele pelos espigões, nos manadeiros nas corredeiras nas seladas e gupiaras altas. E todas essas pedras já tinham sido vespas formigas mosquitos carrapatos animais passarinhos gentes e cunhãs e cunhatãs e até as graças das cunhãs e das cunhatãs... Pra que mais pedra que é tão pesado de carregar!... Estendeu os braços com moleza e murmurou:

— Ai! que preguiça!...

Matutou matutou e resolveu. Fazia uma coleção de palavras-feias de que gostava tanto.

Se aplicou. Num átimo reuniu milietas delas em todas as falas vivas e até nas línguas grega e latina que estava estudando um bocado. A coleção italiana era completa, com palavras pra todas as horas do dia, todos os dias do ano, todas as circunstâncias da vida e sentimentos humanos. Cada bocagem! Mas a joia da coleção era uma frase indiana que nem se fala.

7. Macumba

Macunaíma estava muito contrariado. Não conseguia reaver a muiraquitã e isso dava ódio. O milhor era matar Piaimã... Então saiu da cidade e foi no mato Fulano experimentar força. Campeou légua e meia e afinal enxergou uma peroba sem fim. Enfiou o braço na sapopemba e deu um puxão pra ver si arrancava o pau mas só o vento sacudia a folhagem na altura porém. "Inda não tenho bastante força não", Macunaíma refletiu. Agarrou num dente do ratinho chamado crô, fez uma bruta incisão na perna, de preceito pra quem é frouxo e voltou sangrando pra pensão. Estava desconsolado de não ter força ainda e vinha numa distração tamanha que deu uma topada. Então de tanta dor o herói viu no alto as estrelas e entre elas enxergou Capei minguadinha cercada de névoa. "Quando mingua a Luna não comeces coisa alguma" suspirou. E continuou consolado.

No outro dia o tempo estava inteiramente frio e o herói resolveu se vingar de Venceslau Pietro Pietra dando uma sova nele pra esquentar. Porém por causa de não ter força tinha mas era muito medo do gigante. Pois então resolveu tomar um trem e ir no Rio de Janeiro se socorrer de Exu diabo em cuja honra se realizava uma macumba no outro dia.

Era junho e o tempo estava inteiramente frio. A macumba se rezava lá no Mangue no zungu da tia Ciata, feiticeira como não tinha outra, mãe de santo famanada e cantadeira ao violão. Às vinte horas Macunaíma chegou na biboca levando debaixo do braço o garrafão de pinga obrigatório. Já tinha muita gente lá, gente direita, gente pobre, advogados garçons pedreiros meias-colheres deputados gatunos, todas essas gentes e a função ia principiando. Macunaíma tirou os sapatos e as meias como os outros e enfiou no pescoço a milonga feita de cera de vespa tatucaba e raiz seca de açacu. Entrou na sala cheia e afastando a mosquitada foi de quatro saudar a candomblezeira imóvel sentada na tripeça, não falando um isto. Tia Ciata era uma negra velha com um século no sofrimento, javevó e galguincha com a cabeleira branca esparramada feito luz em torno da cabeça pequetita. Ninguém mais não enxergava olhos nela, era só ossos duma compridez já sonolenta pendependendo pro chão de terra.

Vai, um rapaz filho de Oxum, falavam, filho de Nossa Senhora da Conceição cuja macumba era em dezembro, distribuiu uma vela acesa pra cada um dos marinheiros marcineiros jornalistas ricaços gamelas fêmeas empregados-públicos, muitos empregados-públicos! todas essas gentes e apagou o bico de gás alumiando a saleta.

Então a macumba principiou de deveras se fazendo um sairê pra saudar os santos. E era assim: Na ponta vinha o ogã tocador de atabaque, um negrão filho de Ogum, bexiguento e fadista de profissão, se chamando Olelê Rui Barbosa. Tabaque mexemexia acertado num ritmo que manejou toda a procissão. E as velas jogaram nas paredes de papel com florzinhas, sombras tremendo vagarentas feito assombração. Atrás do ogã vinha tia Ciata quase sem mexer, só beiços puxando a reza monótona. E então seguiam advogados taifeiros curandeiros poetas o herói gatunos portugas senadores, todas essas gentes dançando e cantando a resposta da reza. E era assim:

— Va-mo sa-ra-vá!...

Tia Ciata cantava o nome do santo que tinham de saudar:

— Ôh Olorung!

E a gente secundando:

— Va-mo sa-ra-vá!...

Tia Ciata continuava:

— Ôh Boto-Tucuxi!

E a gente secundando:

— Va-mo sa-ra-vá!...

Docinho numa reza mui monótona.

— Ôh Iemanjá! Anamburucu! e Oxum! três Mães-d'água!

— Va-mo sa-ra-vá!...

Assim. E quando a Tia Ciata parava gritando com gesto imenso:

— Sai Exu!

porque Exu era o diabo-coxo, um capiroto malévolo, mas bom porém pra fazer malvadezas, era um tormento na sala uivando:

— Uúum!... uúum!... Exu! Nosso padre Exu!... E o nome do diabo reboava com estrondo diminuindo o tamanhão da noite fora. O sairê continuava:

— Ôh Rei Nagô!

— Va-mo sa-ra-vá!...

Docinho na reza monótona.

— Ôh Baru!

— Va-mo sa-ra-vá!...

Quando sinão quando tia Ciata parava gritando com gesto imenso:

— Sai Exu!

porque Exu era o pé de pato, um jananaíra malévolo. E de novo era o tormento na sala uivando:

— Uúum!... Exu! Nosso padre Exu!...

E o nome do diabo reboava com estrondo encurtando o tamanho da noite.

— Ôh Oxalá!

— Va-mo sa-ra-vá!...

Era assim. Saudaram todos os santos da pajelança, o Boto-Branco que dá os amores. Xangô, Omulu, Iroco, Oxosse, a Boiuna Mãe feroz, Obatalá que dá força pra brincar muito, todos esses santos e o sairê se acabou. Tia Ciata sentou na tripeça num canto e toda aquela gente suando, médicos padeiros engenheiros rábulas polícias criadas focas assassinos Macunaíma, todos vieram botar as velas no chão rodeando a tripeça. As velas jogaram no teto a sombra da mãe de santo imóvel. Já quase todos tinham tirado algumas roupas e o respiro ficara chiado por causa do cheiro de mistura budum coty pitium e o suor de todos. Então veio a vez de beber. E foi lá que Macunaíma provou pela primeira vez o caxiri temível cujo nome é cachaça. Provou estalando com a língua feliz e deu uma grande gargalhada.

Depois da bebida, entre bebidas, seguiram as rezas de invocação. Todos estavam inquietos ardentes desejando que um santo viesse na macumba daquela noite. Fazia já tempo que nenhum não vinha por mais que os outros pedissem. Porque a macumba da tia Ciata não era que nem essas macumbas falsas não, em que sempre o pai de terreiro fingia vir Xangô Oxosse qualquer, pra contentar os macumbeiros. Era uma macumba séria e quando santo aparecia, aparecia de deveras sem nenhuma falsidade. Tia Ciata não permitia dessas desmoralizações do zungu dela e fazia mais de doze meses que Ogum nem Exu não apareciam no Mangue. Todos desejavam que Ogum viesse. Macunaíma queria Exu só pra se vingar de Venceslau Pietro Pietra.

Entre golinhos de abrideira, uns de joelhos outros de quatro, todas essas gentes seminuas rezavam em torno da feiticeira pedindo a aparição dum santo. À meia-noite foram lá dentro comer o bode cuja cabeça e patas já estavam lá no peji, na frente da imagem de Exu que era um tacuru de formiga com três conchas fazendo olhos e boca. O bode fora morto em honra do diabo e salgado com pó de chifre e esporão de galo de briga. A mãe de santo puxou a comilança com respeito e três pelo-sinais de atravessado. Toda a gente vendedores bibliófilos pés-rapados acadêmicos banqueiros, todas essas gentes dançando em volta da mesa cantavam:

Bamba querê
Sai Aruê
Mongi gongô
Sai Orobô
Êh!...

Ô mungunzá
Bom acaçá
Vancê nhamanja
De pai Guenguê,
Êh!...

E conversando pagodeando devoraram o bode consagrado e cada qual buscando o garrafão de pinga dele porque ninguém não podia beber no de outro, todos beberam muita caninha, muita! Macunaíma dava grandes gargalhadas e de repente derrubou vinho na mesa. Era sinal de alegrão pra ele e todos imaginavam que o herói era o predestinado daquela noite santa. Não era não.

Nem bem reza recomeçou se viu pular no meio da saleta uma fêmea obrigando todos a silêncio com o gemido meio choro e puxar canto novo. Foi um tremor em todos e as velas jogaram a sombra da cunhã que nem monstro retorcido pro canto do teto, era Exu! Ogã pelejava batendo tabaque pra perceber os ritmos doidos do canto novo, canto livre, de notas afobadas cheio de saltos difíceis, êxtase maluco baixinho tremendo de fúria. E a polaca muito pintada na cara, com as alças da combinação arrebentadas, estremecia no centro da saleta, já com as gorduras quase inteiramente nuas. Os peitos dela balangavam batendo nos ombros na cara e depois na barriga, juque! com estrondo. E a ruiva cantando cantando. Afinal a espuminha rolou dos beiços desmanchados, ela deu um grito que diminuiu o tamanhão da noite mais, caiu no santo e ficou dura.

Passou um tempo de silêncio sagrado. Então tia Ciata

se levantou da tripeça que uma mazombinha substituiu no sufragante por um banco novo nunca sentado, agora pertencendo pra outra. A mãe de terreiro veio vindo veio vindo. Ogã vinha com ela. Todos os outros estavam de-pé se achatando nas paredes. Só tia Ciata veio vindo veio vindo e chegou junto do corpo duro da polaca no centro da saleta ali. A feiticeira tirou a roupa, ficou nua, só com os colares os braceletes os brincos de contas de prata pingando nos ossos. Foi tirando da cuia que ogã pegava o sangue coalhado do bode comido e esfregando a pasta na cabeça da babalaô. Mas quando derramou o efém verdento em riba, a dura se estorceu gemida e o cheiro iodado embebedou o ambiente. Então a mãe de santo entoou a reza sagrada do Exu, melopeia monótona.

Quando acabou, a fêmea abriu os olhos, principiou se movendo bem diferente de já-hoje e não era mais fêmea era o cavalo do santo, era Exu. Era Exu, o romãozinho que viera ali com todos pra macumbar.

O par de nuas executava um jongo improvisado e festeiro que ritmavam os estralos dos ossos da tia, os juques dos peitos da gorda e o ogã com batidos chatos. Todos estavam nus também e se esperava a escolha do Filho de Exu pelo grande Cão presente. Jongo temível... Macunaíma fremia de esperança querendo o cariapemba pra pedir uma tunda em Venceslau Pietro Pietra. Não se sabe o que deu nele de supetão, entrou gingando no meio da sala derrubou Exu e caiu por cima brincando com vitória. E a consagração do Filho de Exu novo era celebrada por licenças de todos e todos se urarizaram em honra do filho novo do icá.

Terminada a cerimônia o diabo foi conduzido pra tripeça, principiando a adoração. Os ladrões os senadores os jecas os negros as senhoras os futebóleres, todos, vinham se rojando por debaixo do pó alaranjando a saleta e depois de batida a cabeça com o lado esquerdo no chão, beijavam os joelhos beijavam todo o corpo do uamoti. A polaca vermelha tremendo rija pingando espuminha da boca em que todos molhavam o mata-piolho pra se benzerem de atravessado, gemia uns roncos regougados meio choro meio gozo e não era polaca mais, era Exu, o jurupari mais macanudo daquela religião.

Depois que todos beijaram adoraram e se benzeram muito, foi a hora dos pedidos e promessas. Um carniceiro pediu pra todos comprarem a carne doente dele e Exu consentiu. Um fazendeiro pediu pra não ter mais saúva nem maleita no sítio dele e Exu se riu falando que isso não consentia não. Um namorista pediu pra pequena dele conseguir o lugar de professora municipal para casarem e Exu consentiu. Um médico fez um discurso pedindo pra escrever com muita elegância a fala portuguesa e Exu não consentiu. Assim. Afinal veio a vez de Macunaíma o filho novo do fute. E Macunaíma falou:

— Venho pedir pra meu pai por causa que estou muito contrariado.

— Como se chama? perguntou Exu.

— Macunaíma, o herói.

— Uhum... o maioral resmungou, nome principiado por Ma tem má sina...

Mas recebeu com carinho o herói e prometeu tudo o que ele pedisse porque Macunaíma era filho. E o herói pediu que Exu fizesse sofrer Venceslau Pietro Pietra que era o gigante Piaimã comedor de gente.

Então foi horroroso o que se passou. Exu pegou três pauzinhos de erva-cidreira benta por padre apóstata, jogou pro alto, fez encruzilhada, mandando o eu de Venceslau Pietro Pietra vir dentro dele Exu pra apanhar. Esperou um momento, o eu do gigante veio, entrou dentro da fêmea, e Exu mandou o filho dar a sova no eu que estava encarnado no corpo polaco. O herói pegou uma tranca e chegou-a em Exu com vontade. Deu que mais deu. Exu gritava:

— Me espanca devagar

Que isto dói dói dói!
Também tenho família
E isto dói dói dói!

Enfim roxo de pancada sangrando pelo nariz pela boca pelos ouvidos caiu desmaiando no chão. E era horroroso... Macunaíma ordenou que o eu do gigante fosse tomar um banho salgado e fervendo e o corpo de Exu fumegou molhando o terreno. E Macunaíma ordenou que o eu do gigante fosse pisando vidro através dum mato de urtiga e agarra-compadre até as grunhas da serra dos Andes pleno inverno e o corpo de Exu sangrou com lapos de vidro, unhadas de espinhos e queimaduras de urtiga, ofegando de fadiga e tremendo de tanto frio. Era horroroso. E Macunaíma ordenou que o eu de Venceslau Pietro Pietra recebesse o guampaço dum marruá, o coice dum bagual, a dentada dum jacaré e os ferrões de quarenta vezes quarenta mil formigas-de-fogo e o corpo de Exu retorceu sangrando empolando na terra, com uma carreira de dentes numa perna, com quarenta vezes quarenta mil ferroadas de formiga na pele já invisível, com a testa quebrada pelo casco dum bagual e um furo de aspa aguda na barriga. A saleta se encheu dum cheiro intolerável. E Exu gemia:

— Me chifra devagar
Que isto dói dói dói!
Também tenho família
E isto dói dói dói!

Macunaíma ordenou muito tempo muitas coisas assim e tudo o eu de Venceslau Pietro Pietra aguentou pelo corpo de Exu. Afinal a vingança do herói não pôde inventar mais nada e parou. A fêmea só respirava levinho largada no chão de terra. Teve um silêncio fatigado. E era horroroso.

Lá no palácio da rua Maranhão em São Paulo tinha um corre-corre sem parada. Vinham médicos veio a Assistência todos estavam desesperados. Venceslau Pietro Pietra sangrava todo urrando. Mostrava uma chifrada na barriga, quebrou a testa que parecia coice de potro, queimado enregelado mordido e todo cheio das manchas e galos duma tremendérrima sova de pau.

Na macumba continuava o silêncio de horror. Tia Ciata veio maneira e principiou rezando a reza maior do diabo. Era a reza sacrílega entre todas, que se errando uma palavra dá morte, a reza do Padre Nosso Exu, e era assim:

— Padre Exu achado nosso que vós estais no trezeno inferno da esquerda de baixo, nóis te quereremo muito, nóis tudo!

— Quereremos! quereremos!

— ... O pai nosso Exu de cada dia nos dai hoje, seja feita vossa vontade assim também no terreiro da sanzala que pertence pro nosso padre Exu, por todo o sempre que assim seja, amém!... Glória pra pátria jeje de Exu!

— Glória pro fio de Exu!

Macunaíma agradeceu. A tia acabou:

— Chico-t era um príncipe jeje que virou nosso padre Exu dos século seculoro pra sempre que assim seja, amém.

— Pra sempre que assim seja, amém!

Exu ia sarando sarando, tudo foi desaparecendo por encanto quando a caninha circulou e o corpo da polaca virou são outra vez. Se escutou uma bulha tamanha e tomou o espaço um cheiro de breu queimado enquanto a fêmea deitava pela boca um anel de azeviche. Então voltou do desmaio vermelha gorda só que mui fatigada e agora estava só a polaca ali, Exu tinha ido embora.

E pra acabar todos fizeram a festa juntos comendo bom presunto e dançando um samba de arromba em que todas essas gentes se alegraram com muitas pândegas liberdosas. Então tudo acabou se fazendo a vida real. E os macumbeiros, Macunaíma, Jayme Ovalle, Dodô, Manu Bandeira, Blaise Cendrars, Ascenso Ferreira, Raul Bopp, Antônio Bento, todos esses macumbeiros saíram na madrugada.

8. Vei, a Sol

Macunaíma ia seguindo e topou com a árvore Volomã bem alta. Num galho estava um pitiguari que, nem bem enxergou o herói, se desgoelou cantando — "Olha no caminho quem vem! Olha no caminho quem vem!" Macunaíma olhou pra cima com intenção de agradecer mas Volomã estava cheinha de fruta. O herói vinha dando horas de tanta fome e a barriga dele empacou espiando aquelas sapotas sapotilhas sapotis bacuris abricôs mucajás miritis guabijus melancias ariticuns, todas essas frutas.

— Volomã, me dá uma fruta, Macunaíma pediu.

O pau não quis dar. Então o herói gritou duas vezes:

— Boiôiô, boiôiô! quizama quizu!

Caíram todas as frutas e ele comeu bem. Volomã ficou com ódio. Pegou o herói pelos pés e atirou-o pra além da baía de Guanabara numa ilhota deserta, habitada antigamente pela ninfa Alamoa que veio com os holandeses. Macunaíma pendia tanto de fadiga que pegou no sono durante o pulo. Caiu dormindo embaixo duma palmeirinha guairô muito aromada onde um urubu estava encarapitado.

Ora o pássaro careceu de fazer necessidade, fez e o herói ficou escorrendo sujeira de urubu. Já era de-madrugadinha e o tempo estava inteiramente frio. Macunaíma acordou tremendo, todo enlambuzado. Assim mesmo examinou bem a pedra mirim da ilhota pra ver si não havia alguma cova com dinheiro enterrado. Não havia não. Nem a correntinha encantada de prata que indica pro escolhido, tesouro de holandês. Havia só as formigas jaquitaguas ruivinhas.

Então passou Caiuanogue, a estrela-da-manhã. Macunaíma já meio enjoado de tanto viver pediu pra ela que o carregasse pro céu. Caiuanogue foi se chegando porém o herói fedia muito.

— Vá tomar banho! ela fez. E foi-se embora.

Assim nasceu a expressão "Vá tomar banho!" que os brasileiros empregam se referindo a certos imigrantes europeus.

Vinha passando Capei, a Lua. Macunaíma gritou pra ela:

— Sua bênção, dindinha Lua!

— Uhúm... que ela secundou.

Então ele pediu pra Lua que o carregasse pra ilha de Marajó. Capei veio chegando porém Macunaíma estava mesmo fedendo por demais.

— Vá tomar banho! ela fez. E foi-se embora.

E a expressão se fixou definitivamente.

Macunaíma gritou pra Capei que pelo menos desse um foguinho pra ele aquecer.

— Peça no vizinho! ela fez apontando pra Sol que já vinha lá no longe remando pelo paraná guaçu. E foi-se embora.

Macunaíma tremia que mais tremia e o urubu sempre fazendo necessidade em riba dele. Era por causa da pedra ser muito pequetitinha. Vei vinha chegando vermelha e toda molhada de suor. E Vei era a Sol. Foi muito bom pra Macunaíma porque lá em casa ele sempre dera presentinhos de bolo de aipim pra Sol lamber secando.

Vei tomou Macunaíma na jangada que tinha uma vela cor de ferrugem pintada com muruci e fez as três filhas limparem o herói, catarem os carrapatos e examinarem si as unhas dele estavam limpas. E Macunaíma ficou alinhado outra vez. Porém por causa dela estar velha vermelha e tão suando o herói não maliciava que a coroca era mesmo a

Sol, a boa da Sol poncho dos pobres. Por isso pediu pra ela que chamasse Vei com seu calor porque ele estava lavadinho bem mas tremendo de tanto frio. Vei era a Sol mesmo e andava matinando fazer Macunaíma genro dela. Só que ainda não podia aquentar ninguém não, porque era cedo por demais, não tinha força. Pra distrair a espera assobiou dum jeito e as três filhas dela fizeram muitos cafunés e cosquinhas no corpo todo do herói.

Ele dava risadas chatas, se espremendo de cócegas e gostando muito. Quando elas paravam pedia mais estorcendo já de antegozo. Vei pôs reparo na sem-vergonhice do herói, teve raiva. Foi ficando sem vontade de tirar fogo do corpo e esquentar ninguém. Então as cunhatãs agarraram na mãe, amarraram bem ela e Macunaíma dando muitos munhecaços na barriga da bruaca saiu que saiu um fogaréu por detrás e todos se aquentaram.

Principiou um calorão que tomou a jangada, se alastrou nas águas e doirou a face limpa do ar. Macunaíma deitado na jangada lagarteava numa quebreira azul. E o silêncio alargando tudo...

— Ai... que preguiça...

O herói suspirou. Se ouvia o murmurejo da onda, só. Veio um enfaro feliz subindo pelo corpo de Macunaíma, era bom... A cunhatã mais moça batia o urucungo que a mãe trouxera da África. Era vasto o paraná e não tinha uma nuvem na gupiara elevada do céu. Macunaíma cruzou as munhecas no alto por detrás fazendo um cabeceiro com as mãos e, enquanto a filha da luz mais velha afastava os mosquitos borrachudos em quantidade, a terceira chinoca com as pontas das tranças fazia estremecer de gosto a barriga do herói. E era se rindo em plena felicidade, parando pra gozar de estrofe em estrofe que ele cantava assim:

Quando eu morrer não me chores,
Deixo a vida sem sodade;

— Mandu sarará,
Tive por pai o desterro,
Por mãe a infelicidade,
— Mandu sarará...

Papai chegou e me disse:
— Não hás de ter um amor!
— Mandu sarará,
Mamãe veio e me botou
Um colar feito de dor,
— Mandu sarará...

Que o tatu prepare a cova
Dos seus dentes desdentados,
— Mandu sarará...
Para o mais desinfeliz
De todos os desgraçados,
— Mandu sarará...

Era bom... O corpo dele relumeava de ouro cinzando nos cristaizinhos do sal e por causa do cheiro da maresia, por causa do remo pachorrento de Vei, e com a barriga assim mexemexendo com cosquinhas de mulher, ah!... Macunaíma gozou do nosso gozo, ah!... "Puxavante! que filha duma... de gostosura, gente!" exclamou. E cerrando os olhos malandros, com a boca rindo num riso moleque safado de vida boa, o herói gostou gostou e adormeceu.

Quando a jacumã de Vei não embalou mais o sono dele Macunaíma acordou. Lá no longe se percebia mais que tudo um arranha-céu cor-de-rosa. A jangada estava abicada na caiçara da maloca sublime do Rio de Janeiro.

Ali mesmo na beira d'água tinha um cerradão comprido cheinho da árvore pau-brasil e com palácios de cor nos dois lados. E o cerradão era a avenida Rio Branco. Aí que mora Vei a Sol com suas três filhas de luz. Vei queria que Macunaíma ficasse genro dela porque afinal das contas ele era um herói e tinha dado tanto bolo de aipim pra ela chupar secando, falou:

— Meu genro: você carece de casar com uma das minhas filhas. O dote que dou pra ti é Oropa França e Bahia. Mas porém você tem de ser fiel e não andar assim brincando com as outras cunhãs por aí.

Macunaíma agradeceu e prometeu que sim jurando pela memória da mãe dele. Então Vei saiu com as três filhas pra fazer o dia no cerradão, ordenando mais uma vez que Macunaíma não saísse da jangada pra não andar brincando com as outras cunhãs por aí. Macunaíma tornou a prometer, jurando outra vez pela mãe.

Nem bem Vei com as três filhas entraram no cerradão que Macunaíma ficou cheio de vontade de ir brincar com uma cunhã. Acendeu um cigarro e a vontade foi subindo. Lá por debaixo das árvores passavam muitas cunhãs cunhé cunhé se mexemexendo com talento e formosura.

— Pois que fogo devore tudo! Macunaíma exclamou. Não sou frouxo agora pra mulher me fazer mal!

E uma luz vasta brilhou no cérebro dele. Se ergueu na jangada e com os braços oscilando por cima da pátria decretou solene:

— POUCA SAÚDE E MUITA SAÚVA, OS MALES DO BRASIL SÃO!

Pulou da jangada no sufragante, foi fazer continência diante da imagem de Santo Antônio que era capitão de regimento e depois deu em cima de todas as cunhãs por aí. Logo topou com uma que fora varina lá na terrinha do compadre chegadinho-chegadinho e inda cheirava no-mais! um fartum bem de peixe. Macunaíma piscou pra ela e os dois vieram na jangada brincar. Fizeram. Bastante eles brincaram. Agora estão se rindo um pro outro.

Quando Vei com suas três filhas chegaram do dia e era a boca-da-noite as moças que vinham na frente encontraram Macunaíma e a portuguesa brincando mais. Então as três filhas de luz se zangaram:

— Então é assim que se faz, herói! Pois nossa mãe Vei não falou pra você não sair da jangada e não ir brincar com as outras cunhãs por aí?!

— Estava muito tristinho! o herói fez.

— Não tem que tristinho nem mané tristinho, herói! Agora que você vai tomar um pito de nossa mãe Vei!

E viraram muito zangadas pra velha:

— Veja, nossa mãe Vei, o que vosso genro fez! Nem bem a gente foi no cerradão que ele escapuliu, deu em cima duma boa, trouxe ela na vossa jangada e brincaram até mais não! Agora estão se rindo um pro outro!

Então a Sol se queimou e ralhou assim:

— Ara ara ara, meus cuidados! Pois não falei pra você não dar em cima de nenhuma cunhã não!... Falei sim! E inda por cima você brinca com ela na jangada minha e agora estão se rindo um pro outro!

— Estava muito tristinho! Macunaíma repetiu.

— Pois si você tivesse me obedecido casava com uma das minhas filhas e havia de ser sempre moço e bonitão. Agora você fica pouco tempo moço talqualmente os outros homens e depois vai ficando mocetudo e sem graça nenhuma.

Macunaíma sentiu vontade de chorar. Suspirou:

— Si eu subesse...

— O "si eu subesse" é santo que nunca não valeu pra ninguém, meus cuidados! Você o que é mas é muito safadinho, isso sim! Não te dou mais nenhuma das minhas três filhas não!

Daí Macunaíma pisou nos calos também:

— Pois nem eu queria nenhuma das três, sabe! Três, diabo fez!

Então Vei com as três filhas foram pedir pouso num hotel e deixaram Macunaíma dormir com a portuga na jangada.

Quando foi ali pela hora antes da madrugada, veio a Sol com as moças pra darem o passeio na baía e encontraram Macunaíma com a portuguesa inda pegados no sono. Vei acordou os dois e fez presente da pedra Vató pra Macunaíma. E a pedra Vató dá fogo quando a gente quer. E lá se foi a Sol com as três filhas de luz.

Macunaíma inda passou esse dia brincando com a varina pela cidade. Quando foi de-noite eles estavam dormindo num banco do Flamengo quando chegou uma assombração medonha. Era Mianiquê-Teibê que vinha pra engolir o herói. Respirava com os dedos, escutava pelo umbigo e tinha os olhos no lugar das mamicas. A boca era duas bocas e estavam escondidas na dobra interior dos dedos dos pés. Macunaíma acordou com o cheiro da assombração e jogou no viado Flamengo fora. Então Mianiquê-Teibê comeu a varina e se foi.

No outro dia Macunaíma não achou mais graça na capital da República. Trocou a pedra Vató por um retrato no jornal e voltou pra taba do igarapé Tietê.

9. Carta pras Icamiabas

Ás mui queridas súbditas nossas, Senhoras Amazonas.
Trinta de Maio de Mil Novecentos e Vinte e Seis,
São Paulo.

Senhoras:

Não pouco vos surpreenderá, por certo, o endereço e a literatura desta missiva. Cumpre-nos, entretanto, iniciar estas linhas de saùdade e muito amor, com desagradável nova. É bem verdade que na boa cidade de São Paulo — a maior do universo, no dizer de seus prolixos habitantes — não sois conhecidas por "icamiabas", voz espúria, sinão que pelo apelativo de Amazonas; e de vós, se afirma, cavalgardes ginetes belígeros e virdes da Hélade clássica; e assim sois chamadas. Muito nos pesou a nós, Imperator vosso, tais dislates da erudição, porém heis de convir conosco que, assim, ficais mais heroicas e mais conspícuas, tocadas por essa plátina respeitável da tradição e da pureza antiga.

Mas não devemos esperdiçarmos vosso tempo fero, e muito menos conturbarmos vosso entendimento, com notícias de mau calibre; passemos pois, imediato, ao relato dos nossos feitos por cá.

Nem cinco sóis eram passados que de vós nos partíramos, quando a mais temerosa desdita pesou sobre Nós. Por uma bela noite dos idos de maio do ano translato, perdíamos a muiraquitã; que outrém grafara muraquitã, e, alguns doutos, ciosos de etimologias esdrúxulas, ortografam muyrakitan e até mesmo muraqué-itã, não sorriais! Haveis de saber que esse vocábulo, tão familiar ás vossas trompas de Eustáquio, é quasi desconhecido por aqui. Por estas paragens mui civis, os guerreiros chamam-se polícias, *grilos*, guardas-cívicas, *boxistas*, *legalistas*, *mazorqueiros* etc.; sendo que alguns desses termos são neologismos absurdos — bagaço nefando com que os desleixados e petimetres conspurcam o bom falar lusitano. Mas não nos sobra já vagar para discretearmos "sub tegmine fagi", sobre a língua portuguesa, também chamada lusitana. O que vos interessará mais, por sem dúvida, é saberdes que os guerreiros de cá não buscam mavórticas damas para o enlace epitalâmico; mas antes as preferem dóceis e facilmente trocáveis por pequeninas e voláteis folhas de papel a que o vulgo chamará dinheiro — o "curriculum vitae" da Civilização, a que hoje fazemos ponto de honra em pertencermos. Assim a palavra muiraquitã, que fere já os ouvidos latinos do vosso Imperador, é desconhecida dos guerreiros, e de todos em geral que por estas partes respiram. Apenas alguns "sujeitos de importáncia em virtude e letras", como já dizia o bom velhinho e clássico frei Luís de Souza, citado pelo doutor Rui Barbosa, ainda sobre as muiraquitãs projectam as suas luzes, para aquilatá-las de medíocre valia, originárias da Ásia, e não de vossos dedos, violentos no polir.

Estávamos ainda abatido por termos perdido a nossa muiraquitã, em forma de sáurio, quando talvez por algum influxo metapsíquico, ou, *qui lo sá*, provocado por algum libido saùdoso, como explica o sábio tudesco, doutor Sigmund Freud (lede Froide), se nos deparou em sonho um arcanjo maravilhoso. Por ele soubemos que o talismã perdido, estava nas dilectas mãos do doutor Venceslau Pietro Pietra, súbdito do Vice-Reinado do Peru, e de origem francamente florentina, como os Cavalcântis de Pernambuco. E como o doutor demorasse na ilustre cidade anchietana, sem demora nos partimos para cá, em busca do velocino roubado. As nossas relações actuais com o doutor Venceslau são as mais lisonjeiras possíveis; e sem dúvida mui para breve recebereis a grata nova de que hemos reavido o talismã; *e por ela vos pediremos alvíssaras.*

Porque, súbditas dilectas, é incontestável que Nós, Imperator vosso, nos achamos em precária condição. O tesouro que d'aí trouxemos, foi-nos de mister convertê-lo na moeda corrente do país; e tal conversão muito nos há dificultado o mantenimento, devido ás oscilações do Cámbio e á baixa do cacau.

Sabereis mais que as donas de cá não se derribam á pauladas, nem brincam por brincar, gratuitamente, senão que á chuvas do vil metal, repuxos brasonados de *champagne*, e uns monstros comestíveis, a que, vulgarmente dão o nome de lagostas. E que monstros encantados, senhoras Amazonas!!! Duma carapaça polida e sobrosada, feita a modo de casco de nau, saem braços, tentáculos e cauda remígeros, de muitos feitios; de modo que o pesado engenho, deposto num prato de porcelana de Sêvres, se nos antoja qual velejante trirreme a bordeisjar água de Nilo, trazendo no bojo o corpo inestimável de Cleópatra.

Ponde tento na acentuação deste vocábulo, senhoras Amazonas, pois muito nos pesara não preferísseis conosco, essa pronúncia, condizente com a lição dos clássicos, á pronúncia Cleopátra, dicção mais moderna; e que alguns vocabulistas levianamente subscrevem, sem que se apercebam de que é ganga desprezível, que nos trazem, com o enxurro de França, os galiparlas de má morte.

Pois é com esse delicado monstro, vencedor dos mais delicados véus paladinos, que as donas de cá tombam nos leitos nupciais. *Assim haveis de compreender de que alvíssaras falàmos*; porque as lagostas são caríssimas, caríssimas súbditas, e algumas hemos nós adquiridas por sessenta contos e mais; o que, convertido em nossa moeda tradicional, alcança a vultosa soma de oitenta milhões de bagos de cacau... Bem podereis conceber, pois, quanto hemos já gasto; e que já estamos carecido do vil metal, para brincar com tais difíceis donas. Bem quiséramos impormos á nossa ardida chama uma abstinência, penosa embora, para vos pouparmos despesas; porêm que ánimo forte não cedera ante os encantos e galanteios de tão agradáveis pastoras!

Andam elas vestidas de rutilantes joias e panos finíssimos, que lhes acentuam o donaire do porte, e mal encobrem as graças, que, a de nenhuma outra cedem pelo formoso do torneado e pelo tom. São sempre alvíssimas as donas de cá; e tais e tantas habilidades demonstram no brincar, que enumerá-las, aqui, seria fastiento porventura; e, certamente, quebraria os mandamentos de discrição, que em relação de Imperator para súbditas se requer. Que beldades! Que elegáncia! Que *cachet*! Que *dégagé* flamífero, ignívomo, devorador!! Só pensamos nelas, muito embora não nos descuidemos, relapso, da nossa muiraquitã.

Nós, nos parece, ilustres Amazonas, que assaz ganharíeis em aprenderdes com elas, as condescendéncias, os brincos e passes do Amor. Deixaríeis então a vossa orgulhosa e solitária Lei, por mais amáveis mesteres, em que o Beijo sublima, as Volúpias encandecem, e se demonstra gloriosa, "urbi et orbe", a subtil força do *Odor di Fêmia*, como escrevem os italianos.

E já que nos detivemos neste delicado assunto, não no abandonaremos sem mais alguns reparos, que vos poderão ser úteis. As donas de São Paulo, sobre serem mui formosas e sábias, não se contentam com os dons e exceléncia que a Natura lhe concedeu; assaz se preocupam elas de si mesmas; e não puderam acabarem consigo, que não mandassem vir de todas as partes do globo, tudo o que de mais sublimado e gentil acrisolou a ciéncia fescenina, digo, feminina das civilizações avitas. Assim é que chamaram mestras da velha Europa, e sobretudo de França, e com elas aprenderam a passarem o tempo de maneira bem diversa da vossa. Ora se alimpam, e gastam horas nesse delicado mester, ora encantam os convívios teatrais da sociedade, ora não fazem coisa alguma; e nesses trabalhos passam elas o dia tão entretecidas e afanosas que, em chegando a noute, mal lhes sobra vagar para brincarem e presto se entregam nos braços de Orfeu, como se diz. Mas heis de saber, senhoras minhas, que por cá dia e noute divergem singularmente do vosso horário belígero; o dia começa quando para vós é o pino dele, e a noute, quando estais no quarto sono vosso, que, por derradeiro, é o mais reparador.

Tudo isso as donas paulistanas aprenderam com as mestras de França; e mais o polimento das unhas e crescimento delas, bem como aliás "horresco referens", das demais partes córneas dos seus companheiros legais. Deixai passe esta florida ironia!

E muito há que vos diga ainda sobre o jeito com que cortam as comas, de tal maneira gracioso e viril, que mais se assemelham elas a éfebos e Antínous, de perversa memória, que a matronas de tão directa progénie latina. Todavia, convireis conosco, no desacerto de longas tranças por cá, si atenderdes ao que mais atrás ficou dito; pois que os doutores de São Paulo não derribam as suas requestadas pela força, senão que a troco de oiro e de locustas, as ditas comas são de somenos; acrescendo ainda que assim se amainam os males, que tais comas acarretam, de serem moradia e pasto habitual de insectos mui daninhos, como entre vós se dá.

Pois não contentes de terem aprendido de França, as subtilezas e passes da galantaria á Luís XV, as donas paulistanas importam das regiões mais inhóspitas o que lhes acrescente ao sabor, tais como pezinhos nipónicos, rubis da índia, desenvolturas norte-americanas; e muitas outras sabedorias e tesoiros internacionais.

Já agora vos falaremos ainda, bem que por alto, dum nitente armento de senhoras, originárias da Polónia, que aqui demoram e imperam generosamente. São elas mui alentadas no porte e mais numerosas que as areias do mar oceano. Como vós, senhoras Amazonas, tais damas formam um gineceu; estando os homens que em suas casas delas habitam, reduzidos escravos e condenados ao vil ofício de servirem. E por isso não se lhes chamam homens, sinão que á voz espúria de *garçons* respondem; e são assaz polidos e silentes, e sempre do mesmo indumento gravebundo trajam.

Vivem essas damas encasteladas num mesmo local, a que chamam por cá de quarteirão, e mesmo de pensões ou "zona estragada"; sobrelevando notar que a derradeira destas expressões não caberia, por indina, nesta notícia sobre as coisas de São Paulo, não fora o nosso anseio de sermos exacto e conhecedor. Porém si, como vós, formam essas queridas senhoras um clan de mulheres, muito de vós se apartam no físico, no género de vida e nos ideais. Assim vos diremos que vivem á noute, e se não dão aos afazeres de Marte nem queimam o destro seio, mas a Mercúrio cortejam tão somente; e quanto aos seios, deixam-nos evolverem, á feição de gigantescos e flácidos pomos, que, si lhes não acrescentam ao donaire, servem para numerosos e árduos trabalhos de excelente virtude e prodigiosa excitação.

Ainda lhes difere o físico, tanto ou quanto monstruoso, bem que de amável monstruosidade, por terem elas o cérebro nas partes pudendas, e, como tão bem se diz em linguagem madrigalesca, o coração nas mãos.

Falam numerosas e mui rápidas línguas; são viajadas e educadíssimas; sempre todas obedientes por igual, embora ricamente díspares entre si, quais loiras, quais morenas, quais fossem *maigres*, quais rotundas; e de tal sorte abundantes no número e diversidade, que muito nos preocupa a razão, o serem todas e tantas, originais dum país somente. Acresce ainda que a todas se lhes dão o excitante, embora injusto, epíteto de "francesas". A nossa desconfiança é que essas damas não se originaram todas da Polónia, porém que faltam á verdade, e são iberas, itálicas, germánicas, turcas, argentinas, peruanas, e de todas as outras partes férteis de um e outro hemisfério.

Muito estimaríamos que compartilhásseis da nossa desconfiança, senhoras Amazonas; e que convidasseis também algumas dessas damas para demorarem nas vossas terras e Império nosso, por que aprendais com elas um moderno e mais rendoso género de vida, que muito fará avultar os tesoiros do vosso Imperador. E mesmo, si não quiserdes largar mão da vossa solitária Lei, sempre a existência de algumas centenas dessas damas entre vós, muito nos facilitará o "modus in rebus", quando for do nosso retorno ao Império do Mato Virgem, cujo este nome, aliás, proporíamos se mudasse para Império da Mata Virgem, mais condizente com a lição dos clássicos.

Todavia para terminar negócio tão principal, hemos por bem advertir-vos dum perigo que essa importação acarretara, si não aceitásseis alguns doutores possantes nos limites do Estado, enquanto dele estivermos apartado. Com serem essas damas mui fogosas e livres; bem pudera pesar-lhes em demasia o sequestro inconsequente em que viveis, e, por não perderem elas as sciéncias e segredos que lhes dão o pão, bem poderiam ir ao extremo de utilizarem-se das bestas-feras, dos bogios, dos tapires e dos solertes candirus. E muito mais ainda nos pesaria á consciéncia e sentimento nobre do dever, que vós, súbditas nossas, aprendásseis com elas certas abusões, tal como foi com as companheiras da gentil declamadora Safô na ilha rósea de Lesbos — vícios esses que não suportam crítica á luz das possibilidades humanas, e muito menos o escalpelo da rígida e sã moral.

Como vedes, assaz hemos aproveitado esta demora na ilustre terra bandeirante, e si não descuidàmos do nosso talismã, por certo que não poupàmos esforços nem vil metal, por aprendermos as coisas mais principais desta eviterna civilização latina, por que iniciemos, quando for do nosso retorno ao Mato Virgem, uma série de milhoramentos, que, muito nos facilitarão a existéncia, e mais espalhem nossa prosápia de nação culta entre as mais cultas do Universo. E por isso agora vos diremos algo sobre esta nobre cidade, pois que pretendemos construir uma igual nos vossos domínios e Império nosso.

É São Paulo construída sobre sete colinas, á feição tradicional de Roma, a cidade cesárea, "capita" da Latinidade de que provimos; e beija-lhe os pés a grácil e inquieta linfa do Tiêtê. As águas são magníficas, os ares tão amenos quanto os de Aquisgrana ou de Anverres, e a área tão a eles igual em salubridade e abundáncia, que bem se poderá afirmar, ao modo fino dos cronistas, que de três AAA se gera espontaneamente a fauna urbana.

Cidade é belíssima, e grato o seu convívio. Toda cortada de ruas habilmente estreitas e tomadas por estátuas e lampiões graciosíssimos e de rara escultura; tudo diminuindo com astúcia o espaço de forma tal, que nessas artérias não cabe a população. Assim se obtém o efeito dum grande acúmulo de gentes, cuja estimativa pode ser aumentada á vontade, o que é propício ás eleições que são invenção dos inimitáveis mineiros; ao mesmo tempo que os edis dispõem de largo assunto com que ganhem dias honrados e a admiração de todos, com surtos de eloquéncia do mais puro estilo e sublimado lavor.

As ditas artérias são todas recamadas de ricocheteantes papeizinhos e velívolas cascas de fruitos; e em principal duma finíssima poeira, e mui dançarina, em que se despargem diariamente mil e uma espécimens de vorazes macróbios, que dizimam a população. Por essa forma resolveram, os nossos maiores, o problema da circulação; pois que tais insectos devoram as mesquinhas vidas da ralé e impedem o acúmulo de desocupados e operários; e assim se conservam sempre as gentes em número igual. E não contentes com essa poeira ser erguida pelo andar dos pedestrianistas e por urrantes máquinas a que chamam "automóveis" e "eléctricos" (empregam alguns a palavra *Bond*, voz espúria, vinda certamente do inglês), contractaram os diligentes edis, uns antropoides, monstros hipocentáureos azulegos e monótonos, a que congloba o título de Limpeza Pública; que "per amica silencia lunae", quando cessa o movimento e o pó descansa inócuo, saem das suas mansões, e, com os rabos girantes a modo de vassouras cilíndricas, puxadas por muares, soerguem do asfalto a poeira e tiram os insectos do sono, e os concitam á actividade com largos gestos e grita formidanda. Estes afazeres nocturnos são discretamente conduzidos por pequeninas luzes, dispostas de longe em longe, de maneira a permanecer quasi total a escuridade, não perturbem elas os trabalhos de malfeitores e ladrões.

A cópia destes se nos afigura realmente excessiva; e temos que são a única usança que não se coaduna com nosso temperamento, ordeiro e pacífico de seu natural. Porém, longe de nós qualquer reproche aos administradores de São Paulo, pois sabemos muito bem que aos valerosos paulistas, são aprazíveis tais malfeitores e suas artes. São os paulistas gente ardida e avalentoada, e muito afeita ás agruras da guerra. Vivem em combates singulares e colectivos, todos armados da cabeça aos pés; assim assaz numerosos são os distúrbios por cá, em que, não raro, tombam na arena da luta, centenas de milhares de heróis, chamados bandeirantes.

Pelo mesmo motivo São Paulo está dotada de mui aguerrida e vultuosa Polícia, que habita palácios brancos de custosa engenharia. A essa Polícia compete ainda equilibrar os excessos da riqueza pública, por se não desvalorizar o oiro incontável da Nação; e tal diligência emprega nesse afã, que, por todos os lados devora os dinheiros nacionais, quer em paradas e roupagens luzidas, quer em ginásticas da recomendável Eugénia, que inda não tivemos o prazer de conhecermos; quer finalmente atacando os incautos burgueses que regressam do seu teatro, do seu cinema, ou dão a sua volta de automóvel pelos vergéis amenos que circundam a capital. A essa Polícia ainda lhe compete divertir a classe das criadinhas paulistanas; e para seu lustre se diga que o faz com jornaleiro préstimo, em parques, construídos "ad hoc", tais como o parque de Dom Pedro Segundo e o Jardim da Luz. E quando o numerário dessa Polícia avulta, são os seus homens enviados para as rechãs longínquas e menos férteis da pátria, para serem devorados por súcias de gigantes antropófagos, que infestam a nossa geografia, na inglória tarefa de ruir por terra Governos honestos; e de pleno gosto e assentimento geral da população, como se descrimina das urnas e dos ágapes governamentais. Esses *mazorqueiros* pegam nos polícias, assam-nos e comem-nos ao jeito alemão; e as ossadas caídas na terra maninha são excelente adubo de futuros cafezais.

Assim tão bem organizados vivem e prosperam os paulistas na mais perfeita ordem e progresso; e lhes não é escasso o tempo para construírem generosos hospitais, atraindo para cá todos os leprosos sul-americanos, mineiros, paraibanos, peruanos, bolivianos, chilenos, paraguaios, que, antes de ir morarem nesses lindíssimos leprosários, e serem servidos por donas de duvidosa e decadente beldade — sempre donas! — animam as estradas do Estado e as ruas da capital, em garridas comitivas equestres ou em maratonas soberbas que são o orgulho de nossa raça desportiva, em cujo conspeito pulsa o sangue das heroicas bigas e quadrigas latinas!

Porém, senhoras minhas! Inda tanto nos sobra, por este grandioso país, de doenças e insectos por cuidar!... Tudo vai num descalabro sem comedimento, e estamos corroídos pelo morbo e pelos miriápodes! Em breve seremos novamente uma colónia da Inglaterra ou da América do Norte!... Por isso e para eterna lembrança destes paulistas, que são a única gente útil do país, e por isso chamados de locomotivas, nos demos ao trabalho de metrificarmos um dístico, em que se encerram os segredos de tanta desgraça:

POUCA SAÚDE E MUITA SAÚVA,
OS MALES DO BRASIL SÃO.

Este dístico é que houvemos por bem escrevermos no livro de Visitantes Ilustres do Instituto Butantã, quando foi da nossa visita a esse estabelecimento famoso na Europa.

Moram os paulistanos em palácios alterosos de cinquenta, cem e mais andares, a que, nas épocas da procriação, invadem umas nuvens de mosquitos pernilongos, de vária espécie, muito ao gosto dos nativos, mordendo os homens e as senhoras com tanta propriedade nos seus distintivos, que não precisam eles e elas das cáusticas urtigas para as massagens de excitação, tal como entre selvícolas é de uso. Os pernilongos se encarregam dessa faina; e obram tais milagres que, nos bairros miseráveis, surge anualmente uma incontável multidão de rapazes e raparigas bulhentos, a que chamamos "italianinhos"; destinados a alimentarem as fábricas dos áureos potentados, e a servirem, escravos, o descanso aromático dos Cresos.

Estes e outros multimilionários é que ergueram em torno da *urbs* as doze mil fábricas de seda, e no recesso dela os famosos Cafés maiores do mundo, todos de obra de talha em jacarandá folhado de oiro, com embutidos de salsas tartarugas.

E o Palácio do Governo é todo de oiro, á feição dos da Rainha do Adriático; e, em carruagens de prata, forradas de peles finíssimas, o Presidente, que mantém muitas esposas, passeia, ao cair das tardes, sorrindo com vagar.

De outras e muitas grandezas vos poderíamos ilustrar, senhoras Amazonas, não fora perlongar demasiado esta epístola; todavia, com afirmar-vos que esta é, por sem dúvida, a mais bela cidade terráquea, muito hemos feito em favor destes homens de prol. Mas cair-nos-íam as faces, si ocultáramos no silêncio, uma curiosidade original deste povo. Ora sabereis que a sua riqueza de expressão intelectual é tão prodigiosa, que falam numa língua e escrevem noutra. Assim chegado a estas plagas hospitalares, nos demos ao trabalho de bem nos inteirarmos da etnologia da terra, e dentre muita surpresa e assombro que se nos deparou, por certo não foi das menores tal originalidade linguística. Nas conversas utilizam-se os paulistanos dum linguajar bárbaro e multifário, crasso de feição e impuro na vernaculidade, mas que não deixa de ter o seu sabor e força nas apóstrofes, e também nas vozes do brincar. Destas e daquelas nos inteiràmos, solícito; e nos será grata empresa vô-las ensinarmos aí chegado. Mas si de tal desprezível língua se utilizam na conversação os naturais desta terra, logo que tomam da pena, se despojam de tanta asperidade, e surge o Homem Latino, de Lineu, exprimindo-se numa outra linguagem, mui próxima da vergiliana, no dizer dum panegirista, meigo idioma, que, com imperecível galhardia, se intitula: língua de Camões! De tal originalidade e riqueza vos há-de ser grato ter sciéncia, e mais ainda vos espantareis com saberdes, que á grande e quasi total maioria, nem essas duas línguas bastam, senão que se enriquecem do mais lídimo italiano, por mais musical e gracioso, e que por todos os recantos da *urbs* é versado. De tudo nos inteirámos satisfactoriamente, graças aos deuses; e muitas horas hemos ganho, discreteando sobre o *z* do termo Brazil e a questão do pronome "se". Outrossim, hemos adquirido muitos livros bilíngues, chamados "burros", e o dicionário Pequeno Larousse; e já estamos em condições de citarmos no original latino muitas frases célebres dos filósofos e os testículos da Bíblia.

Enfim, senhoras Amazonas, heis de saber ainda que a estes progressos e luzida civilização, hão elevado esta grande cidade os seus maiores, também chamados de políticos. Com este apelativo se designa uma raça refinadíssima de doutores, tão desconhecidos de vós, que os diríeis monstros. Monstros são na verdade mas na grandiosidade incomparável da audácia, da sapiéncia, da honestidade e da moral; e embora algo com os homens se pareçam, originam-se eles dos reais *uirauaçus* e muito pouco têm de humanos. Obedecem todos a um imperador, chamado Papai Grande na gíria familiar, e que demora na oceánica cidade do Rio de

Janeiro — a mais bela do mundo na opinião de todos os estrangeiros poetas, e que por meus olhos verifiquei.

Finalmente, senhoras Amazonas e muito amadas súbditas, assaz hemos sofrido e curtido árduos e constantes pesares, depois que os deveres da nossa posição, nos apartaram do Império do Mato Virgem. Por cá tudo são delícias e venturas, porém nenhum gozo teremos e nenhum descanso, enquanto não rehouvermos o perdido talismã. Hemos por bem repetir entretanto que as nossas relações com o doutor Venceslau são as milhores possíveis; que as negociações estão entaboladas e perfeitamente encaminhadas; e bem poderíeis enviar de antemão as alvíssaras que enunciàmos atrás. Com pouco o vosso abstémio Imperador se contenta; si não puderdes enviar duzentas igaras cheias de bagos de cacau, mandai cem, ou mesmo cinquenta!

Recebei a bênção do vosso Imperador e mais saúde e fraternidade. Acatai com respeito e obediência estas mal traçadas linhas; e, principalmente, não vos esqueçais das alvíssaras e das polonesas, de que muito hemos mister.

Ci guarde a Vossas Excias.

Macunaíma,
Imperator

10. Pauí-Pódole

Venceslau Pietro Pietra ficara muito doente com a sova e estava todo envolvido em rama de algodão. Passou meses na rede. Macunaíma não podia nem dar passo pra conseguir a muiraquitã agora guardada dentro do caramujo por debaixo do corpo do gigante. Imaginou botar formiga cupim no chinelo do outro porque isso traz morte, dizem, porém Piaimã tinha pé pra trás e não usava chinelo. Macunaíma estava muito contrariado com aquele chove-não-molha e passava o dia na rede mastigando beiju membeca entre codórios longos de restilo. Nesse tempo veio pedir pousada na pensão o índio Antônio, santo famoso com a companheira dele, Mãe de Deus. Foi visitar Macunaíma, fez discurso e batizou o herói diante do deus que havia de vir e tinha forma nem bem de peixe nem bem de anta. Foi assim que Macunaíma entrou pra religião Caraimonhaga que estava fazendo furor no sertão da Bahia.

Macunaíma aproveitava a espera se aperfeiçoando nas duas línguas da terra, o brasileiro falado e o português escrito. Já sabia nome de tudo. Uma feita era dia da Flor, festa inventada pros brasileiros serem caridosos e tinha tantos mosquitos carapanãs que Macunaíma largou do estudo e foi na cidade refrescar as ideias. Foi e viu um despropósito de coisas. Parava em cada vitrina e examinava dentro dela aquela porção de monstros, tantos que até parecia a serra do Ererê onde tudo se refugiou quando a enchente grande inundou o mundo. Macunaíma passeava passeava e encontrou uma cunhatã com uma urupema carregadinha de rosas. A mocica fez ele parar e botou uma flor na lapela dele, falando:

— Custa mil-réis.

Macunaíma ficou muito contrariado porque não sabia como era o nome daquele buraco na máquina roupa onde a cunhatã enfiara a flor. E o buraco chamava botoeira. Imaginou escarafunchando na memória bem, mas nunca não ouvira mesmo o nome daquele buraco. Quis chamar aquilo de buraco porém viu logo que confundia com os outros buracos deste mundo e ficou com vergonha da cunhatã. "Orifício" era palavra que a gente escrevia mas porém nunca ninguém não falava "orifício" não. Depois de pensamentear pensamentear não havia meios mesmo de descobrir o nome daquilo e pôs reparo que da rua Direita onde topara com a cunhatã já tinha ido parar adiante de São Bernardo, passada a moradia de mestre Cosme. Então voltou, pagou pra moça e falou de venta inchada:

— A senhora me arrumou com um dia-de-judeu! Nunca mais me bote flor neste... neste puíto, dona!

Macunaíma era desbocado duma vez. Falara uma bocagem muito porca, muito! A cunhatã não sabia que puíto era palavra-feia não e enquanto o herói voltava aluado com o caso pra pensão, ficou se rindo, achando graça na palavra. "Puíto..." que ela dizia. E repetia gozado: "Puíto... Puíto...". Imaginou que era moda. Então se pôs falando pra toda a gente si queriam que ela botasse uma rosa no puíto deles. Uns quiseram outros não quiseram, as outras cunhatãs escutaram a palavra, a empregaram e "puíto" pegou. Ninguém mais não falava em boutonnière por exemplo; só puíto, puíto se escutava.

Macunaíma ficou de azeite uma semana, sem comer sem brincar sem dormir só porque desejava saber as línguas da terra. Lembrava de perguntar pros outros como era o nome daquele buraco mas tinha vergonha de irem pensar que ele era ignorante e moita. Afinal chegou o domingo pé-de-cachimbo que era dia do Cruzeiro, feriado novo inventado pros brasileiros descansarem mais. De manhã teve parada na Mooca, ao meio-dia missa campal no Coração de Jesus, às dezessete corso e batalha de confetes na avenida Rangel Pestana e de-noite, depois da passeata dos deputados e desocupados pela rua Quinze, iam queimar um fogo-de-artifício no Ipiranga. Então pra espairecer Macunaíma foi no parque ver os fogos.

Nem bem saiu da pensão topou com uma cunhã clara, loiríssima, filhinha-da-mandioca bem, toda de branco e o chapéu de tucumã vermelho coberto de margaridinhas. Chamava Fräulein e sempre carecia de proteção. Foram juntos e chegaram lá. O parque estava uma boniteza. Tinha tantas máquinas repuxos misturadas com a máquina luz elétrica que a gente se encostava um no outro no escuro e as mãos se agarravam para aguentar a admiração. Assim a dona fez e Macunaíma sussurrou docemente:

— Mani... filhinha da mandioca!...

Pois então a alemãzinha chorando comovida, se virou e perguntou pra ele si deixava ela fincar aquela margarida no puíto dele. Primeiro o herói ficou muito assarapantado, muito! e quis zangar porém depois ligou os fatos e percebeu que fora muito inteligente. Macunaíma deu uma grande gargalhada.

Mas o caso é que "puíto" já entrara pras revistas estudando com muita ciência os idiomas escrito e falado e já estava mais que assente que pelas leis de catalepse elipse síncope metonímia metafonia metátese próclise prótese aférese apócope haplogia etimologia popular, todas essas leis, a palavra "botoeira" viera a dar em "puíto", por meio duma palavra intermediária, a voz latina "rabanitius" (botoeira-rabanitius-puíto), sendo que rabanitius embora não encontrada nos documentos medievais, afirmaram os doutos que na certa existira e fora corrente no sermo vulgaris.

Nesse momento um mulato da maior mulataria trepou numa estátua e principiou um discurso entusiasmado explicando pra Macunaíma o que era o dia do Cruzeiro. No céu escampado da noite não tinha uma nuvem nem Capei. A gente enxergava os conhecidos, os pais das árvores os pais das aves os pais das caças e os parentes manos pais mães tias cunhadas cunhãs cunhatãs, todas essas estrelas piscapiscando bem felizes nessa terra sem mal, adonde havia muita saúde e pouca saúva, o firmamento lá. Macunaíma escutava muito agradecido, concordando com a fala comprida que o discursador fazia pra ele. Só depois do homem apontar muito e descrever muito é que Macunaíma pôs reparo que o tal de Cruzeiro era mas eram aquelas quatro estrelas que ele sabia muito bem serem o Pai do Mutum morando no campo do céu. Teve raiva da mentira do mulato e berrou:

— Não é não!

— ... Meus senhores, que o outro discursava, aquelas quatro estrelas rutilantes como lágrimas ardentes, no dizer do sublime poeta, são o sacrossanto e tradicional Cruzeiro que...

— Não é não!

— Psiu!

— ... o símbolo mais...

— Não é não!

— Apoiados!

— Fora!

— Psiu!... Psiu!...

— ... mais su-sublime e maravilhoso da nossa ama-mada pátria é aquele misterioso Cruzeiro lucilante que...

— Não é não!

— ... ve-vedes com...

— Nam sculhamba!

— ... suas... qua... tro claras lantejoulas de prat...

— Não é não!

— Não é não! que outros gritavam também.

Com tanta bulha afinal o mulato entrupigaitou e todos os presentes animados pelo "Não é não!" do herói estavam com muita vontade de fazer um chinfrim. Porém Macunaíma tremia tão tiririca que nem percebeu. Pulou em riba da estátua e principiou contando a história do Pai do Mutum. E era assim:

— Não é não! Meus senhores e minhas senhoras! Aquelas quatro estrelas lá é o Pai do Mutum! juro que é o Pai do Mutum, minha gente, que para no campo vasto do céu!... Isso foi no tempo em que os animais já não eram mais homens e sucedeu no grande mato Fulano. Era uma vez dois cunhados que moravam muito longe um do outro. Um chamava Camã-Pabinque e era catimbozeiro. Uma feita o cunhado de Camã-Pabinque entrou no mato por amor de caçar um bocado. Estava fazendo e topou com Pauí-Pódole e seu compadre o vaga-lume Camaiuá. E Pauí-Pódole era o Pai do Mutum. Estava trepado no galho alto da acapu, descansando. Vai, o cunhado do feiticeiro voltou pra maloca e falou pra companheira dele que tinha topado com Pauí-Pódole e seu compadre Camaiuá. E o Pai do Mutum com seu compadre num tempo muito de dantes já foram gente que nem nós mesmos. O homem falou mais que bem que tinha querido matar Pauí-Pódole com a sarabatana porém não alcançara o poleiro alto do Pai do Mutum na acapu. E então pegou na frecha de pracuuba com ponta de taboca e foi pescar carataís. Logo Camã-Pabinque chegou na maloca do cunhado e falou:

— Mana, o que foi que vosso companheiro falou pra você?

Então a mana contou tudo pro feiticeiro e que Pauí-Pódole estava empoleirado na acapu com seu compadre o vaga-lume Camaiuá. No outro dia manhãzinha Camã-Pabinque saiu do papiri dele e achou Pauí-Pódole piando na acapu. Então o catimbozeiro virou na tocandeira Ilague e foi subindo pelo pau mas o Pai do Mutum enxergou a formigona e soprou um pio forte. Bateu um ventarrão tamanho que o feiticeiro despencou do pau, caindo nas capituvas da serrapilheira. Então virou na tacuri Opalá menorzinha e foi subindo outra vez, porém Pauí-Pódole tornou a enxergar a formiga. Soprou e veio um ventinho brisando que sacudiu Opalá nas trapoerabas da serrapilheira. Então Camã-Pabinque virou na lava-pés chamada Megue, pequetitinha, subiu na acapu, ferrou o Pai do Mutum bem no furinho do nariz, enrolou o corpico e trazendo o não se diz entre os ferrões, juque! esguichou ácido fórmico aí. Chi! minha gente! Isso Pauí-Pódole abriu num voo esparramado com a dor e espirrou Megue longe! O feiticeiro nem não pôde sair mais do corpo de Megue, do susto que pegou. E ficou mais essa praga da formiguinha lava-pés prá nós... Gente!

Pouca saúde e muita saúva,
os males do Brasil são.

já falei... No outro dia Pauí-Pódole quis ir morar no céu pra não padecer mais com as formigas da nossa terra, fez. Pediu pro compadre vaga-lume alumiar o caminho na frente com as lanterninhas verdes bem acesas. O vaga-lume Cunavá sobrinho do outro foi na frente alumiando caminho pra Camaiuá e pediu pro mano que fosse na frente alumiando pra ele também. O mano pediu pro pai, o pai pediu pra mãe, a mãe pediu pra toda a geração, o chefe de polícia e o inspetor do quarteirão e muitos muitos, uma nuvem de vaga-lumes foram alumiando caminho uns pros outros. Fizeram, gostaram de lá e sempre uns atrás dos outros nunca mais voltaram do campo vasto do céu. É aquele caminho de luz que daqui se enxerga atravessando o espaço. Pauí-Pódole então avoou pro céu e ficou lá. Minha gente! aquelas quatro estrelas não é Cruzeiro, que Cruzeiro nada! É o Pai do Mutum! É o Pai do Mutum! minha gente! É o Pai do Mutum, Pauí-Pódole que para no campo vasto do Céu!... Tem mais não.

Macunaíma parou fatigado. Então se ergueu do povaréu um murmurejo longo de felicidade fazendo relumear mais ainda as gentes, os pais dos pássaros os pais dos peixes os pais dos insetos os pais das árvores, todos esses conhecidos que param no campo do céu. E era imenso o contentamento daquela paulistanada mandando olhos de assombro pras gentes, pra todos esses pais dos vivos brilhando morando no céu. E todos esses assombros de-primeiro foram gente depois foram os assombros misteriosos que fizeram nascer todos os seres vivos. E agora são as estrelinhas do céu.

O povo se retirou comovido, feliz no coração cheio de explicações e cheio das estrelas vivas. Ninguém não se amolava mais nem com dia do Cruzeiro nem com as máquinas repuxos misturadas com a máquina luz elétrica. Foram pra casa botar pelego por debaixo do lençol porque por terem brincado com fogo aquela noite, na certa que iam mijar na cama. Foram todos dormir. E a escuridão se fez.

Macunaíma parado em riba da estátua ficara sozinho ali. Também estava comovido. Olhou pra altura. Que Cruzeiro nada! Era Pauí-Pódole se percebia bem daqui... E Pauí-Pódole estava rindo pra ele, agradecendo. De repente piou comprido parecendo trem de ferro. Não era trem era piado e o sopro apagou todas as luzes do parque. Então o Pai do Mutum mexeu uma asa mansamente se despedindo do herói. Macunaíma ia agradecer, porém o pássaro erguendo a poeira da neblina largou numa carreira esparramada pelo campo vasto do céu.

11. A velha Ceiuci

No outro dia o herói acordou muito constipado. Era porque apesar do calorão da noite ele dormira de roupa com medo da Caruviana que pega indivíduo dormindo nu. Mas estava muito ganjento com o sucesso do discurso da véspera. Esperou impaciente os quinze dias da doença resolvido a contar mais casos pro povo. Porém quando se sentiu bom era manhãzinha e quem conta história de dia cria rabo de cotia. Por isso convidou os manos pra caçar, fizeram.

Quando chegaram ao bosque da Saúde o herói murmurou:

— Aqui serve.

Dispôs os manos nas esperas, botou fogo no bosque e ficou também amoitado esperando que saísse algum viado-mateiro pra ele caçar. Porém não tinha nenhum viado lá e quando queimada acabou, jacaré saiu? pois nem viado-mateiro nem viado-catingueiro, saíram só dois ratos chamuscados. Então o herói caçou os ratos chamuscados, comeu-os e sem chamar os manos voltou pra pensão.

Lá chegado ajuntou os vizinhos, criados a patroa cunhãs datilógrafas estudantes empregados públicos, muitos empregados públicos! todos esses vizinhos e contou pra eles que tinha ido caçar na feira do Arouche e matara dois...

— ... mateiros, não eram viados-mateiros não, dois

viados-catingueiros que comi com os manos. Até vinha trazendo um naco pra vocês mas porém escorreguei na esquina, caí derrubei o embrulho e cachorro comeu tudo.

Toda a gente se sarapantou com o sucedido e desconfiaram do herói. Quando Maanape e Jiguê voltaram, os vizinhos foram perguntar pra eles si era verdade que Macunaíma caçara dois catingueiros na feira do Arouche. Os manos ficaram muito enquizilados porque não sabiam mentir e exclamaram irritadíssimos:

— Mas que catingueiros esses! O herói nunca matou viado! Não tinha nenhum viado na caçada não! Gato miador, pouco caçador, gente! Em vez foram dois ratos chamuscados que Macunaíma pegou e comeu.

Então os vizinhos perceberam que tudo era mentira do herói, tiveram raiva e entraram no quarto dele pra tomar satisfação. Macunaíma estava tocando numa flautinha feita de canudo de mamão. Parou o sopro, aparou o bocal da flautinha e se admirou muito sossegado:

— Pra que essa gentama no meu quarto, agora!... Faz mal pra saúde, gente!

Todos perguntaram pra ele:

— O que foi mesmo que você caçou, herói?

— Dois viados-mateiros.

Então os criados as cunhãs estudantes empregados públicos, todos esses vizinhos principiaram rindo dele. Macunaíma sempre aparando o bocal da flautinha. A patroa cruzando os braços ralhou assim:

— Mas, meus cuidados, pra que você fala que foram dois viados e em vez foram dois ratos chamuscados!

Macunaíma parou assim os olhos nela e secundou:

— Eu menti.

Todos os vizinhos ficaram com cara de André e cada um foi saindo na maciota. E André era um vizinho que andava sempre encalistrado. Maanape e Jiguê se olharam, com inveja da inteligência do mano. Maanape inda falou pra ele:

— Mas pra que você mentiu, herói!

— Não foi por querer não... quis contar o que tinha sucedido pra gente e quando reparei estava mentindo...

Jogou a flautinha fora, pegou no ganzá pigarreou e descantou. Descantou a tarde inteirinha uma moda tão sorumbática mas tão sorumbática que os olhos dele choravam a cada estrofe. Parou porque os soluços não deixaram mais continuar. Largou do ganzá. Lá fora a vista era uma tristura de entardecer dentro da cerração. Macunaíma sentiu-se desinfeliz e teve saudades de Ci a inesquecível. Chamou os manos pra se consolarem todos juntos. Maanape e Jiguê sentaram junto dele na cama e os três falaram longamente da Mãe do Mato. E espalhando a saudade falaram dos matos e cobertos cerrações deuses e barrancas traiçoeiras do Uraricoera. Lá que eles tinham nascido e se rido pela primeira vez nos macurus... Encostados nas maquiras pra lá do limpo do mocambo os guirás cantavam o que não dava o dia e eram pra mais de quinhentas as famílias dos guirás... Perto de quinze vezes mil espécies de animais assombravam o mato de tantos milhões de paus que não tinham mais conta... Uma feita um branco trouxera da terra dos ingleses, dentro dum sapicuá gótico, a constipação que fazia agora Macunaíma tanto chorar de sodades... E a constipação tinha ido morar no antro das formigas mumbucas mui pretas. Na escureza o calor se amaciava como saindo das águas; pra trabalhar se cantava; nossa mãe ficara virada numa coxilha mansa no lugar chamado Pai da Tocandeira... Ai, que preguiça... E os três manos perceberam pertinho o murmurejo do Uraricoera! Oh! como era bom por lá... O herói se atirou pra trás chorando largado na cama.

Quando a vontade de chorar parou, Macunaíma afastou os mosquitos e quis espairecer. Se lembrou de ofender a mãe do gigante com uma bocagem novinha vinda da Austrália. Virou Jiguê na máquina telefone porém o mano inda estava muito confundido com o caso da mentira do herói e não houve meios de ligar. O aparelho tinha defeito. Então Macunaíma fumou fava de paricá pra ter sonhos gostosos e adormeceu bem.

No outro dia lembrou que precisava se vingar dos manos e resolveu passar um pealo neles. Levantou madrugadinha e foi esconder no quarto da patroa. Brincou pra fazer tempo. Depois voltou falando afobado pros manos:

— Oi, manos, achei rasto fresco de tapir bem na frente da Bolsa de Mercadorias!

— Que me diz, perdiz!

— Pois é. Quem que havia de dizer!

Ninguém inda não matara tapir na cidade. Os manos se sarapantaram e foram com Macunaíma caçar o bicho. Chegaram lá, principiaram procurando o rasto e aquele mundão de gente comerciantes revendedores baixistas matarazos, vendo os três manos curvados pro asfalto procurando, principiaram campeando também, todo aquele mundão de gente. Procuraram procuraram, você achou? nem eles! Então perguntaram pra Macunaíma:

— Onde que você achou rasto de tapir? Aqui não tem rasto nenhum não!

Macunaíma não parava de campear falando sempre:

— Tetápe, dzónanei pemonéite hêhê zeténe netaíte.

E os manos regatões zangões teque-teques madalenas e hungareses recomeçavam procurando o rasto. Quando cansavam e paravam pra perguntar, Macunaíma campeando sempre secundava:

— Tetápe dzónanei pemonéite hêhê zeténe netaíte.

E todo aquele mundão de gente procurando. Era já perto da noite quando pararam desacorçoados. Então Macunaíma se desculpou:

— Tetápe dzónanei pemo…

Não deixaram nem que ele acabasse, todos perguntando o que significava aquela frase. Macunaíma respondeu:

— Sei não. Aprendi essas palavras quando era pequeno lá em casa.

E todos se queimaram muito. Macunaíma fastou disfarçado falando:

— Calma, gente! Tetápe hêhê! Não falei que tem rasto de tapir não, falei que tinha! Agora não tem mais não.

Foi pior. Um dos comerciantes se zangou de verdade e o repórter que estava ao pé dele vendo o outro zangado zangou também por demais.

— Isso não vai assim não! Pois então a gente vive trabucando pra ganhar o pão nosso e vai um indivíduo tira a gente o dia inteiro do trabalho só pra campear rasto de tapir!

— Mas eu não pedi pra ninguém procurar rasto, moço, me desculpe! Meus manos Maanape e Jiguê é que andaram pedindo, eu não! Culpa é deles!

Então o povo que já estava todo zangado virou contra Maanape e contra Jiguê. Já todos, e eram muitos! estavam com vontade de armar uma briga. Então um estudante subiu na capota dum auto e fez discurso contra Maanape e contra Jiguê. O povo estava ficando zangadíssimo.

— Meus senhores, a vida dum grande centro urbano como São Paulo já obriga a uma intensidade tal de trabalho que não permite-se mais dentro da magnífica entrosagem do seu progresso siquer a passagem momentânea de seres inócuos. Ergamo-nos todos una voce contra os miasmas deletérios que conspurcam o nosso organismo social e já que o Governo cerra os olhos e delapida os cofres da Nação, sejamos nós mesmos os justiçadores...

— Lincha! lincha! que o povo principiou gritando.

— Que lincha nada! exclamou Macunaíma tomando as dores pelos manos.

E todos se viraram contra ele outra vez. E agora já estavam zangadíssimos. O estudante continuava pra si:

— ... e quando o trabalho honesto do povo é perturbado por um desconhecido...

— O quê! quem que é desconhecido! berrou Macunaíma desesperado com a ofensa.

— Você!

— Não sou, 'tá'í!

— É!

— Ora vá desmamar jacu com alpiste, moço! Desconhecida é a senhora vossa mãe, ouviu! — e virando pro povo: O que vocês estão pensando, heim! Não tenho medo não! nem de um nem de dois nem de dez mil e daqui a pouco eu arraso tudo isto aqui!

Uma madalena que estava na frente do herói, virou pro comerciante atrás dela e zangou:

— Não bolina, sem-vergonha!

O herói estava cego de raiva, pensou que era com ele e:

— Que "não bolina" agora! não estou bolinando ninguém, sua lambisgoia!

— Lincha o bolina! Pau nele!

— Pois venham, cafajestes!

E avançou pra multidão. O advogado quis fugir porém Macunaíma atirou um pontapé nas costas dele e entrou pelo povo distribuindo rasteiras e cabeçadas. De repente viu na frente um homem alto loiro mui lindo. E o homem era um grilo. Macunaíma teve ódio de tanta boniteza e chimpou uma bruta duma bolacha nas fuças do grilo. O grilo berrou, e enquanto falava uma frase em língua estrangeira agarrou o herói pelo congote.

— Prrreso!

O herói gelou.

— Preso por quê?

O polícia secundou uma porção de coisas em língua estrangeira e segurou firme.

— Não estou fazendo nada! que o herói murmurava com medo.

Porém o grilo não quis conversa e foi descendo a ladeirinha com o povo todo atrás. Outro grilo chegou e os dois falaram muitas frases, muitas! em língua estrangeira e lá foram empurrando o herói ladeira abaixo. Um testemunha de tudo contou o sucedido pra um senhor que estava na porta duma casa de frutas e o senhor penalizado atravessou a multidão e fez os grilos pararem. Era já na rua Líbero. Então o senhor fez um discurso pros grilos, que eles não deviam de levar Macunaíma preso porque o herói não fizera nada. Tinha ajuntado uma porção de grilos mas nenhum não entendia o discurso porque nenhum não pescava nada de brasileiro. As mulheres choravam com dó do herói. Os grilos falavam por demais numa língua estrangeira e uma voz gritou:

— Não pode!

Então o povo ficou com muita vontade de pelear outra vez e de todos os lados agora estavam gritando: "Larga!", "Não leva!", "Não pode!", "Não pode!", um chinfrim, "Solta!". Um fazendeiro estava disposto a fazer discurso insultando a Polícia. Os grilos não entendiam nada e gesticulavam, muito atrapalhados falando em língua estrangeira. Formou-se um furdunço temível. Então Macunaíma se aproveitou da trapalhada e pernas pra que vos quero! Vinha um bonde na carreira badalando. Macunaíma pongou o bonde e foi ver como passava o gigante.

Venceslau Pietro Pietra já principiava convalescendo da sova apanhada na macumba. Fazia um calorão dentro da casa porque era hora de cozinharem a polenta e fora a fresca era boa por causa do vento sulão. Por isso o gigante com a velha Ceiuci as duas filhas e a criadagem pegaram cadeiras e vieram sentar na porta da rua pra gozar a frescata. O gigante ainda não saíra do algodão e estava talequal um fardo caminhando. Sentaram.

O curumi Chuvisco andava librinando pelo bairro e encontrou Macunaíma negaceando da esquina. Parou e ficou olhando o herói. Macunaíma virou-se:

— Nunca viu não!

— Que que você está fazendo aí, conhecido!

— Estou assustando o gigante Piaimã com sua família.

Chuvisco debicou:

— Qual! não vê que gigante tem medo de ti!

Macunaíma encarou o curumi empalamado e teve raiva. Quis bater nele porém lembrou de-cor: "Quando você estiver embrabecendo conta três vezes os botões da vossa roupa", contou e ficou manso de novo. Então secundou:

— Quer apostar? Eu faço e aconteço e garanto que Piaimã vai pra dentro com medo de mim. Esconde lá perto pra escutar só o que eles falam.

Chuvisco avisou:

— Oi, conhecido, tome tento com gigante! Você já sabe do que ele é capaz. Piaimã está fraco está fraco porém canudo que teve pimenta guarda o ardume... Si você não tem medo mesmo, aposto.

Virou numa gota e pingou rente de Venceslau Pietro Pietra com a companheira as filhas e a criadagem. Então Macunaíma pegou na primeira palavra-feia da coleção e jogou na cara de Piaimã. O palavrão bateu de rijo porém Venceslau Pietro Pietra nem se incomodou, direitinho elefante. Macunaíma chimpou outra bocagem mais feia na caapora. A ofensa bateu rijo porém se incomodar é que ninguém se incomodou. Então Macunaíma jogou toda a coleção de bocagens e eram dez mil vezes dez mil bocagens. Venceslau Pietro Pietra falou pra velha Ceiuci, bem quieto:

— Tem algumas que a gente não conhece inda não, guarda pra nossas filhas.

Então Chuvisco voltou pra esquina. O herói garganteou:

— Tiveram medo ou não tiveram!

— Medo nada, conhecido! até o gigante mandou guardar as bocagens novas pras filhas brincarem. De mim que eles têm medo, você aposta? Vá lá perto e escute só.

Macunaíma virou num caxipara que é o macho da formiga saúva e foi se enroscar na rama de algodão acolchoando o gigante. Chuvisco amontou numa neblina e quando ia passando em riba da família deu uma mijadinha no ar. Principiou peneirando uma chuva de preguiça.

Quando os pingos vieram caindo o gigante olhou pra um agarrado na mão dele e teve paúra de tanta água.

— Vam'bora, gente!

E todos com muito medo foram correndo pra dentro. Então Chuvisco desapeou e disse pra Macunaíma:

— Está vendo?

E assim até hoje. A família do gigante tem medo de Chuvisco mas de palavra-feia não.

Macunaíma ficou muito despeitado e perguntou pro rival:

— Me diga uma coisa: você conhece a língua do limpim-guapá?

— Nunca vi mais gordo!

— Pois então, rival: Vá-pá-à-pá mer-per-da-pá!

E abriu o pala até a pensão.

Mas estava muito contrariado por ter perdido a aposta e se lembrou de fazer uma pescaria. Porém não podia pescar nem de flecha nem com timbó nem jotica nem cunambi nem tingui nem macerá nem no pari nem com linha nem arpão nem juquiaí nem sararaca nem gaponga nem de poita nem caçuá nem itapuá nem de jiqui nem de grozera nem de jererê, guê, tresmalho aparador de gungá cambango arinque bate-bate gradeira cai-cai penca anzol de vara covo, todos esses objetos armadilhas e venenos porque não possuía nada disso não. Fez um anzol com cera de mandaguari mas bagre mordia, levava anzol e tudo. Porém tinha ali perto um inglês pescando aimarás com anzol de verdade. Macunaíma voltou pra casa e falou pra Maanape:

— Que que havemos de fazer! Carecemos de tomar anzol de inglês. Vou virar aimará de mentira pra enganar o bife. Quando ele me pescar e der a batida na minha cabeça então faço "juque!" enganando que morri. Ele me atira no samburá, você pede o peixe mais grande pra comer e sou eu.

Fez. Virou num aimará pulou na lagoa, o inglês pescou-o e bateu na cabeça dele. O herói gritou "Juque!". Mas o inglês tirou o anzol da goela do peixe porém. Maanape veio vindo e muito disfarçado pediu pro inglês:

— Dá peixe pra mim, seu Yes?

— All right. E deu um lambari-do-rabo-vermelho.

— Ando padecendo de fome, seu inglês! dá um macota, vá! esse um gordinho do samburá!

Macunaíma estava com o olho esquerdo dormindo porém Maanape conheceu-o bem. Maanape era feiticeiro. O inglês deu o aimará pra Maanape que agradeceu e foi-se embora. Quando estava légua e meia longe o aimará virou Macunaíma outra vez. Assim três vezes, inglês sempre tirando anzol da goela do herói. Macunaíma segredou pro mano:

— Que que havemos de fazer! Carecemos de tomar anzol de inglês. Vou virar piranha de mentira e arranco anzol da vara.

Virou numa piranha feroz pulou na lagoa arrancou o anzol e desvirando outra vez légua e meia abaixo no lugar chamado Poço do Umbu onde tinha umas pedras cheias de letreiros encarnados da gente fenícia, sacou o anzol da goela bem contente porque agora podia pescar corimã piraíba aruana pirara piaba, todos esses peixes. Os dois manos iam-se quando escutaram inglês falando pra uruguaio:

— Que posso fazer agora! Não possuo mais anzol que a piranha engoliu. Vou pra vossa terra, conhecido.

Então Macunaíma fez um grande gesto com os dois braços e gritou:

— Espera um bocado, tapuitinga!

O inglês se voltou e Macunaíma só de caçoada virou-o na máquina London Bank.

No outro dia falou pros manos que ia pescar peixões no igarapé Tietê. Maanape avisou:

— Não vá, herói, que você topa com a velha Ceiuci mulher do gigante. Te come, heim!

— Não tem inferno pra quem já navegou no Cachoeira! que Macunaíma exclamou. E partiu.

Nem bem lançou a linha de cima dum mutá que veio vindo a velha Ceiuci pescando de tarrafa. A caapora viu a sombra de Macunaíma refletida n'água e jogou depressa a tarrafa e só pescou sombra. O herói nem não achou graça porque estava tremendo de medo, vai, pra agradecer falou assim:

— Bom dia, minha vó.

A velha virou a cara pro alto e descobriu Macunaíma em riba do mutá.

— Vem cá, meu neto.

— Não vou lá não.

— Pois então mando marimbondos.

Fez. Macunaíma arrancou um molho de pataqueira e matou os marimbondos.

— Desce, meu neto, que sinão mando novatas!

Fez. As formigas novatas ferraram em Macunaíma e ele caiu n'água. Então a velha tarrafeou, envolveu o herói nas malhas e foi pra casa. Lá chegada pôs o embrulho na sala de visitas que tinha um abajur encarnado e foi chamar a filha mais velha que era bem habilidosa, pras duas comerem o pato que ela caçara. E o pato era Macunaíma o herói. Porém a filhona estava muito ocupada porque era mesmo habilidosa e a velha pra adiantar serviço foi fazer fogo. A caapora possuía duas filhas e a mais nova que não era nada habilidosa e só sabia suspirar, enxergando a velha fazer fogo, imaginou: "Mãe quando vem da pescaria conta logo o que pescou, hoje não. Vou ver". Desenrolou a tarrafa e saiu dela um moço bem do gosto. O herói falou:

— Me esconde!

Então a moça que estava mui bondosa porque vivia desocupada desde tempo, levou Macunaíma pro quarto e brincaram. Agora estão se rindo um pro outro.

Quando fogo ficou bem quente a velha Ceiuci veio com a filhona habilidosa pra depenarem o pato porém acharam só tarrafa. A caapora embrabeceu:

— Isso há-de ser minha filhinha nova que é muito bondosa...

Bateu no quarto da moça, gritando:

— Minha filhinha nova, entrega já meu pato que sinão enxoto você da casa minha pra todo o sempre!

A moça ficou com medo e mandou Macunaíma atirar vinte mil-réis por debaixo da porta pra ver si contentava a gulosa. Macunaíma de medo já atirou cem que viraram em muitas perdizes lagostas robalos vidros de perfume e caviar. A velha gulosa engoliu tudo e pediu mais. Então Macunaíma atirou um conto de réis por debaixo da porta. O conto virou em mais lagostas coelhos pacas champanha rendas cogumelos rãs e a velha sempre comendo e pedindo mais. Então a moça bondosa abriu a janela dando pro Pacaembu deserto e falou:

— Vou dizer três adivinhas, si você descobre, te deixo fugir. O que é que é: É comprido roliço e perfurado, entra duro e sai mole, satisfaz o gosto da gente e não é palavra indecente?

— Ah! isso é indecência sim!

— Bobo! é macarrão!

— Ahn... é mesmo!... Engraçado, não?

— Agora o que é que é: Qual o lugar onde as mulheres têm cabelo mais crespinho?

— Oh, que bom! isso eu sei! é aí!

— Cachorro! É na África, sabe!

— Me mostra, por favor!

— Agora é a última vez. Diga o que que é:

Mano, vamos fazer
Aquilo que Deus consente:
Ajuntar pelo com pelo,
Deixar o pelado dentro.

E Macunaíma:

— Ara! Também isso quem não sabe! Mas cá pra nós que ninguém nos ouça, você é bem sem-vergonha, dona!

— Descobriu. Não é dormir ajuntando os pelos das

pestanas e deixando o olho pelado dentro que você está imaginando? Pois si você não acertasse pelo menos uma das adivinhas te entregava pra gulosa de minha mãe. Agora fuja sem escarcéu, serei expulsa, voarei pro céu. Na esquina você encontra uns cavalos. Tome o castanho-escuro que pisa no mole e no duro. Esse é bom. Si você escuta um passarinho gritando "Baúa! Baúa!" então é a velha Ceiuci chegando. Agora fuja sem escarcéu, serei expulsa, voarei pro céu!

Macunaíma agradeceu e pulou pela janela. Na esquina estavam dois cavalos, um castanho-escuro e outro cardão-pedrês. "Cavalo cardão-pedrês pra carreira Deus o fez" Macunaíma murmurou. Pulou nesse e abriu na galopada. Caminhou caminhou caminhou e já perto de Manaus ia correndo quando o cavalo deu uma topada que arrancou chão. No fundo do buraco Macunaíma enxergou uma coisa relumeando. Cavou depressa e descobriu o resto do deus Marte, escultura grega achada naquelas paragens inda na Monarquia e primeiro-de-abril passado no Araripe de Alencar pelo jornal chamado *Comércio do Amazonas*. Estava contemplando aquele torso macanudo quando escutou "Baúa! Baúa!". Era a velha Ceiuci chegando. Macunaíma esporeou o cardão-pedrês e depois de perto de Mendoza na Argentina quase dar um esbarrão num galé que também vinha fugindo da Guiana Francesa, chegou num lugar onde uns padres estavam melando. Gritou:

— Me escondam, padres!

Nem bem os padres esconderam Macunaíma num pote vazio que a caapora chegou montada no tapir.

— Não viram meu neto passar por aqui no seu cavalinho comendo capim?

— Já passou.

Então a velha apeou do tapir e montou num cavalo gázeo-sarará que nunca prestou nem prestará e seguiu. Quando ela virou a serra do Paranacoara os padres tiraram o herói do pote, deram pra ele um cavalo melado-caxito que tanto é bom como é bonito e mandaram ele embora. Macunaíma agradeceu e galopou. Logo adiante encontrou uma cerca de arame porém era cavaleiro: deu um sacalão, esbarrou o pongo e ajuntando as mãos do animal caído com um jeito forte fez o cavalo girar e passar por debaixo do arame. Então o herói pulou a cerca e amontou de novo. Galopeou galopeou galopeou. Passando no Ceará decifrou os letreiros indígenas do Aratanha; no Rio Grande do Norte costeando o serrote do Cabelo-não-tem decifrou outro. Na Paraíba, indo de Manguape pra Bacamarte passou na Pedra Lavrada com tanta inscrição que dava um romance. Não leu por causa da pressa e nem a da Barra do Poti no Piauí, nem a de Pajeú em Pernambuco, nem a dos Apertados do Inhamum que já era no quarto dia e se escutava no ar rentinho: “Baúa! Baúa!”. Era a velha Ceiuci chegando. Macunaíma pernas pra que vos quero pelo eucaliptal. Mas o passarinho sempre mais perto e Macunaíma isso vinha que vinha acochado pela velha. Afinal topou com a biboca dum surucucu que tinha parte com o canhoto.

— Me esconde, surucucu!

O surucucu nem bem escondeu o herói no buraco da latrininha, a velha Ceiuci chegou.

— Não viram meu neto passar por aqui no seu cavalinho comendo capim?

— Já passou.

A gulosa apeou do gázeo-sarará que nunca prestou nem prestará e montou num cavalo bebe-em-branco que é cavalo manco e seguiu.

Então Macunaíma escutou surucucu tratando com a companheira pra fazerem um moquém do herói. Pulou do buraco do quartinho e jogou no terreiro o anel com brilhantão que dera de presente pro dedo Mindinho. O brilhantão virou em quatro contos de carros de milho, adubo Polisu e uma fordeca de segunda mão. Enquanto o surucucu olhava pra aquilo tudo satisfeito, Macunaíma pro melado-caxito descansar, amontou num bagual cardão-rodado que nunca pode estar parado e galopou através de varjões e varjotas. Varou num átimo o mar de areia do chapadão dos Parecis e por derrames e dependurados entrou na caatinga e assustou as galinhas com pintos de ouro do Camutengo perto de Natal. Légua e meia adiante abandonando a margem do São Francisco emporcalhada com a enchente-da-páscoa, entrou por uma brecha aberta no morro alto. Ia seguindo quando escutou um "psiu" de cunhã. Parou morto de medo. Então saiu do meio da catinga-de-porco uma dona alta e feiosa com trança até o pé. E a dona perguntou cochichado pro herói:

— Já se foram?

— Se foram, quem!

— Os holandeses!

— Você está caducando, que holandês esse! Não tem holandês nenhum, dona!

Era Maria Pereira cunhã portuga amufumbada naquela brecha de morro desde a guerra com os holandeses. Macunaíma não sabia bem mais em que parte do Brasil estava e lembrou de perguntar.

— Me diga uma coisa, filho de gambá é raposa, como que chama este lugar?

A cunhã secundou emproada:

— Aqui é o Buraco de Maria Pereira.

Macunaíma soltou uma grande gargalhada e escafedeu enquanto a mulher amoitava outra vez. O herói seguiu de carreira e enfim passou pra outra banda do rio Chuí. Foi lá que topou com o tuiuiú pescando.

— Primo Tuiuiú, você me leva pra casa?

— Pois não!

Logo o tuiuiú se transformou na máquina aeroplano, Macunaíma escanchou no aturiá vazio e ergueram voo. Voaram sobre o chapadão mineiro de Urucuia, fizeram o circuito de Itapecerica e bateram pro Nordeste. Passando pelas dunas de Mossoró, Macunaíma olhou pra baixo e enxergou Bartolomeu Lourenço de Gusmão, batina arregaçada, pelejando pra caminhar no areão. Gritou pra ele:

— Venha aqui com a gente, ilustre!

Porém o padre gritou com um gesto imenso:

— Basta!

Depois que pulando a serra do Tombador no Mato Grosso deixaram pra esquerda as cochilhas de Sant'Ana do Livramento, o tuiuiú-aeroplano e Macunaíma subiram até o Telhado do Mundo, mataram a sede nas águas novas do Vilcanota e na última etapa voando sobre Amargosa na Bahia, sobre a Gurupá e sobre o Gurupi com a sua cidade encantada, enfim toparam de novo com o mocambo ilustre do igarapé Tietê. Daí a pouquinho estavam na porta da pensão. Macunaíma agradeceu muito e quis pagar o ajutório porém se lembrou que estava carecendo de fazer economia. Virou pro tuiuiú e falou:

— Olha, primo, pagar não posso não mas vou te dar um conselho: Neste mundo tem três barras que são a perdição dos homens: barra de rio, barra de ouro e barra de saia, não caia!

Porém estava tão acostumado a gastar que esqueceu-se da economia. Deu dez contos pro tuiuiú, subiu satisfeito pro quarto e contou tudo pros manos já muito ressabiados com a demora. O caso afinal custara uns bons pacotes. Maanape então virou Jiguê num telefone e deu queixa pra Polícia que deportou a velha gulosa. Porém Piaimã tinha muita influência e ela voltou na companhia lírica.

A filha expulsa corre no céu, batendo perna de déu em déu. É uma cometa.

12. Teque-teque, chupinzão e a injustiça dos homens

No outro dia Macunaíma acordou febrento. Tinha mesmo delirado a noite inteira e sonhado com navio.

— Isso é viagem por mar, falou a dona da pensão.

Macunaíma agradeceu e de tão satisfeito virou logo Jiguê na máquina telefone pra insultar a mãe de Venceslau Pietro Pietra. Mas a sombra telefonista avisou que não secundavam. Macunaíma achou aquilo esquisito e quis se levantar pra ir saber o que era. Porém sentia um calorão coçado no corpo todo e uma moleza de água. Murmurou:

— Ai... que preguiça...

Virou a cara pro canto e principiou falando bocagens. Quando os manos vieram saber o que era, era sarampão. Maanape logo foi buscar o famoso Bento curandeiro em Beberibe que curava com alma de índio e a água de pote. Bento deu uma aguinha e fez reza cantada. Numa semana o herói já estava descascando. Então se levantou e foi saber o que tinha sucedido pro gigante.

Não tinha ninguém no palácio e a copeira do vizinho contou que Piaimã com toda a família fora na Europa descansar da sova. Macunaíma perdeu todo o requebrado e se contrariou bem. Brincou com a copeira muito aluado e voltou macambúzio pra pensão. Maanape e Jiguê encontraram o herói na porta da rua e perguntaram pra ele:

— Quem matou seu cachorrinho, meus cuidados?

Então Macunaíma contou o sucedido e principiou chorando. Os manos ficaram bem tristes de ver o herói assim e levaram ele visitar o Leprosário de Guapira, porém Macunaíma estava muito contrariado e o passeio não teve graça nenhuma. Quando chegaram na pensão era noitinha e todos já estavam desesperados. Tiraram uma porção enorme de tabaco dum cornimboque imitando cabeça de tucano e espirraram bem. Então puderam pensamentear.

— Pois é, meus cuidados, você andou lerdeando, cozinhando galo, cozinhando galo, o gigante é que não havia de esperar, foi-se. Agora aguente a maçada!

Nisto Jiguê bateu na cabeça e exclamou:

— Achei!

Os manos levaram um susto. Então Jiguê lembrou que eles podiam ir na Europa também, atrás da muiraquitã. Dinheiro, inda sobravam quarenta contos do cacau vendido. Macunaíma aprovou logo porém Maanape que era feiticeiro imaginou imaginou e concluiu:

— Tem coisa milhor.

— Pois então desembuche!

— Macunaíma finge de pianista, arranja uma pensão do Governo e vai sozinho.

— Mas pra que tanta complicação si a gente possui dinheiro à beça e os manos podem me ajudar na Europa!

— Você tem cada uma que até parece duas! Poder a gente pode sim porém mano seguindo com arame do Governo não é milhor? É. Pois então!

Macunaíma estava refletindo e de repente bateu na testa:

— Achei!

Os manos levaram um susto.

— Que foi!

— Pois então finjo de pintor que é mais bonito!

Foi buscar a máquina óculos de tartaruga um gramofoninho meias de golfe luvas e ficou parecido com pintor.

No outro dia pra esperar a nomeação matou o tempo fazendo pinturas. Assim: agarrou num romance de Eça de Queirós e foi na Cantareira passear. Então passou perto dele um cotruco andarengo muito marupiara porque possuía folhinha de pica-pau. Macunaíma deitado de bruços divertia-se amassando os tacurus das formigas tapipitingas. O teque-teque saudou:

— Bom-dia, conhecido, como le vai, muito obrigado, bem. Trabalhando, não?

— Quem não trabuca não manduca.

— É mesmo. Bom, té-loguinho.

E passou. Légua e meia adiante topou com um micura e lembrou de trabucar também um bocado. Pegou no gambazinho, fez ele engolir dez pratas de dois mil-réis e voltou com o bicho debaixo do braço. Chegando perto de Macunaíma mascateou:

— Bom-dia, conhecido, como le vai, muito obrigado, bem. Si você quer te vendo meu micura.

— Que que vou fazer com um bicho tão pixento! Macunaíma secundou botando a mão no nariz.

— Tem aca mas é coisa muito boa! Quando faz necessidade só prata que sai! Vendo barato pra você!

— Deixe de conversa, turco! Onde que se viu micura assim!

Então o teque-teque apertou a barriga do gambá e o bicho desistiu as dez pratinhas.

— Está vendo! Faz necessidade é prata só! Ajuntando a gente fica riquíssimo! Barato pra você!

— Quanto que custa?

— Quatrocentos contos.

— Não posso comprar, só tenho trinta.

— Pois então pra ficar freguês deixo por trinta contos pra você!

Macunaíma desabotoou as calças e por debaixo da camisa tirou o cinto que carregava dinheiro. Porém só tinha a letra de quarenta contos e seis fichas do Cassino de Copacabana. Deu a letra e teve vergonha de receber o troco. Até inda deu as fichas de inhapa e agradeceu a bondade do teque-teque.

Nem bem o mascate sovertera entre as sapupiras guarubas e parinaris do mato que já o micura quis fazer necessidade outra feita. O herói arredondou o bolso aparando e a porcaria caiu toda ali. Então Macunaíma percebeu o logro e abriu numa gritaria desgraçada, caminho da pensão. Virando uma esquina encontrou o José Prequeté e gritou para ele:

— Zé Prequeté, tira bicho do pé pra comer com café!

José Prequeté ficou com ódio e insultou a mãe do herói porém este não fez caso não, deu uma grande gargalhada e foi seguindo. Mais adiante lembrou que ia indo pra casa zangado e pegou na gritaria outra vez.

Os manos inda não tinham voltado da maloca do Governo e a patroa veio no quarto pra consolar Macunaíma, brincaram. Depois de brincarem o herói pegou no choro. Quando os manos chegaram toda a gente se sarapantou porque eles tinham cinco metros de altura. Não vê que o Governo estava com mil vezes mil pintores já encaminhados pra mandar na pensão da Europa e Macunaíma ser nomeado era mas só no dia de São Nunca. Ficava muito longe. O invento tinha favado e os manos ficaram compridos por causa do desaponto. Quando enxergaram o mano chorando, se assustaram bem e quiseram saber a causa. E como esqueceram o desaponto voltaram pro tamanho de dantes, Maanape já velhinho e Jiguê na força do homem. O herói fazia:

— Ihihih! teque-teque me embromou! Ihihih! Comprei micura dele, quarenta contos me custou!

Então os irmãos se descabelaram. Agora não era possível mais irem na Europa não, porque possuíam só a noite e o dia. Levaram na prantina enquanto o herói esfregava ólio de andiroba no corpo pros mosquitos não amolarem e adormecia bem.

No outro dia amanheceu fazendo um calorão temível e Macunaíma suava que mais suava dum lado pra outro enraivecido com a injustiça do Governo. Quis sair pra espairecer porém aquela roupa tanta aumentando o calor... Teve mais raiva. Teve raiva por demais e maliciou que ia ficar com o butecaiana que é doença da raiva. Então exclamou:

— Ara! Ande eu quente, ria-se a gente!

Tirou as calças pra refrescar e pisou em cima. A raiva se acalmou no sufragante e até que muito satisfeito Macunaíma falou pros manos:

— Paciência, manos! não! não vou na Europa não. Sou americano e meu lugar é na América. A civilização europeia na certa esculhamba a inteireza do nosso caráter.

Durante uma semana os três vararam o Brasil todo pelas restingas de areia marinha, pelas restingas de mato ralo, barrancas de paranãs, abertões, corredeiras carrascos carrascões e chavascais, coroas de vazante boqueirões mangas e fundões que eram ninhos de geada, espraiados pancadas pedrais funis bocainas barroqueiras e rasouras, todos esses lugares, campeando nas ruínas dos conventos e na base dos cruzeiros pra ver si não achavam alguma panela com dinheiro enterrado. Não acharam nada.

— Paciência, manos! Macunaíma repetiu macambúzio. Jogamos no bicho!

E foi na praça Antônio Prado meditar sobre a injustiça dos homens. Ficou lá encostado num plátano muito bem. Todos os comerciantes e aquele despropósito de máquinas passavam rentinho do herói grugunzando sobre a injustiça dos homens. Macunaíma já estava disposto a mudar o dístico pra: "Pouca saúde e muitos pintores os males do Brasil são" quando escutou um "Ihihih!" chorado atrás. Virou e viu no chão um tico-tico e um chupim.

O tico-tico era pequetitinho e o chupim era macota. O tico-tiquinho ia dum lado pra outro acompanhado sempre do chupinzão chorando pro outro dar de comer pra ele. Fazia raiva. O tico-tiquinho imaginava que o chupinzão era filhote dele mas não era não. Então voava, arranjava um decumê por aí que botava no bico do chupinzão. Chupinzão engolia e pegava na manha outra vez: "Ihihih! mamãe... telo decumê!... telo decumê!..." lá na língua dele. O tico-tiquinho ficava azaranzado porque estava padecendo fome e aquele nhe-nhe-nhém nhe-nhe-nhém azucrinando ele atrás, diz-que "Telo decumê!... telo decumê!...", não podia com o amor sofrendo. Largava de si, voava buscar um bichinho uma quirerinha, todos esses decumês, botava no bico do chupinzão, chupinzão engolia e principiava atrás do tico-tiquinho outra vez. Macunaíma estava meditando na injustiça dos homens e teve um amargor imenso da injustiça do chupinzão. Era porque Macunaíma sabia que de primeiro os passarinhos foram gente feito nós... Então o herói pegou num porrete e matou o tico-tiquinho.

Foi-se embora. Depois que andou légua e meia sentiu calor e lembrou de beber pinga pra refrescar. Trazia sempre num bolso do paletó uma garrafinha de pinga presa ao puíto por uma corrente de prata. Desarrolhou e chupitou de manso. Eis sinão quando escutou atrás um "Ihihih!" chorando. Virou sarapantado. Era o chupinzão.

— Ihihih! papai... telo decumê!... telo decumê!... lá na língua dele.

Macunaíma ficou com ódio. Abriu o bolso onde estava guardado aquilo do micura e falou:

— Pois coma então!

Chupinzão pulou na beira do bolso e comeu tudo sem saber. Foi engordando engordando, virou num pássaro preto bem grande e voou pros matos gritando "Afinca! Afinca!". É o Pai do Vira.

Macunaíma seguiu caminho. Légua e meia adiante estava um macaco mono comendo coquinho baguaçu. Pegava no coquinho, botava no vão das pernas junto com uma pedra, apertava e juque! a fruta quebrava. Macunaíma veio e esgurejou com a boca cheia d'água. Falou:

— Bom-dia, meu tio, como lhe vai?

— Assim assim, sobrinho.

— Em casa todos bons?

— Na mesma.

E continuou mastigando. Macunaíma ali, sapeando. O outro enquizilou assanhado:

— Não me olhe de banda que não sou quitanda, não me olhe de lado que não sou melado!

— Mas o que você está fazendo aí, tio!

O macaco mono soverteu o coquinho na mão fechada e secundou:

— Estou quebrando os meus toaliquiçus pra comer.

— Vá mentir na praia!

— Uai, sobrinho, si tu não dá crédito então pra que pergunta!

Macunaíma estava com vontade de acreditar e indagou:

— É gostoso é?

O mono estalou a língua:

— Chi! prove só!

Quebrou de escondido outro coquinho, fingindo que era um dos toaliquiçus e deu pra Macunaíma comer. Macunaíma gostou bem.

— É bom mesmo, tio! Tem mais?

— Agora se acabou mas si o meu era gostoso que fará os vossos! Come eles, sobrinho!

O herói teve medo:

— Não dói não?

— Qual, si até é agradável!...

O herói agarrou num paralelepípedo. O macaco mono rindo por dentro inda falou pra ele:

— Você tem mesmo coragem, sobrinho?

— Boni-t-o-tó macaxeira mocotó! o herói exclamou empafioso. Firmou bem o paralelepípedo e juque! nos toaliquiçus. Caiu morto. O macaco mono caçoou assim:

— Pois, meus cuidados, não falei que tu morrias! Falei! Não me escutas! Estás vendo o que sucede pros desobedientes? Agora: sic transit!

Então calçou as luvas de balata e foi-se. Daí a pouco veio uma chuvarada que refrescou a carne verde do herói, impedindo a putrefação. Logo se formou um poder de correições de formigas guaju-guajus e murupetecas pro corpo morto. O advogado Fulano atraído pelas correições topou com o defunto. Abaixou, tirou a carteira do cadáver porém só tinha cartão de visita. Então resolveu levar o defunto pra pensão, fez. Carregou Macunaíma nas costas e foi andando. Porém o defunto pesava por demais e o advogado viu que não podia com o peso. Então arriou o cadáver e deu uma coça de vara nele. O defunto ficou levianinho levianinho e o advogado Fulano pôde levá-lo pra pensão.

Maanape chorou muito se atirando sobre o corpo do mano. Depois descobriu o esmagamento. Maanape era feiticeiro. Logo pediu de emprestado pra patroa dois cocos-da-baía, amarrou-os com nó cego no lugar dos toaliquiçus amassados e assoprou fumaça de cachimbo no defunto herói. Macunaíma foi se erguendo muito desmerecido. Deram guaraná pra ele e daí a pouco matava sozinho as formigas que inda o mordiam. Estava tremendo muito porque por causa da chuvarada a friagem batera de repente. Macunaíma tirou a garrafinha do bolso e bebeu o resto da pinga pra esquentar. Depois pediu uma centena pra Maanape e foi até um chalé jogar no bicho. De-tarde quando viram, a centena tinha dado mesmo. E assim eles viveram com os palpites do mano mais velho. Maanape era feiticeiro.

13. A piolhenta do Jiguê

No outro dia por causa da machucadura Macunaíma amanheceu com uma grosseira pelo corpo todo. Foram ver e era a erisipa, doença comprida. Os manos trataram dele bem e traziam diariamente pra casa todos esses remédios pra erisipela que os vizinhos e conhecidos, todos esses brasileiros aconselhavam. O herói passou uma semana de cama. De-noite sonhava sempre com embarcações e a dona da pensão quando vinha de-manhã por amor de saber como ia o herói dizia sempre que embarcação significava na certa viagem por mar. Depois saía deixando sobre a cama do enfermo o *Estado de São Paulo*. E o *Estado de São Paulo* era um jornal. Então Macunaíma gastava o dia lendo todos esses anúncios de remédios pra erisipa. E eram muitos anúncios!

No fim da semana o herói já estava descascando bem e foi na cidade buscar sarna pra se coçar. Andou banzando banzando, e muito fatigado por causa da fraqueza parou no parque do Anhangabaú. Chegara bem debaixo do monumento a Carlos Gomes que fora um músico muito célebre e agora era uma estrelinha do céu. O ruído da fonte murmurejando na tardinha dava pro herói a visagem das águas do mar. Macunaíma sentou no parapeito da fonte e assuntou os baguais marinhos de bronze chorando água. E lá na escureza da gruta por detrás da tropilha presenciou uma luz. Fixou mais e distinguiu uma embarcação muito linda que vinha boiando sobre as águas. "É uma vigilenga" murmurou. Porém a nau vinha chegando cada vez maior. É um "gaiola" murmurou. Mas o gaiola vinha chegando tão grande tão! que o herói deu um salto sarapantado e gritou na boca-da-noite ecoada "É um vaticano!" O navio já vinha bem visível por detrás dos baguais de bronze. Tinha o corte da velocidade no casco de prata e os mastros inclinados pra trás estavam cheios de bandeiras que o vento da correria imprensava entre as lâminas de ar. O grito chamara os choferes da esplanada e todos curioseavam o gesto parado do herói e seguiam o risco do olhar dele batendo na fonte escura.

— Que foi, herói?

— Olha lá!... Olha o vaticano macota que vem vindo sobre as águas imensas do mar!

— Aonde!

— Por detrás do cavalo de estibordo!

Então todos viram por detrás do cavalo de estibordo o navio chegando. Já estava bem perto e ia passar entre o cavalo e a parede de pedra, já estava na boca da gruta. E era um navio guaçu.

— Não é vaticano não! é o transatlântico fazendo viagem por mar! gritou um chofer japonês que já fizera muita viagem por mar. E era um transatlântico enorme. Vinha iluminado, relampeava todo de oiro e prata embandeirado e festeiro. Os óculos das cabinas eram colares no casco e nos cinco deques empoleirados corria música entre a gentama dançando mexida no cururu. A choferada comentava:

— É do Loide!

— Não, é da Hamburgo!

— Vá saindo! 'tou percebendo! então! É il piróscafo Conte Verde em vez!

E era o piróscafo Conte Verde sim. E era a Mãe-d'água que vinha bancando piróscafo pra atentar o herói.

— Gente! adeus, gente! Vou pra Europa que é milhor! Vou em busca de Venceslau Pietro Pietra que é o gigante Piaimã comedor de gente! que o herói discursava.

E toda a choferada abraçava Macunaíma se despedindo. O vapor estava ali e Macunaíma já pulara no cais da fonte pra subir a escadinha do piróscafo Conte Verde. Todos os tripulantes na frente da música acenavam chamando Macunaíma e eram marujos forçudos, eram argentinos finíssimos e eram tantas donas lindíssimas pra gente brincar até enjoar com os balangos das ondas.

— Desce a escadinha, capitão! que o herói exclamou.

Então o capitão tirou o cocar e executou uma letra no ar. E todos, os marujos os argentinos finíssimos e as cunhãs lindíssimas pra Macunaíma brincar, todos esses tripulantes soltaram vaias macotas caçoando do herói enquanto o navio manobrando sem parar dava a popa pra terra e flechava de novo pro fundo da gruta. E todos aqueles tripulantes viraram doentes com erisipa sempre caçoando do herói. E quando o piróscafo atravessou o estreito entre a parede da gruta e o bagual de bombordo a chaminezona guspiu uma fumaçada de pernilongos, de borrachudos mosquitos-pólvora mutucas marimbondos cabas potós moscas-de-ura, todos esses mosquitos afugentando os motoristas.

O herói sentado no rebordo da fonte penava todo mordido e com mais erisipa, mais, todo erisipelado. Sentiu frio e veio a febre. Então espantou com um gesto os mosquitos e caminhou pra pensão.

No outro dia Jiguê entrou em casa com uma cunhatã, fez ela engolir três bagos de chumbo pra não ter filho e os dois dormiram na rede. Jiguê tinha se amulherado. Ele era muito valente. Passava o dia limpando a espingarda e afiando a lamparina. A companheira de Jiguê todas as manhãs ia comprar macaxeira pros quatro comerem e se chamava Suzi. Porém Macunaíma que era o namorado da companheira de Jiguê, todos os dias comprava uma lagosta pra ela, punha no fundo do jamaxi e por cima esparramava a macaxeira pra ninguém não maliciar. Suzi era bem feiticeira. Quando chegava em casa deixava a cesta na saleta e ia dormir pra sonhar. Sonhando ela falava pra Jiguê:

— Jiguê, meu companheiro Jiguê, estou sonhando que tem lagosta por debaixo da macaxeira.

Jiguê ia ver e tinha. Todos os dias era assim e Jiguê tendo amanhecido com dor de cotovelo desconfiou. Macunaíma percebeu a dor do mano e fez uma mandinga pra ver si passava. Pegou numa cuia e de-noite deixou-a no terraço, rezando manso:

Água do céu
Vem nesta cuia,
Paticl vem nesta água,
Moposêru vem nesta água,
Sivuoímo vem nesta água,
Omaispopo vem nesta água,
Os donos da Água enxotem a dor de corno!
Aracu, Mecumecuri, Paí que venham nesta água,
E enxotem a dor de corno si o doente beber esta água,
Em que estão encantados os Donos da Água!

Deu pra Jiguê beber no outro dia porém não surtiu efeito não e o mano andava muito desconfiado.

Quando Suzi se vestia pra ir na feira, assobiava o foxtrote da moda pro namorado ir também. O namorado era Macunaíma, ia. A companheira de Jiguê saía e Macunaíma saía atrás. Andavam brincando por aí e quando chegava a hora da volta já não tinha macaxeira mais na feira. Pois então Suzi disfarçando ia atrás da casa, sentava no jamaxi e puxava uma porção de macaxeira, de dentro do maissó. Todos comiam muito bem, só Maanape resmungava:

— Caboclo de Taubaté, cavalo pangaré, mulher que mija em pé, libera nós Dominé! e empurrava a comida.

Maanape era feiticeiro. Não queria saber daquela macaxeira não e como andava curtindo fome passava o tempo mastigando ipadu pra enganar. De-noite quando Jiguê queria pular na rede a companheira dele principiava gemendo, falando que estava empanzinada de tanto engolir caroço de pitomba. Era só pra Jiguê não brincar com ela. Jiguê teve raiva.

No outro dia ela foi na feira e assobiou o foxtrote da moda. Macunaíma saiu atrás. Jiguê era muito valente. Pegou numa mirassanga enorme e foi devagarinho atrás deles. Procurou procurou e encontrou Suzi com Macunaíma de mãos dadas no Jardim da Luz. Já estavam se rindo um pro outro. Jiguê desceu a mirassanga nos dois, levou a companheira pra pensão e deixou o mano fatigado na beira da lagoa entre cisnes.

Do outro dia em diante Jiguê é que fazia as compras deixando a companheira presa no quarto. Suzi sem quefazer passava o tempo contrariando a moralidade mas uma feita o santo Anchieta vindo ao mundo passou pela casa dela e por piedade ensinou-a a catar piolhos. Suzi possuía uns cabelos ruivos à la garçonne e sustentava muitos piolhos, muitos! Agora não sonhava mais que tinha lagosta por debaixo da macaxeira nem não fazia imoralidades. Quando Jiguê partia ela tirava os cabelos e espetando-os no porrete do companheiro, catava piolhos. Mas tinha muitos piolhos, muitos! Então com medo que o companheiro apanhasse ela no trabalho, falou assim:

— Jiguê, meu companheiro Jiguê, quando você volta do mercado bate primeiro na porta, bate todos os dias uma porção de tempo pra mim ficar contente e ir cozinhar a macaxeira.

Jiguê falou que sim. Todos os dias ia no mercado comprar macaxeira e quando voltava batia demorado na porta. Então a cunhã botava os cabelos na cabeça e ficava esperando Jiguê.

— Suzi, minha companheira Suzi, bati uma porção de vezes na porta, será que você alegrou?

— Muito! ela fez. E foi cozinhar a macaxeira.

E todos os dias era assim. Mas tinha muitos piolhos, muitos! É que ela contava os catados um por um e por isso os piolhos aumentavam. Uma feita Jiguê matutou no que ficava fazendo a companheira quando ele ia no mercado e teve vontade de assustá-la, fez. Virou de pernas pro ar e veio andando nas pontas das mãos. Abriu a porta e assustou Suzi. Isso ela gritou botando afobada a cabeleira na cabeça. E os cabelos da testa ficaram no cangote e os cabelos do cangote ficaram na testa escorrendo. Jiguê xingou Suzi de porca e deu nela até escutar alguém subindo a escada. Era Chico vindo de baixo. Então Jiguê parou e foi afiar a bicuda.

No outro dia Macunaíma estava outra vez com vontade de brincar com a companheira de Jiguê. Falou pros manos que ia numa caçada longe porém não foi não. Comprou duas garrafas de licor de butiá catarinense uma dúzia de sanduíches dois abacaxis de Pernambuco e se amoitou no quartinho. Passado tempo saiu de lá e falou pra Jiguê, mostrando o embrulho:

— Mano Jiguê, no fim de muitas ruas, você indo, tem uma fruteira trilhada. Vi um poder de caça, vá ver!

O mano espiou desconfiado pra ele porém Macunaíma disfarçou bem:

— Olhe, tem paca tatu cotia... Minto, cotia não enxerguei nenhuma. Paca tatu, cotia não.

Jiguê emprenhava pelas oiças mesmo, foi logo pegando na espingarda e falou:

— Então vou porém mano jura primeiro que não brinca com minha obrigação.

Macunaíma jurou pela memória da mãe que nem olhava pra Suzi. Então Jiguê tornou a pegar na espingarda-pá e na faca de ponta-tá tatatá e partiu. Macunaíma nem bem Jiguê virou a esquina ajudou Suzi abrindo os embrulhos e botando uma toalha de renda famosa chamada "Ninho de Abelha" cujo papelão fora roubado em Muriú do Ceará-Mirim pela danada Geracina da Ponta do Mangue. Quando tudo ficou pronto os dois pularam na rede e brincaram. Agora estão se rindo um pro outro. Depois de rirem bastante, Macunaíma falou:

— Desarrolha uma garrafa pra gente beber.

— Sim, ela fez. E beberam a primeira garrafa de licor de butiá que era muito gostoso. Os dois estalaram a língua e pularam na rede outra vez. Brincaram quanto quiseram. Agora estão se rindo um pro outro.

Jiguê andou légua e meia, foi até no fim das ruas, campeou a fruteira uns pares de vezes, muito tempo, jacaré achou? nem ele! Não tinha fruteira nenhuma e Jiguê voltou campeando sempre por todos os fins das ruas. Afinal chegou subiu no quarto e encontrou mano Macunaíma com a Suzi já rindo. Jiguê teve raiva e deu uma coça na companheira. Agora ela está chorando. Jiguê agarrou o herói e chegou o porrete com vontade nele. Deu que mais deu até Manuel chegar. Manuel era o criado da pensão, um ilhéu. Agora o herói está fatigado. E Jiguê que vinha padecendo de fome, então comeu as sanduíches os abacaxis e bebeu o licor de butiá.

Os dois sovados passaram a noite se lastimando. No outro dia Jiguê enfarado pegou na sarabatana e saiu pra ver si encontrava a tal de fruteira. Jiguê era muito bobo. Suzi viu ele sair, enxugou os olhos e falou pro namorado:

— Choremos não.

Então Macunaíma desamarrou a cara e se arranjou pra ir falar com mano Maanape. Jiguê de volta na pensão perguntou pra Suzi:

— Onde anda o herói?

Porém ela estava zangadíssima e principiou assobiando. Então Jiguê agarrou no porrete, se chegou pra companheira e disse muito triste:

— Vai embora, perdição!

Daí ela sorriu feliz. Catou sem contar todos os piolhos que restavam e eram muitos piolhos, atrelou-os a uma cadeira de balanço, sentou nela, os piolhos pularam e Suzi foi pro céu virada na estrela que pula. É uma zelação.

O herói nem bem viu Maanape de longe pegou se lastimando. Se atirou nos braços do mano e contou uma historiada bem triste provando que Jiguê não tinha razão nenhuma pra sová-lo tanto. Maanape ficou zangado e foi falar com Jiguê. Mas Jiguê também já vinha pra falar com Maanape. Se encontraram no corredor. Maanape contou pra Jiguê e Jiguê contou pra Maanape. Então eles verificaram que Macunaíma era muito safado e sem caráter. Voltaram pro quarto de Maanape e toparam com o herói se lastimando. Pra consolar levaram ele passear na máquina automóvel.

14. Muiraquitã

No outro dia de manhã nem bem Macunaíma abriu a janela, enxergou um passarinho verde. O herói ficou satisfeitíssimo e inda estava ficando satisfeito quando Maanape entrou no quarto contando que as máquinas jornais anunciavam a volta de Venceslau Pietro Pietra. Então Macunaíma resolveu não ter mais contemplação com o gigante e matá-lo. Saiu da cidade e foi no mato Fulano experimentar força. Campeou légua e meia e afinal topou com uma peroba com a sapopemba do tamanho dum bonde. "Esta serve" ele fez. Enfiou o braço na sapopemba, deu arranco e o pau saiu da terra não deixando nem sinal. "Agora sim que tenho força!" Macunaíma exclamou. Tornou a ficar satisfeito e voltou pra cidade. Porém não podia nem andar porque estava cheio de carrapatos. Macunaíma com muita pachorra falou pra eles:

— Ara, carrapatos! vão embora, pessoal! Não devo nada pra vocês não!

Então a carrapatada caiu no chão por encanto e foi-se embora. Carrapato já foi gente que nem nós... Uma feita botou uma vendinha na beira da estrada e fazia muitos negócios porque não se incomodava de vender fiado. Tanto fiou tanto fiou, tanto brasileiro não pagou que afinal carrapato quebrou e foi posto pra fora da vendinha. Ele agarra tanto na gente porque está cobrando as contas.

Quando Macunaíma chegou da cidade já era noite fechada e ele foi logo tocaiar a casa do gigante. Tinha neblina sobre o mundo e a casa estava sem ninguém de tanta que era a escureza. Macunaíma se lembrou de procurar uma criada pra brincar mas tinha estacionamento das máquinas táxis na esquina e as cunhãs já estavam brincando por aí. Macunaíma se lembrou de armar arapuca pros curiós mas faltava isca. Não havia que fazer e sentiu sono. Porém dormir não queria não porque estava esperando Venceslau Pietro Pietra. Imaginou: "Agora vou vigiar e quando Sono vier enforco ele". Não demorou muito viu um vulto chegando. Era Emoron-Pódole, o Pai do Sono. Macunaíma ficou muito parado entre os ninhos de cupim pra não espantar o Pai do Sono e poder matá-lo. Emoron-Pódole veio vindo veio vindo e quando já estava pertinho, o herói cochilou, bateu com o queixo no peito, mordeu a língua e gritou:

— Que susto!

O Sono fugiu logo. Macunaíma seguiu andando muito desapontado. "Ora veja só! Não peguei mas quase... Vou esperar outra vez e macacos me lambam si agora não pego o Pai do Sono e enforco ele!" Assim que o herói refletiu. Tinha um corgo perto com um pau caído por cima servindo de pinguela. Mais pra longe uma lagoa branquejava de luar porque a neblina já tinha ido-se embora. A vista era quieta e muito suave por causa da aguinha cantando o acalanto dos pobres. O Pai do Sono devia de estar amoitado por ali. Macunaíma cruzou os braços e com o olho esquerdo dormindo ficou imóvel entre os ninhos de cupim. Não demorou muito enxergou Emoron-Pódole chegando. O Pai do Sono veio vindo veio vindo e de repente parou. Macunaíma ouviu que ele falava:

— Aquele sujeito não tá morto não. Morto que não arrota onde se viu!

Então o herói arrotou "juque!"

— Onde se viu morto arrotar, gentes! O Sono caçoou e fugiu logo.

Por isso que o Pai do Sono inda existe e os homens por castigo não podem dormir em pé.

Macunaíma ia ficar desapontado com o sucedido quando escutou uma bulha e enxergou do outro lado do corgo um chofer gesticulando feito chamado. Ficou muito sarapantado e gritou tiririca:

— Isso é comigo, colega! Sou francesa não!

— Sai azar! o rapaz fez.

Então Macunaíma pôs reparo numa criadinha com um vestido de linho amarelo pintado com extrato de tatajuba. Ela já ia atravessando o corgo pelo pau. Depois dela passar o herói gritou pra pinguela:

— Viu alguma coisa, pau?

— Vi a graça dela!

— Quá! quá! quá quaquá!...

Macunaíma deu uma grande gargalhada. Então seguiu atrás do par. Eles já tinham brincado e descansavam na beira da lagoa. A moça estava sentada na borda duma igarité encalhada na praia. Toda nua inda do banho comia tambiús vivos, se rindo pro rapaz. Ele deitara de bruços na água rente dos pés da moça e tirava os lambarizinhos da lagoa pra ela comer. A crilada das ondas amontava nas costas dele porém escorregando no corpo nu molhado caía de novo na lagoa com risadinhas de pingos. A moça batia com os pés n'água e era feito um repuxo roubado da Luna espirrando jeitoso, cegando o rapaz. Então ele enfiava a cabeça na lagoa e trazia a boca cheia de água. A moça apertava com os pés as bochechas dele e recebia o jato em cheio na barriga, assim. A brisa fiava a cabeleira da moça esticando de um em um os fios lisos na cara dela. O moço pôs reparo nisso. Firmando o queixo no joelho da companheira ergueu o busto da água, estirou o braço pro alto e principiou tirando os cabelos da cara da moça pra que ela pudesse comer sossegada os tambiús. Então pra agradecer ela enfiou três lambarizinhos na boca dele e rindo muito fastou o joelho depressa. O busto do rapaz não teve apoio mais e ele no sufragante focinhou n'água até o fundo, a moça inda forçando o pescoço dele com os pés. Ele ia escorregando sem perceber de tanta graça que achava na vida. Ia escorregando e afinal a canoa virou. Pois deixai ela virar! A moça levou um tombo engraçado por cima do rapaz e ele enrolou-se nela talqualmente um apuizeiro carinhoso. Todos os tambiús fugiram enquanto os dois brincavam n'água outra vez.

Macunaíma chegava. Sentou no fundo da igarité virada, esperando. Quando viu que eles tinham acabado de brincar, falou pro chofer:

— Faz três dias que não como,
Semana que não escarro,
Adão foi feito de barro,
Sobrinho, me dá um cigarro.

O chofer secundou:

— Me desculpe, meu parente,
Si cigarro não lhe dou;
A palha o fosfre e o goiano
Caiu n'água, se molhou.

— Não se incomode que eu tenho, respondeu Macunaíma. Tirou uma cigarreira de tartaruga feita por Antônio do Rosário no Pará, ofereceu cigarros de palha de tauari pro moço e pra criadinha, acendeu um fósforo pros dois e outro para ele. Depois afastou os mosquitos e principiou contando um caso. Assim a noite passava depressa e a gente não se amolava com o canto da sururina marcando as horas da escuridão. E era assim:

— No tempo de dantes, moços, o automóvel não era uma máquina que nem hoje não, era a onça-parda. Se chamava Palauá e parava no grande mato Fulano. Vai, Palauá falou pros olhos dela:

— Vão na praia do mar, meus verdes olhos, depressa depressa depressa!

Os olhos foram e a onça-parda ficou cega. Porém levantou o focinho, fez ele cheirar o vento e percebeu que Aimalá-Pódole, o Pai da Traíra estava nadando lá no longe do mar e gritou:

— Venham da praia do mar, meus verdes olhos, depressa depressa depressa!

Os olhos vieram e Palauá ficou enxergando outra vez. Passava por ali a tigre preta que era muito feroz e falou pra Palauá:

— O que você está fazendo, comadre!

— Estou mandando meus olhos olharem o mar.

— É bom?

— Pros cachorros!

— Então manda os meus também, comadre!

— Mando não porque Aimalá-Pódole está na praia do mar.

— Manda que sinão te engulo, comadre!

Então Palauá falou assim:

— Vão na praia do mar, amarelos olhos de minha comadre tigre, depressa depressa depressa!

Os olhos foram e a tigre preta ficou cega. Aimalá-Pódole estava lá e juque! engoliu os olhos da tigre. Palauá maliciou tudo porque o Pai da Traíra estava cheirando mui forte. Foi tratando de se raspar. Porém a tigre preta que era mui feroz presenciou a fugida e falou pra onça-parda:

— Espera um pouco, comadre!

— Não vê que careço de buscar janta pra meus filhos, comadre. Então até outro dia.

— Primeiro manda meus olhos voltarem, comadre, que já tomei um fartão de escureza.

Palauá gritou:

— Venham da praia do mar, amarelos olhos de minha comadre tigre, depressa depressa depressa!

Porém os olhos não voltaram não e a tigre preta ficou feito fúria.

— Agora que te engulo, comadre!

E correu atrás da onça-parda. Foi uma chispada mãe por esses matos que chii! os passarinhos se tornaram pequetitinhos pequetitinhos de medo e a noite levou um susto tamanho que ficou paralítica. Por isso que quando faz dia em riba das árvores, dentro do mato é sempre noite. A coitada não pode mais andar...

Quando Palauá correu légua e meia olhou pra trás fatigada. A tigre preta vinha perto. Vai, Palauá chegou num morro chamado Ibiraçoiaba e topou com uma bigorna gigante, aquela uma que pertencia à fundição de Afonso Sardinha no princípio da vida brasileira. Junto da bigorna estavam quatro rodas esquecidas. Então Palauá amarrou elas nos pés pra poder deslizar sem muito esforço e, como se diz: desatou o punho da rede outra vez, uma chispada mãe! A onça engoliu num átimo légua e meia de terreno porém isso vinha que vinha acochada pela tigre. Faziam um barulhão tamanho que os passarinhos estavam pequetitinhos pequetitinhos de medo e a noite mais pesada por causa que não podia andar. E a bulha inda era assombrada pelos gemidos do noitibó... Noitibó é Pai da Noite, moços, e chorava a miséria da filha.

Bateu fome em Palauá. A tigre na cola dela. Mas Palauá nem não podia mais correr assim com o estômago nas costas, vai, em de mais longe quando passou pela barra do Boipeba onde o cuisarrúim morou, viu um motor perto e engoliu o tal. Nem bem motor caiu na barriga da onça que a pobre criou força nova e chispou. Fez légua e meia e olhou pra trás. Isso a tigre preta vinha feita pra cima dela. Estava uma escureza que só vendo por causa da malinconia da noite e bem na frente dum feixo a onça deu uma trombada temível no derrame dum morrete, que por um triz, era uma vez Palauá! Vai, ela abocanhou dois vaga-lumões e seguiu com eles nos dentes pra alumiar caminho.

Nem bem fez outra légua e meia olhou pra trás. A tigre junto. Era por causa que a onça-parda cheirava muito e a peste da cega tinha faro de perdigueiro. Vai, Palauá ingeriu um purgante de ólio de mamona, pegou numa lata da essência chamada gasolina, despejou no x e lá foi fuomfuom! fuom! que nem burro peidorreiro por aí. A bulha foi tamanha que nem se escutou o tinido assombrado dos pratos partidos do morro do Assobio ali. A tigre preta ficou toda atrapalhada por causa que era cega e não cheirava mais a catinga da comadre. Palauá correu mais muito e olhou pra trás. Não enxergou a tigre. Também nem não podia mais correr com as fuças fumegando de quentura. Tinha ali perto um bananal macota com um pauê na faixa porque Palauá já tinha chegado no porto de Santos. Vai, a bicha derramou água cansada no focinho e desesquentou. Depois cortou uma folha açu de banana-figo e se escondeu botando ela por riba feito capote. Dormiu assim. A tigre preta que era muito feroz até passou por ali, onça nem pio. E a outra passou não presenciando a comadre. Então de medo a onça nunca mais que largou de tudo o que tinha ajudado ela a fugir. Anda sempre com roda nos pés, motor na barriga, purgante de ólio na garganta, água nas fuças, gasolina no osso de pai joão, os dois vaga-lumões na boca e o capote de folha de banana-figo cobrindo, ai ai! prontinha pra chispar. Principalmente si pisa nalguma correição da formiga chamada táxi e alguma trepando no pelame luzido morde a orelha dela, qual! chispa que nem Deus!... E inda tomou nome estranho pra disfarçar mais. É a máquina automóvel.

Mas por causa que bebeu água cansada Palauá teve estupor. Possuir automóvel de seu é ter estupor em casa, moços.

Dizem que mais tarde a onça pariu uma ninhada enorme. Teve filhos e filhas. Uns machos outros fêmeas. Por isso que a gente fala "um forde" e fala "uma chevrolé"...

Tem mais não.

Macunaíma parou. Chorava comoção pela boca dos moços. Sobre as águas a fresca boiava de barriga pro ar. O rapaz mergulhou a cabeça pra disfarçar a lágrima e trouxe um tambiú nos dentes rabejando danadinho. Repartiu a comida com a moça. Então lá na porta da casa uma onça fíate abriu a goela e urrou pra lua:

— Baúa, Baúa!

Se escutou uma bulha formidável e tomou conta do ar um pitium sufocando. Era Venceslau Pietro Pietra que chegava. O motorista se ergueu logo e a criada também. Estenderam a mão pra Macunaíma, convidando:

— Seu gigante chegou de viagem, vamos todos saber como está?

Fizeram. Encontraram Venceslau Pietro Pietra na porta da rua conversando com repórter. O gigante riu pros três e falou pro motorista:

— Vamos lá dentro?

— Pois não!

Piaimã possuía orelhas furadas por causa dos brincos. Enfiou uma perna do rapaz na orelha direita, a outra na esquerda e foi carregando o moço nas costas. Atravessaram o parque e entraram na casa. Bem no meio do hol de acapu mobiliado com sofás de cipó-titica feitos por um judeu alemão de Manaus, se via um buraco enorme tendo por cima um cipó de japecanga feito balanço. Piaimã sentou o moço no cipó e perguntou pra ele si queria balançar um bocado. O moço fez que sim. Piaimã balançou balançou, de repente deu um arranco. Japecanga tem espinho... Os espinhos entraram na carne do chofer e principiou escorrendo sangue no buraco.

— Chega! já estou satisfeito! que o chofer gritava.

— Balança que vos digo! secundava Piaimã.

Sangue escorrendo. A caapora companheira do gigante estava lá embaixo do buraco e o sangue pingava numa tachada de macarrão que ela preparava pro companheiro. O rapaz gemia no balanço:

— Ah, si eu possuísse meu pai e minha mãe a meu lado não estava padecendo nas mãos deste malvado!...

Então Piaimã deu um arranco muito forte no cipó e o rapaz caiu no molho da macarronada.

Venceslau Pietro Pietra foi buscar Macunaíma. O herói já estava se rindo com a criadinha. O gigante falou pra ele:

— Vamos lá dentro?

Macunaíma estendeu os braços sussurrando:

— Ai!... que preguiça!...

— Ora vamos!... Vamos?

— Pois sim...

Então Piaimã fez pra ele como fizera pro chofer, carregou o herói nas costas de cabeça pra baixo prendidos os pés nos buracos das orelhas. Macunaíma aprumou a sarabatana e assim de cabeça pra baixo era ver um atirador malabarista de circo, acertando nos ovinhos do alvo. O gigante ficou muito incomodado virou e percebeu tudo.

— Faz isso não, patrício!

Tomou a sarabatana e jogou longe. Macunaíma agarrava quanto ramo caía na mão dele.

— Que você está fazendo? perguntou o gigante ressabiado.

— Não vê que os ramos estão batendo na minha cara!

Piaimã virou o herói de cabeça pra cima. Então Macunaíma fez cócegas com os ramos nas orelhas do gigante. Piaimã dava grandes gargalhadas e pulava de gozo.

— Não amola mais, patrício! ele fez.

Chegaram no hol. Por debaixo da escada tinha uma gaiola de ouro com passarinhos cantadores. E os passarinhos do gigante eram cobras e lagartos. Macunaíma pulou na gaiola e principiou muito disfarçado comendo cobra. Piaimã convidava-o pra vir no balanço porém Macunaíma engolia cobras contando:

— Falta cinco...

E engolia mais outra bicha. Afinal as cobras se acabaram e o herói cheio de raiva desceu da gaiola com o pé direito. Olhou cheio de raiva pro gatuno da muiraquitã e rosnou:

— Hhhm... que preguiça!

Mas Piaimã insistia pro herói balangar.

— Eu até que nem não sei balançar... Milhor você vai primeiro, que Macunaíma rosnou.

— Que eu nada, herói! É fácil que nem beber água! Assuba na japecanga, pronto: eu balanço!

— Então aceito porém você vai primeiro, gigante.

Piaimã insistiu mas ele sempre falando pro gigante balançar primeiro. Então Venceslau Pietro Pietra amontou no cipó e Macunaíma foi balançando cada vez mais forte. Cantava:

Bão-ba-lão
Senhor capitão,
Espada na cinta
Ginete na mão!

Deu um arranco. Os espinhos ferraram na carne do gigante e o sangue espirrou. A caapora lá embaixo não sabia que aquela sangueira era do gigante dela e aparava a chuva na macarronada. Molho engrossando.

— Para! Para! Piaimã gritava.

— Balança que vos digo! secundava Macunaíma.

Balançou até o gigante ficar bem tonto e então deu um arranco fortíssimo na japecanga. Era porque tinha comido cobra e estava furibundo. Venceslau Pietro Pietra caiu no buraco berrando cantado:

— Lem lem lem... si desta escapar, nunca mais como ninguém!

Enxergava a macarronada fumegando lá embaixo e berrou pra ela:

— Afasta que vos engulo!

Porém jacaré fastou? nem tacho! O gigante caiu na macarronada fervendo e subiu no ar um cheiro tão forte de couro cozido que matou todos os tico-ticos da cidade e o herói teve uma sapituca. Piaimã se debateu muito e já estava morre não morre. Num esforço gigantesco inda se ergueu no fundo do tacho. Afastou os macarrões que corriam na cara dele, revirou os olhos pro alto, lambeu a bigodeira:

— FALTA QUEIJO! exclamou...

E faleceu.

Este foi o fim de Venceslau Pietro Pietra que era o gigante Piaimã comedor de gente.

Macunaíma quando voltou da sapituca foi buscar a muiraquitã e partiu na máquina bonde pra pensão. E chorava gemendo assim:

— Muiraquitã, muiraquitã de minha bela, vejo você mas não vejo ela!...

15. A pacuera de Oibê

Então os três manos voltaram pra querência deles.

Estavam satisfeitos porém o herói inda mais contente que os outros porque tinha os sentimentos que só um herói pode ter: uma satisfa imensa. Partiram. Quando atravessaram o pico do Jaraguá Macunaíma virou pra trás contemplando a cidade macota de São Paulo. Maginou sorumbático muito tempo e no fim sacudiu a cabeça murmurando:

— Pouca saúde e muita saúva, os males do Brasil são...

Enxugou a lágrima, consertou o beicinho tremendo. Então fez um caborje: sacudiu os braços no ar e virou a taba gigante num bicho-preguiça todinho de pedra. Partiram.

Depois de muito refletir, Macunaíma gastara o arame derradeiro comprando o que mais o entusiasmara na civilização paulista. Estavam ali com ele o revólver Smith-Wesson o relógio Pathek e o casal de galinha Legorne. Do revólver e do relógio Macunaíma fizera os brincos das orelhas e trazia na mão uma gaiola com o galo e a galinha. Não possuía mais nem um tostão do que ganhara no bicho porém lhe balangando no beiço furado pendia a muiraquitã.

E por causa dela tudo ficara mais fácil. Desciam de rodada o Araguaia e quando Jiguê remava Maanape manejava o joão de pau. Se sentiam marupiaras outra vez. Pois então Macunaíma adestro na proa tomava nota das pontes que carecia construir ou consertar pra facilitar a vida do povo goiano. Noite chegada, enxergando as luzinhas dos afogados sambando manso nas ipueiras da cheia, Macunaíma olhava olhava e adormecia bem. Acordava esperto no outro dia e erguido na proa da igarité com o argolão da gaiola enfiado no braço esquerdo, repinicava na violinha botando a boca no mundo cantando saudades da querência, assim:

Antianti é tapejara,
— Pirá-uauau,
Ariramba é cozinheira,
— Pirá-uauau,
Taperá, onde a tapera
De beira do Uraricoera?
— Pirá-uauau...

E o olhar dele espichando espichando descia a pele do rio em busca dos pagos da infância. Descia e cada cheiro de peixe cada moita de craguatá cada tudo punha entusiasmo nele e o herói botava a boca no mundo feito maluco fazendo emboladas e traçados sem sentido:

Taperá tapejara,
— Caboré,
Arapaçu paçoca,
— Caboré,
Manos, vamos-se embora
Pra beira do Uraricoera!
— Caboré!

As águas araguaias murmurejavam chamando a reta da igarité com gemidinho e lá do longe vinha a cantiga peguenta das uiaras. Vei, a Sol, dava lambadas no costado relumeando suor de Maanape e Jiguê remeiros e no cabeludo corpo em pé do herói. Era um calorão molhado fazendo fogo no delírio dos três. Macunaíma se lembrou que era imperador do Mato-Virgem. Riscou um gesto na Sol, gritando:

— Eropita boiamorebo!

Logo o céu se escurentou de supetão e uma nuvem ruivor subiu do horizonte entardecendo a calma do dia. A ruivor veio vindo veio vindo e era o bando de araras-vermelhas e jandaias, todos esses faladores, era o papagaio-trombeta era o papagaio-curraleiro era o periquito cutapado era o xarã o peito-roxo o ajuru-curau o ajuru-curica arari ararica araraúna araraí araguaí arara-taua maracanã maitaca ara-rapiranga catorra teriba camiranga anaca anapura canindés tuins periquitos, todos esses, o cortejo sarapintado de Macunaíma imperador. E todos esses faladores formaram uma tenda de asas e de gritos protegendo o herói do despeito vingarento da Sol. Era uma bulha de águas deuses e passarinhos que nem se escutava mais nada e a igarité meio parava atordoada. Mas Macunaíma assustando os legornes riscava de quando em vez um gesto diante de tudo e gritava:

— Era uma vez uma vaca amarela, quem falar primeiro come a bosta dela! Dem-de-lem chegou!

O mundo ficava mudo não falando um isto e o silêncio vinha amulegar a mornidão da sombra na igarité. E se escutava lá no longe lá no longe baixinho baixinho o ruidejar do Uraricoera. Então dava mais entusiasmo no herói. A violinha repinicava tremida. Macunaíma pigarreava atirando gusparadas no rio e enquanto o guspe afundava transformado em matamatás nojentos, o herói botava a boca no mundo feito maluco sem nem saber o que cantava, assim:

Panapaná pá-panapaná,
Panapaná pá-panapanema:
Papa de papo na popa,
— Maninha,
Na beira do Uraricoera!

Depois a boca-da-noite engoliu todas as bulhas e o mundo adormeceu. Tinha só Capei, a Lua, enorme de gorda, rechonchuda que nem cara das polacas depois duma noite daquelas, puxavante! quanta sacanagem feliz quanta cunhã bonita e quanto caxiri!... Então Macunaíma teve saudades do sucedido na taba grande paulistana. Viu todas aquelas donas de pele alvinha com quem brincara de marido e mulher, foi tão bom!... Sussurou docemente: "Mani! Mani! filhinhas da mandioca!"... Deu um tremor comovido no beiço dele que quase a muiraquitã cai no rio. Macunaíma tornou a enfiar o tembetá no beiço. Então pensou muito sério na dona da muiraquitã, na briguenta, na diaba gostosa que batera tanto nele, Ci. Ah! Ci, Mãe do Mato, marvada que tornara-se inesquecível porque fizera ele dormir na rede tecida com os cabelos dela!... "Quem tem seus amores longe, passa trabalhos trianos..." parafusou. Que caborje da marvada!... E estava lá no campo do céu banzando nuns trinques toda enfeitada passeando brincando quem sabe com quem... Teve ciúmes. Ergueu os braços pro alto assustando os legornes e rezou pro Pai do Amor:

Rudá! Rudá!
Tu que estás no céu
E mandas nas chuvas.
Rudá! faz com que minha amada
Por mais companheiros que arranje
Ache que todos são frouxos!
Assopra nessa marvada
Sodades do seu marvado!
Faz com que ela se lembre de mim amanhã
Quando a Sol for-se embora no poente!...

Olhou bem pro ar. Não tinha Ci não, Capei só, gordanchona, tomando tudo. O herói deitou de comprido na igarité, fez um cabeceiro da gaiola e adormeceu entre maruins piuns muriçocas.

A noite já estava amarelando quando Macunaíma acordou com os gritos dos viras num bambuzal. Assuntou a vista e deu um pulo na praia, falando pra Jiguê:

— Espera um bocadinho.

Entrou no mato bem, légua e meia. Foi buscar a linda Iriqui, companheira dele que já fora companheira de Jiguê e esperava se enfeitando e coçando mucuim assentada nas raízes da samaúma. Os dois se festejaram, muito brincaram e vieram pra igarité.

Quando foi ali pelo meio-dia a papagaiada se estendeu de novo resguardando Macunaíma. E assim por muitos dias. Uma tarde o herói estava muito enfarado e se lembrou de dormir em terra firme, fez. Nem bem pisou na praia e se ergueu na frente dele um monstro. Era o bicho Pondê um jurucutu do Solimões que virava gente de-noite e engolia os estradeiros. Porém Macunaíma pegou na flecha que tinha na ponta a cabeça chata da formiga santa chamada curupê e nem fez pontaria, acertou que foi uma beleza. O bicho Pondê estourou virando coruja. Mais pra diante depois de atravessado um chato quando subia por um espigão cheio de crocas topou com o Monstro Mapinguari macaco-homem que anda no mato fazendo mal pras moças. O monstro agarrou Macunaíma porém o herói tirou o toaquiçu pra fora e mostrou pro Mapinguari.

— Não confunde não, parceiro!

O monstro riu e deixou Macunaíma passar. O herói andou légua e meia procurando um pouso sem formiga. Subiu na ponta dum cumaru de quarenta metros e afinal depois de muito campear descobriu uma luzinha longe. Foi lá e topou com um rancho. E era o rancho de Oibê. Macunaíma bateu e uma vozica mui doce gemeu de lá dentro:

— Quem vem lá!

— É de paz!

Então a porta se abriu e apareceu um bicho tamanho que sarapantou o herói. Era o monstro Oibê o minhocão temível. O herói sentiu friagem por dentro mas se lembrou do smith-wesson, criou coragem e pediu pousada.

— Entre que a casa é sua.

Macunaíma entrou, sentou numa canastra e ficou assim. Afinal perguntou:

— Vamos conversar?

— Vamos.

— Sobre o quê?

Oibê coçou a barbicha matutando e de repente descobriu satisfeito:

— Vamos conversar porcaria?

— Chi! gosto disso que é um horror! o herói exclamou.

E conversaram uma hora de porcariada.

Oibê estava cozinhando a comidinha dele. Macunaíma não tinha fome nenhuma porém botou a gaiola no chão e só de embusteiro esfregando a mão na barriga fez:

— Juque!

Oibê resmungou:

— Que é isso, gente!

— É fome é fome!

Oibê pegou numa gamela, botou cará com feijão dentro, encheu uma cuia com farinha-d'água e ofereceu pro herói. Mas não deu nem um tiquinho da pacuera assando no espeto de canela de sassafrás e aromando bem. Macunaíma engoliu tudo sem mastigar e não tinha fome nenhuma porém a boca dele ficou cheia de água por causa da pacuera assando. Esfregou a mão na barriga e fez:

— Juque!

Oibê resmungou:

— Que é isso, gente!

— É sede é sede!

Oibê pegou no balde e foi buscar água no poço. Enquanto ia, Macunaíma tirou a canela de sassafrás das brasas engoliu a pacuera inteira sem mastigar e ficou bem sossegado esperando. Quando o minhocão trouxe o balde Macunaíma bebeu um coco cheio. Depois se espreguiçando suspirou:

— Juque!

O monstro se sarapantou:

— Que mais que é, gente!

— É sono é sono!

Então Oibê levou Macunaíma pro quarto de hóspedes deu boa-noite e fechou a porta por fora. Foi cear. Macunaíma botou a gaiola num canto, cobrindo o casal de galinhas com umas chitas. Assuntou o quarto bem. Tinha uma bulhinha sem parada vinda de todos os lados. Macunaíma bateu a pedra do isqueiro e viu que eram baratas. Trepou assim mesmo na rede não sem espiar mais uma vez si não faltava nada pros legornes. O casal estava até bem satisfeito comendo barata. Macunaíma se riu pra ele, arrotou e adormeceu. Daí a pouco estava coberto de baratas lambendo.

Quando Oibê pôs reparo que Macunaíma tinha comido a pacuera, teve raiva. Agarrou num sininho, se embrulhou num lençol branco e foi fazer assombração pro hóspede. Mas era só de brincadeira. Bateu na porta e manejou o sininho, de-lem!

— Oi?

— Vim buscar minha pacuera-cuera-cuera-cuera-cuera, de-lem!

Abriu a porta. Quando o herói enxergou a assombração ficou com tanto medo que nem se mexeu. Ele não sabia que era Oibê não. A fantasma vinha vindo:

— Vim buscar minha pacuera-cuera-cuera-cuera-cuera, de-lem!

Então Macunaíma percebeu que não era assombração nada, era mas o monstro Oibê minhocão temível. Criou coragem pegou no brinco da orelha esquerda que era a máquina revólver e deu um tiro na assombração. Porém Oibê não fez caso e veio vindo. O herói tornou a ter medo. Pulou da rede agarrou a gaiola e escafedeu pela janela, jogando baratas no caminho todo. Oibê correu atrás. Mas era só de brincadeira que ele queria comer o herói. Macunaíma desembestara agreste fora mais isso ia que ia acochado pelo minhocão. Então botou o fura-bolo na goela, fez cosquinha e lançou a farinha engolida. A farinha virou num areão e enquanto o monstro pelejava pra atravessar aquele mundo de areia escorregando, Macunaíma fugia. Tomou pela direita, desceu o morro do Estrondo que soa de sete em sete anos seguiu por uns caponetes e depois de cortar um travessão encapelado fez o Sergipe de ponta a ponta e parou ofegando num agarrado muito pedregoso. Na frente havia uma lapa grande furada por uma furna com um altarzinho dentro. Na boca da socava um frade. Macunaíma perguntou pro frade:

— Como se chama o nome de você?

O frade pôs no herói uns olhos frios e secundou com pachorra:

— Eu sou Mendonça Mar pintor. Desgostoso da injustiça dos homens faz três séculos que afastei-me deles metendo cara no sertão. Descobri esta gruta ergui com minhas mãos este altar do Bom Jesus da Lapa e vivo aqui perdoando gente mudado em frei Francisco da Soledade.

— Está bom, Macunaíma falou. E partiu na chispada.

Mas o terreno era cheio de socavas e logo adiante estava outro desconhecido fazendo um gesto tão bobo que Macunaíma parou sarapantado. Era Hércules Florence. Botara um vidro na boca duma furna mirim, tapava e destapava o vidro com uma folha de taioba. Macunaíma perguntou:

— Ara ara ara! Mas você não me dirá o que está fazendo aí, siô!

O desconhecido virou pra ele e com os olhos relumeando de alegria falou:

— Gardez cette date: 1927! Je viens d'inventer la photographie!

Macunaíma deu uma grande gargalhada.

— Chi! Isso já inventaram que anos, siô!

Então Hércules Florence caiu estuporado sobre a folha de taioba e principiou anotando com música uma memória científica sobre o canto dos passarinhos. Estava maluco. Macunaíma chispou.

Depois que correu légua e meia olhou pra trás e viu que Oibê já vinha perto. Botou o fura-bolo na goela e lá foi pro chão todo o cará engolido que virou num tartarugal mexemexendo. Oibê custou pra virar aquela imundície de tartaruga e Macunaíma fugiu. Légua e meia adiante olhou pra trás. Isso Oibê vinha na cola dele. Então tornou a botar o fura-bolo na goela e lançou que era só feijão e água. Tudo virou num lamedo cheio de sapos-bois e enquanto Oibê se debatia atravessando aquilo, o herói catava umas minhocas pras galinhas e partia afobado. Ganhou muita dianteira e parou pra descansar. Ficou bem admirado porque tinha corrido tanto que estava outra feita na porta do rancho de Oibê. Resolveu se esconder no pomar. Tinha um pé de carambola e Macunaíma principiou arrancando ramos do caramboleiro pra se amoitar por debaixo. Os ramos cortados agarraram pingando água de lágrima e se escutou o lamento do caramboleiro:

Jardineiro de meu pai,
Não me cortes meus cabelos,
Que o malvado me enterrou
Pelo figo da figueira
Que passarinho comeu...
— Chó, chó, passarinho!

Todos os passarinhos choraram de pena gemida nos ninhos e o herói gelou de susto. Agarrou no patuá que trazia entre os berloques do pescoço e traçou uma mandinga. O caramboleiro virou numa princesa muito chique. O herói teve um desejo danado de brincar com a princesa porém Oibê já devia de estar estourando por aí. De-fato:

— Vim buscar minha pacuera-cuera-cuera-cuera-cuera, de-lem!

Macunaíma deu a mão pra princesa e fugiram na disparada. Mais adiante havia uma figueira com a sapopemba enorme. Oibê estava já no calcanhar deles e Macunaíma não tinha tempo mais pra nada. Então se meteu com a princesa no buraco da sapopemba. Mas o minhocão enfiou o braço e inda agarrou a perna do herói. Ia puxar mas Macunaíma deu uma grande gargalhada de experiência e falou:

— Você está maginando que pegou minha gâmbia, pegou não! Isso é raiz, bocó!

O minhocão largou. Macunaíma gritou:

— Pois era a perna mesmo, bocó de mola!

Oibê tornou a enfiar o braço mas o herói já tinha encolhido a perna e o minhocão só achou raiz. Tinha uma garça perto. Oibê falou pra ela:

— Comadre garça, bote sentido no herói. Não deixe ele sair que vou buscar uma enxada pra cavar.

A garça ficou guardando. Quando Oibê já estava longe Macunaíma falou pra ela:

— Então, sua palerma, é assim que se bota sentido num herói! Fique bem perto arregalando os olhos!

A garça fez. Então Macunaíma atirou um punhado de formigas-de-fogo nos olhos dela e enquanto a garça gritava de cega ele saiu do buraco com a princesa e escafederam outra vez. Perto de Santo Antônio do Mato Grosso toparam com uma bananeira e estavam morrendo de fome. Macunaíma falou pra princesa:

— Assobe, come as verdes que são boas e atira as amarelas pra mim.

Ela fez. O herói se fartou enquanto a princesa dançava de cólicas pra ele apreciar. Oibê já vinha chegando e eles desataram o punho da rede outra vez.

Depois de correrem mais légua e meia, enfim chegaram num firme pontudo do Araguaia. Porém a igarité estava abicada bem mais pra baixo na outra margem com Maanape Jiguê a linda Iriqui, todos esses companheiros dormindo. Macunaíma olhou pra trás. Oibê quase ali. Então botou o fura-bolo na goela pela última vez, fez cosquinha e alojou a pacuera n'água. A pacuera virou num periantã muito fofo de ervas. Macunaíma botou a gaiola com jeito no fofo, atirou a princesa lá e dando um arranco na margem com o pé, afastou da praia o periantã que as águas levaram. Oibê chegou mas os fugitivos iam longe. Então o minhocão que era um lobisomem famoso principiou tremelicando e ganindo muito foi encurtando encurtando tremelicando criou rabo e virou cachorro-do-mato. Escancarou a goela desencantada e saiu da barriga dele uma borboleta-azul. Era alma de homem presa no corpo do lobo por artes do Carrapatu medonho que para na gruta do Iporanga.

Macunaíma e a princesa brincando desciam a corrente do rio. Agora estão se rindo um pro outro.

Quando passaram rente da igarité os manos se acordaram com os gritos de Macunaíma e foram atrás. Iriqui ficou logo enciumada porque o herói não queria saber mais dela e só brincava com a princesa. E pra ver si reconquistava o herói abriu num bué famoso. Jiguê teve logo muita pena dela e falou pra Macunaíma ir brincar com Iriqui um poucadinho. Jiguê era muito bobo. Mas o herói que já andava impinimando com Iriqui secundou pra ele:

— Iriqui é muito relambória, mano, mas a princesa, upa! Não dê crédito pra Iriqui não! Oi que Sol de inverno chuva de verão choro de mulher palavra de ladrão, eieiei... ninguém não caia não!

E foi brincar com a princesa. Iriqui ficou triste triste, bem triste, chamou seis araras-canindés e subiu com elas pro céu, chorando luz virada numa estrela. As canindés amarelinhas também viraram estrelas. É o Setestrelo.

16. Uraricoera

No outro dia Macunaíma amanheceu com muita tosse e uma febrinha sem parada. Maanape desconfiou e foi fazer um cozimento de broto de abacate, imaginando que o herói estava hético. Em vez era impaludismo, e a tosse viera só por causa da laringite que toda a gente carrega de São Paulo. Agora Macunaíma passava as horas deitado de borco na proa da igarité e nunca mais que havia de sarar. Quando a princesa não podia mais e vinha pra brincarem, o herói até uma vez recusou suspirando:

— Ara... que preguiça...

No outro dia atingiram as cabeceiras dum rio e escutaram perto o ruidejar do Uraricoera. Era ali. Um passarinho serigaita trepado na munguba, enxergando o farrancho gritou logo:

— Sinhá dona do porto, dá caminho pra mim passar!

Macunaíma agradeceu feliz. De pé ele assuntava a paisagem passando. Veio vindo o forte São Joaquim erguido pelo mano do grande Marquês. Macunaíma deu um té-logo pro cabo e pro soldado que só possuíam um naco esfarrapado de culote e o boné na cabeça e viviam guardando as saúvas dos canhões. Afinal ficou tudo conhecidíssimo. Se enxergou o cerro manso que fora mãe um dia, no lugar chamado Pai da Tocandeira, se enxergou o pauê trapacento malhado de vitórias-régias escondendo os puraquês e os pitiús e pra diante do bebedouro da anta se viu o roçado velho agora uma tiguera e a maloca velha agora uma tapera. Macunaíma chorou.

Abicaram e entraram na tapera. Vinha a boca-da-noite. Maanape com Jiguê resolveram fazer uma facheada pra pegarem algum peixe e a princesa foi ver si topava com algum arezi pra comerem. O herói ficou descansando. Estava assim quando sentiu no ombro um peso de mão. Virou a cara e olhou. Junto dele estava um velho de barba. O velho falou:

— Quem és tu, nobre estrangeiro?

— Não sou estranho não, conhecido. Sou Macunaíma o herói e vim parar de novo na terra dos meus. Você quem é?

O velho afastou os mosquitos com amargura e secundou:

— Sou João Ramalho.

Então João Ramalho enfiou dois dedos na boca e assoviou. Apareceram a mulher dele e as quinze famílias de escadinha. E lá partiram de mudança buscando pagos novos sem ninguém.

No outro dia bem cedinho foram todos trabucar. A princesa foi no roçado Maanape foi no mato e Jiguê foi no rio. Macunaíma se desculpou, subiu na montaria e deu uma chegadinha até a boca do rio Negro pra buscar a consciência deixada na ilha de Marapatá. Jacaré achou? nem ele. Então o herói pegou na consciência dum hispano-americano, botou na cabeça e se deu bem da mesma forma.

Passava uma piracema de jaraquis. Macunaíma agarrou pescando e distraído distraído quando viu estava em Óbidos, a montaria cheinha de peixes frescos. Mas o herói foi obrigado a atirar tudo fora porque em Óbidos "quem come jaraqui fica aqui" falam e ele tinha que voltar pro Uraricoera. Voltou e como era ainda o pino do dia deitou na sombra da ingazeira catou os carrapatos e dormiu. Tarde chegando todos voltaram pra tapera só Macunaíma não. Os outros saíram pra esperar. Jiguê se acocorou botando a orelha no chão pra ver si escutava o passinho do herói, nada. Maanape trepou no grelo duma inajá pra ver si enxergava o brilho dos brincos do herói, nada. Então saíram por mato e capoeira gritando:

— Macunaíma, nosso mano!...

Nada. Jiguê chegou debaixo da ingazeira e gritou:

— Nosso mano!

— Que foi!

— Você, aposto que já estava dormindo!

— Dormindo nada, então! Estava mas era negaceando um inambuguaçu. Você fez bulha, nhambu escapuliu!

Voltaram. E assim todos os dias. Os manos andavam muito desconfiados. Macunaíma percebeu e disfarçou bem:

— Eu caço porém não acho nada não. Jiguê nem caça nem pesca, passa o dia dormindo.

Jiguê teve raiva porque peixe andava rareando e caça inda mais. Foi na praia do rio pra ver si pescava alguma coisa e topou com o feiticeiro Tzaló que tem uma perna só. O catimbozeiro possuía uma cabaça encantada feita com a metade duma casca de jerimum. Mergulhou a cabaça no rio, encheu de água até o meio e despejou na praia. Caiu um despropósito de peixe. Jiguê reparou bem como que o feiticeiro fazia. Tzaló largou da cabaça por aí e principiou matando peixe com um porrete. Então Jiguê roubou a cabaça do feiticeiro Tzaló que tem uma perna só.

Mais pra diante fez que nem tinha reparado e veio muito peixe, veio pirandira veio pacu veio cascudo veio bagre jundiá tucunaré, todos esses peixes e Jiguê voltou carregado pra tapera depois de esconder a cabaça na raiz do cipó. Todos ficaram sarapantados com aquele mundo de peixe e comeram bem. Macunaíma desconfiou.

No outro dia esperou com o olho esquerdo dormindo que Jiguê fosse pescar, saiu atrás. Descobriu tudo. Quando o mano foi-se embora Macunaíma largou da gaiola com os legornes no chão pegou na cabaça escondida e fez que nem o mano. Isso vieram muitos peixes, veio acará veio piracanjuba veio aviú guarijuba, piramutaba mandi surubim, todos esses peixes. Macunaíma atirou a cabaça por aí, na pressa de matar todos os peixes, cabaça caiu numa lapa e juque! mergulhou no rio. Passava a pirandira chamada Padzá. Imaginou que era abobra e engoliu a cabaça que virou na bexiga de Padzá. Então Macunaíma enfiou a gaiola no braço voltou pra tapera e contou o sucedido. Jiguê teve raiva.

— Cunhada princesa, eu que pesco, seu companheiro fica dormindo embaixo da ingazeira e inda atrapalha os outros!

— Mentira!

— Então o que você fez hoje?

— Cacei viado.

— Que-dele ele!

— Comi, uai! Fui andando por um caminho, vai, topei rasto dum... catingueiro não era não mas era mateiro. Me agachei e fui no rasto. Olhando olhando, sabe, dei uma cabeçada numa coisa mole, que engraçado! sabem o que era! pois a bunda do viado, gente! (Macunaíma deu uma grande gargalhada.) Viado perguntou pra mim: — Que está fazendo aí, parente! — Te campeando! secundei. E vai, matei o catingueiro que comi com tripa e tudo. Vinha trazendo um naco pra vocês, vai, escorreguei atravessando o ipu, dei um tombo, naco foi parar longe e tanajura sujou nele.

A peta era tamanha que Maanape desconfiou. Maanape era feiticeiro. Chegou bem rente do mano e perguntou:

— Você foi na caça?

— Quer dizer... fui sim.

— O que você caçou?

— Viado.

— Qual!

Maanape fez um grande gesto. O herói piscou de medo e confessou que tudo era lorota.

No outro dia Jiguê estava procurando a cabaça quando topou com o tatu-canastra feiticeiro chamado Caicãe que nunca teve mãe. Caicãe sentado na porta da toca puxou a violinha dele feita com a outra metade da abobra encantada e agarrou cantando assim:

Vôte vôte coandu!
Vôte vôte cuati!
Vôte vôte taiaçu!
Vôte vôte pacari!
Vôte vôte canguçu!
Êh!...

Assim. Vieram muitas caças. Jiguê reparando. Caicãe atirou a violinha encantada por aí, pegou num porrete e foi matar todo aquele poder de caças que estavam feito bobas. Então Jiguê roubou a violinha do feiticeiro Caicãe que nunca teve mãe.

Mais pra diante cantou que nem tinha escutado e veio um dilúvio de caça parando na frente dele. Jiguê voltou carregado pra tapera depois de esconder a violinha na raiz de outro cipó. Todos tornaram a se espantar e comeram bem. Macunaíma tornou a desconfiar.

No outro dia esperou com o olho esquerdo dormindo que Jiguê partisse, foi atrás. Descobriu tudo. Quando o mano voltou pra tapera Macunaíma pegou na violinha, fez talequal reparara e veio uma imundície de caça, viados cotias tamanduás capivaras tatus aperemas pacas graxains lontras muçuãs catetos monos tejus queixadas antas, a anta sabatira, onças, a onça-pinima a papa-viado a suçuarana a jaguatirica, canguçu pixuna, isso era uma imundície de caças! O herói teve medo daquela bicharada tamanha e saiu numa carreira mãe pinchando a violinha longe. A gaiola enfiada no braço dele ia batendo nos paus e o galo com a galinha faziam um cacarejo de ensurdecer. O herói imaginava que era a bicharia e disparava mais.

A violinha caiu no dente de um queixada que tinha umbigo nas costas e se partiu em dez vezes dez pedaços que os bichos engoliram pensando que era jerimum. Os pedaços viraram nas bexigas das caças.

O herói estourou tapera adentro feito um desesperado

botando os bofes pela boca. Nem bem pôde respirar contou o sucedido. Jiguê teve ódio e falou:

— Agora que não caço nem pesco mais!

E foi dormir. Todos principiaram curtindo fome. Bem que pediam porém Jiguê pulava na rede e fechava os olhos. O herói jurou vingança. Fingiu um anzol com presa de sucuri e falou pro feitiço:

— Anzol de mentira, si mano Jiguê vier experimentar você, então entra na mão dele.

Jiguê não podia dormir de tanta fome e enxergando o anzol falou pro mano:

— Mano, esse anzol é bom?

— Xispeteó! Macunaíma fez e continuou limpando a gaiola.

Jiguê decidiu ir numa pescaria porque estava mesmo curtindo fome, falou:

— Deixa ver si anzol é bom.

Pegou no feitiço e experimentou na palma da mão. O dente de sucuri entrou na pele e despejou todo o veneno lá. Jiguê correu pro matinho e bem que mastigou e engoliu maniveira, não valeu de nada. Então foi buscar uma cabeça de anhuma que fora encostada em picada de cobra. Pôs na mão. Não valeu de nada. Veneno virou numa ferida leprosa e principiou comendo Jiguê. Primeiro comeu um braço depois metade do corpo depois as pernas depois a outra metade do corpo depois o outro braço depois o pescoço e a cabeça. Só ficou a sombra de Jiguê.

A princesa teve ódio. É que ela andava ultimamente brincando com Jiguê. Macunaíma bem que percebeu porém imaginou: "Plantei mandioca nasceu maniva, de ladrão de casa ninguém se priva, paciência!...". E tinha encolhido os ombros. A princesa raivosa falou pra sombra:

— Quando o herói for passear de fome você vira num cajueiro numa bananeira e num churrasco de viado.

A sombra era envenenada por causa da lepra e a princesa queria matar Macunaíma.

No outro dia o herói acordou com tanta fome que foi espairecer passeando. Topou com um cajueiro cheio de frutas. Quis comer porém presenciou que era a sombra leprosa e passou adiante. Légua e meia depois topou com um churrasco de viado fumegando. Já estava roxo de fome porém pôs reparo que o churrasco era a sombra leprosa e passou adiante. Légua e meia depois topou com uma bananeira carregadinha de pencas maduras. Mas agora o herói já estava que vinha vesgo de tanta fome. A vesgueira fez ele enxergar dum lado a sombra do mano e do outro a bananeira.

— Arre que posso comer! fez.

E devorou todas as pencas. E as bananas eram a sombra leprosa de mano Jiguê. Macunaíma ia morrer. Então se lembrou de passar a doença nos outros pra não morrer sozinho. Pegou numa formiga saúva e esfregou bem ela na ferida do nariz, formiga já foi gente que nem nós e a saúva ficou leprosa. Então o herói agarrou a formiga jaguataci e fez o mesmo. Jaguataci ficou leprosa também. Então foi a vez da formiga aqueque devoradora de sementes e da formiga guiquém, da formiga tracuá e da formiga mumbuca bem preta, todas ficaram leprosas. Não tinha mais formigas em redor do herói sentado. Ele ficou com preguiça de estender o braço porque já estava moribundo. Esperou a visita da saúde, criou força e pegou no mosquito birigui mordendo o joelho dele. Passou a doença no mosquito birigui. Por isso que agora quando esse mosquito morde a gente, entra na pele, atravessa o corpo e sai do outro lado enquanto o furinho de entrada vira na bereva medonha chamada chaga de bauru.

Macunaíma tinha passado a lepra em sete outras gentes e ficou são no sufragante, voltando pra tapera. A sombra de Jiguê conferiu que o herói era muito inteligente e quis voltar desesperada pra junto da família. Era já de-noite e se confundindo com a escureza a sombra não achava mais o caminho perto. Sentou numa pedra e berrou:

— Foguinho, cunhada princesa!

A princesa coxeando muito porque estava doente de zamparina veio com um tição alumiando caminho. A sombra engoliu o fogo e a cunhada. Berrou de novo:

— Foguinho, mano Maanape!

Maanape veio logo com outro tição alumiando caminho. E se arrastava molengo porque barbeiro chupara sangue dele e Maanape estava opilado. A sombra engoliu fogo e mano Maanape. Berrou:

— Foguinho, mano Macunaíma!

Queria engolir o herói também mas Macunaíma percebendo o que sucedera pro mano e pra companheira encostou a porta e ficou bem quieto na tapera. A sombra pedia foguinho, pedia porém não recebendo resposta se lastimou até madrugada. Então Capei apareceu iluminando a terra e a leprosa pôde chegar na tapera. Sentou na canjerana da soleira e esperou o dia pra se vingar do mano.

De-manhã inda estava acocorada ali. Macunaíma acordou e escutou. Não se ouvia nada e ele concluiu:

— Arre! Foi-se!

E saiu passear. Quando passou pela porta a sombra trepou no ombro dele. O herói não maliciou nada. Estava padecendo de fome porém a sombra não deixava ele comer. Tudo o que Macunaíma pegava ela engolia, tamorita mangarito inhame biribá cajuí guaimbé guacá uxi ingá bacuri cupuaçu pupunha taperebá graviola grumixama, todas essas comidas do mato. Então Macunaíma foi pescar porque agora não tinha mais ninguém que pescasse pra ele não. Mas cada peixe que tirava do anzol e jogava no paneiro, a sombra pulava do ombro, engolia o peixe e voltava pro poleiro outra vez. O herói matutou: "Deixa estar que te arranjo!". Quando peixe pegou, Macunaíma fez um esforço heroico, deu um bruto dum arranco na vara de forma que o impulso fez o peixe ir parar lá na Guiana. A sombra correu atrás do peixe. Então Macunaíma gavionou mato fora no sentido oposto. Quando a sombra voltou, não achando mais o mano disparou no rasto dele. Depois de correr um pouco, atravessar a terra dos índios tatus-brancos e pegar um susto tamanho que passou sem pedir licença entre a sombra de Jorge Velho e a sombra do Zumbi que estavam discutindo, o herói fatigadíssimo, olhou pra trás e viu que a sombra já vinha chegando. Estava na Paraíba e tão sem vontade de chispar que parou. Era por causa do herói estar impaludado. Perto havia uns trabalhadores destruindo formigueiros para construir um açude. Macunaíma pediu água pra eles. Não tinha nem gota porém deram raiz de umbu. O herói matou a sede dos legornes, agradeceu e gritou:

— Diabo leve quem trabalha!

Os trabalhadores estumaram a cachorrada no herói. Isso mesmo que ele queria porque teve medo e chispou bem. Na frente abria a estrada das boiadas. Macunaíma isso vinha que vinha acochado pela sombra, nem turtuveou: meteu pelo estradão. Mais adiante estava dormindo um boi malabar chamado Espácio que viera do Piauí. O herói deu um trompaço nele de tanta fúria. Isso o boi saiu numa galopada louca de susto e lá foi cego manadeiro abaixo. Então Macunaíma quebrou por uma picada sem jeito e se amoitou por debaixo dum mucumuco. A sombra escutava a bulha do marruá galopeando e imaginou que era Macunaíma, foi atrás. Alcançou o boi e pra não perder a pernada fez poleiro no costado dele. E cantava satisfeita:

Meu boi bonito,
Boi Alegria,
Dá um adeus
Pra toda a família!

Ôh... êh bumba,
Folga meu boi!
Ôh... êh bumba,
Folga meu boi!

Porém nunca mais que o boi pôde comer, a sombra engolia tudo antes do bicho. Então o marruá foi ficando jururu ficando jururu magruço e lerdo. Quando passou pelo rincão chamado Água Doce perto de Guararapes, o boi mirou sarapantado bem no meio do areão a vista linda, um laranjal cheio de sombra com a galinhada ciscando por baixo. Era sinal de morte... A sombra desenganada cantava agora:

Meu boi bonito,
Boi Desengano,
Dá um adeus,
Até para o ano!

Ôh... êh bumba,
Folga meu boi!
Ôh... êh bumba,
Folga meu boi!

No outro dia o marruá estava morto. Foi esverdeando esverdeando... A sombra muito penarosa se consolava cantando assim:

O meu boi morreu,
Que será de mim?
Manda buscar outro,
— Maninha,
Lá no Bom Jardim...

E o Bom Jardim era uma estância do Rio Grande do Sul. Então veio vindo uma giganta que gostava de brincar com o marruá. Viu o boi morto, chorou bem e quis levar o cadáver pra ela.

A sombra teve raiva e cantou:

Arretira-te, giganta,
Que o caso está perigoso!

Quem se arretirou amante
Faz ação de generoso!

A giganta agradeceu e foi-se embora dançando. Então passou por ali o indivíduo chamado Manuel da Lapa carregado de folha de cajueiro e de rama de algodão. A sombra saudou o conhecido:

Seu Manué que vem do Açu,
Seu Manué que vem do Açu,
Vem carregadinho de folha de caju!

Seu Manué que vem do sertão,
Seu Manué que vem do sertão,
Vem carregadinho de rama de algodão!

Manuel da Lapa ficou muito concho com a saudação e pra agradecer dançou um sapateado e cobriu o cadáver com a folha de caju e a rama de algodão.

O velho já estava tirando a noite do buraco e a sombra toda confundida não via mais o boi debaixo dos flocos e da folhagem. Principiou dançando à procura dele. Um vaga-lume se admirou daquilo e cantou perguntando:

Linda pastorinha
Que fazeis aqui?
Vim buscar meu gado,
— Maninha,
Que eu aqui perdi.

Foi como a sombra secundou cantando. Então o vaga-lume dançando voou do tronco pra baixo e mostrou o boi pra sombra. Ela trepou na barriga verde do morto e ficou chorando ali.

No outro dia o boi estava podre. Então vieram muitos urubus, veio o urubu-camiranga, veio o urubu-paraguá, veio o urubu-jeregua o urubu-peba o urubu-ministro o urubutinga que só come olhos e língua, todos esses cabeças-peladas e principiaram dançando de contentes. O mais grande puxava a dança cantando:

Urubu é passo feio feio feio!
Urubu é passo limpo limpo limpo!

E era o urubu-ruxama, urubu-rei, o Pai do Urubu. Então mandou um urubuzinho piá entrar dentro do boi pra ver si já estava bem podre. O urubuzinho fez. Entrou por uma porta e saiu por outra dizendo que sim e todos fizeram a festa juntos dançando e cantando:

Meu boi bonito,
Boi Zebedeu,
Corvo avoando,
Boi que morreu.

Ôh... êh bumba,
Folga meu boi!
Ôh... êh bumba,
Folga meu boi!

E foi assim que inventaram a festa famanada do bumba meu boi, também conhecida por boi-bumbá.

A sombra teve raiva de estarem comendo o boi dela e pulou no ombro do urubu-ruxama. O Pai do Urubu ficou muito satisfeito e gritou:

— Achei companhia pra minha cabeça, gente!

E voou pra altura. Desde esse dia o urubu-ruxama que é o Pai do Urubu possui duas cabeças. A sombra leprosa é a cabeça da esquerda. De primeiro o urubu-rei tinha só uma cabeça.

17. Ursa Maior

Macunaíma se arrastou até a tapera sem gente agora. Estava muito contrariado porque não compreendia o silêncio. Ficara defunto sem choro, no abandono completo. Os manos tinham ido-se embora transformados na cabeça esquerda do urubu-ruxama e nem siquer a gente encontrava cunhãs por ali. O silêncio principiava cochilando à beira-rio do Uraricoera. Que enfaro! E principalmente, ah!... que preguiça!...

Macunaíma foi obrigado a abandonar a tapera cuja última parede trançada com palha de catolé estava caindo. Mas o impaludismo não lhe dava coragem nem pra construir um papiri. Trouxera a rede pro alto dum teso onde tinha uma pedra com dinheiro enterrado por debaixo. Amarrou a rede nos dois cajueiros frondejando e não saiu mais dela por muitos dias dormindo caceteado e comendo cajus. Que solidão! O próprio séquito sarapintado se dissolvera. Não vê que um ajurucatinga passara muito afobado por ali. Os papagaios perguntaram pro parente onde que ia.

— Madurou milho na terra dos ingleses, vou pra lá!

Então todos os papagaios foram comer milho na terra dos ingleses. Porém primeiro viraram periquitos porque assim, comiam e os periquitos levavam a fama. Só ficara um aruaí muito falador. Macunaíma se consolou pensamenteando: “O mal ganhado, diabo leva... paciência”. Passava os dias enfarado e se distraía fazendo o pássaro repetir na fala da tribo os casos que tinham sucedido pro herói desde infância. Aaah... Macunaíma bocejava escorrendo caju, muito mole na rede, com as mãos pra trás fazendo cabeceiro, o casal de legornes empoleirado nos pés e o papagaio na barriga. Vinha a noite. Aromado pelas frutas do cajueiro o herói ferrava no sono bem. Quando a arraiada vinha o papagaio tirava o bico da asa e tomava o café da manhã devorando as aranhas que de-noite fiavam as teias dos ramos pro corpo do herói. Depois falava:

— Macunaíma!

O dorminhoco nem se mexia.

— Macunaíma! ôh Macunaíma!

— Deixa a gente dormir, aruaí...

— Acorda, herói! É de-dia!

— Ah... que preguiça!...

— Pouca saúde e muita saúva,
Os males do Brasil são!...

Macunaíma dava uma grande gargalhada e coçava a cabeça cheia de pixilinga que é piolho-de-galinha. Então o papagaio repetia o caso aprendido na véspera e Macunaíma se orgulhava de tantas glórias passadas. Dava entusiasmo nele e se punha contando pro aruaí outro caso mais pançudo. E assim todos os dias.

Quando a Papaceia que é a estrela Vésper aparecia falando pras coisas irem dormir, o papagaio zangava por causa da história parando no meio. Uma feita ele insultou a estrela Papaceia. Então Macunaíma contou:

— Não insulta ela não, aruaí! Taína-Cã é bom. Taína-Cã que é a estrela Papaceia tem pena da Terra e manda Emoron-Pódole dar o sossego do sono deste mundo pra todas essas coisas que podem ter sossego porque não possuem pensamento que nem nós. Taína-Cã é indivíduo também... Relumeava lá no campo vasto do céu e a filha mais velha do morubixaba Zozoiaça da tribo carajá, solteirona chamada Imaerô falou assim:

— Pai, Taína-Cã relumeia tão bonito que eu quero me amulherar com ele.

Zozoiaça riu bem por causa que não podia dar Taína-Cã de casamento pra filha velha não. Vai, de-noite veio descendo o rio uma piroga de prata, um remeiro saltou dela, bateu no poial e falou pra Imaerô:

— Eu sou Taína-Cã. Escutei vosso pedido e vim numa piroga de prata. Casa comigo por favor!

— Sim, ela fez contentíssima.

Deu a rede pro noivo e foi dormir com a mana mais nova se chamando Denaquê.

No outro dia quando Taína-Cã pulou da rede todos se sarapantaram. Era um coroca enrugado enrugado, tremelicando tanto feito a luz da estrela Papaceia. Vai, Imaerô falou:

— Cai fora, coroca! Vê lá si vou casar com velho! Pra mim há-de ser um moço mui brabo mucudo e de nação carajá!

Taína-Cã ficou jururu jururu e principiou imaginando na injustiça dos homens. Porém a filha mais nova do morubixaba Zozoiaça teve pena do coroca e falou:

— Eu caso com você.

Taína-Cã brilhou de gozo. Ficaram ajustados. Denaquê preparando o enxoval cantava noite e dia:

— Amanhã por estas horas, furrum-fum-fum...

Zozoiaça respondia:

— Eu também com vossa mãe, furrum-fum-fum...

Depois que se acabaram os dedos das vossas mãos, papagaio, que são de espera pra noivo, na rede trançada por Denaquê se brincou dança de amor, furrum-fum-fum.

Nem bem o dia estava rompendo a barra, Taína-Cã pulou da rede e falou pra companheira:

— Vou derrubar mato pra fazer roçado. Agora você fica no mocambo e nunca não vai na roça me espiar.

— Sim, ela fez.

E ficou na rede, matutando gozada naquele velhinho esquisito que dera pra ela a noite mais gostosa de amor que a gente imagina.

Taína-Cã derrubou mato, botou fogo em todos os macurus de formiga e preparou a terra. Naquele tempo inda a nação carajá não conhecia as plantas boas. Era só peixe e bicho que carajá engolia.

Na outra madrugada Taína-Cã falou pra companheira que ia buscar sementes pra semear e repetiu a proibição. Denaquê ficou deitada na rede inda um bocado, matutando nas gostosuras valentes das noites de amor que o bom do coroca dava pra ela. E foi fiar.

Taína-Cã deu uma chegadinha no céu, foi até o corgo Berô, fez oração e botando uma perna em cada barreira do corgo esperou assuntando a água. Daí a pouco vieram vindo no pelo da aguinha as sementes do milho cururuca, o fumo, a maniveira, todas essas plantas boas. Taína-Cã apanhou o que passava, desceu do céu e foi no roçado plantar. Estava trabucando na Sol quando Denaquê apareceu. Era por causa que ela de sodosa quis ver o companheiro dando gostosuras tão valentes pra ela nas noites de amor. Denaquê deu um grito de alegria. Taína-Cã não era coroca não! Taína-Cã era mas um rapaz muito brabo mucudo e de nação carajá. Fizeram um macio de fumo e de maniva e brincaram pulado na Sol.

Quando voltaram pro mocambo muito se rindo um pro outro, Imaerô ficou tiririca. Gritou:

— Taína-Cã é meu! Foi pra mim que ele veio do céu!

— Sai azar! que Taína-Cã falou. Quando eu quis você não quis, pois agora brinque-se!

E trepou na rede com Denaquê. Imaerô desinfeliz suspirou assim:

— Deixe estar jacaré, que a lagoa há-de secar!...

E saiu gritando pelo mato. Virou na ave araponga que grita amarelo de inveja no quiriri do mato diurno.

Desde então por causa da bondade de Taína-Cã é que carajá come mandioca e milho e possui fumo pra se animar.

E tudo o que Carajá carecia, Taína-Cã ia no céu e voltava trazendo. Pois não é que de Denaquê, de ambiciosa, deu pra namorar com todas as estrelinhas do céu! Deu sim, e Taína-Cã que é a Papaceia enxergou tudo. Isso, até se orvalhou de tão triste, foi pegando nos teréns e foi-se embora pro vasto campo do céu. Ficou lá, trouxe mais nada não. Si a Papaceia continuasse trazendo as coisas do outro lado de lá, céu era aqui, nosso todinho. Agora é só do nosso desejo.

Tem mais não.

O papagaio dormia.

Uma feita janeiro chegado Macunaíma acordou tarde com o pio agourento do tincuã. No entanto era dia feito e a cerração já entrara pro buraco... O herói tremeu e apalpou o feitiço que trazia no pescoço, um ossinho de piá morto pagão. Procurou o aruaí, desaparecera. Só o galo com a galinha brigando por causa duma aranha derradeira. Fazia um calorão parado tão imenso que se escutava o sininho de vidro dos gafanhotos. Vei, a Sol, escorregava pelo corpo de Macunaíma, fazendo cosquinhas, virada em mão de moça. Era malvadeza da vingarenta só por causa do herói não ter se amulherado com uma das filhas da luz. A mão de moça vinha e escorregava tão de manso tão! no corpo... Que vontade nos músculos pela primeira vez espetados depois de tanto tempo! Macunaíma se lembrou que fazia muito não brincava. Água fria diz que é bom pra espantar as vontades... O herói escorregou da rede, tirou a penugem de teia vestindo todo o corpo dele e descendo até o vale de Lágrimas foi tomar banho num sacado perto que os repiquetes do tempo das águas tinham virado num lagoão.

Macunaíma depôs com delicadeza os legornes na praia e se chegou pra água. A lagoa estava toda coberta de ouro e prata e descobriu o rosto deixando ver o que tinha no fundo. E Macunaíma enxergou lá no fundo uma cunhã lindíssima, alvinha e padeceu de mais vontade. E a cunhã lindíssima era a Uiara.

Vinha chegando assim como quem não quer, com muitas danças, piscava pro herói, parecia que dizia — "Cai fora, seu nhonhô moço!" e fastava com muitas danças assim como quem não quer. Deu uma vontade no herói tão imensa que alargou o corpo dele e a boca umideceu:

— Mani!...

Macunaíma queria a dona. Botava o dedão n'água e num átimo a lagoa tornava a cobrir o rosto com as teias de ouro e prata. Macunaíma sentia o frio da água, retirava o dedão.

Foi assim muitas vezes. Se aproximava o pino do dia e Vei estava zangadíssima. Torcia pra Macunaíma cair nos braços traiçoeiros da moça do lagoão e o herói tinha medo do frio. Vei sabia que a moça não era moça não, era a Uiara. E a Uiara vinha chegando outra vez com muitas danças. Que boniteza que ela era!... Morena e coradinha que nem a cara do dia e feito o dia que vive cercado de noite, ela enrolava a cara nos cabelos curtos negros negros como as asas da graúna. Tinha no perfil duro um narizinho tão mimoso que nem servia pra respirar. Porém como ela só se mostrava de frente e fastava sem virar Macunaíma não via o buraco no cangote por onde a pérfida respirava. E o herói indeciso, vai não vai. Sol teve raiva. Pegou num rabo-de-tatu de calorão e guascou o lombo do herói. A dona ali, diz-que abrindo os braços mostrando a graça fechando os olhos molenga. Macunaíma sentiu fogo no espinhaço, estremeceu, fez pontaria, se jogou feito em cima dela, juque! Vei chorou de vitória. As lágrimas caíram na lagoa num chuveiro de ouro e de ouro. Era o pino do dia.

Quando Macunaíma voltou na praia se percebia que brigara muito lá no fundo. Ficou de bruços um tempão com a vida dependurada nos respiros fatigados. Estava sangrando com mordidas pelo corpo todo, sem perna direita, sem os dedões sem os cocos-da-baía, sem orelhas sem nariz sem nenhum dos seus tesouros. Afinal pôde se erguer. Quando deu tento das perdas teve ódio de Vei. A galinha cacarejava deixando um ovo na praia. Macunaíma pegou nele e chimpou-o no carão feliz da Sol. O ovo esborrachou bem nas bochechas dela que sujou-se de amarelo pra todo o sempre. Entardecia.

Macunaíma sentou numa lapa que já fora jabuti nos tempos de dantes e andou contando os tesouros perdidos embaixo d'água. E eram muitos, era uma perna os dedões, eram os cocos-da-baía, eram as orelhas os dois brincos feitos com a máquina patek e a máquina smith-wesson, o nariz, todos esses tesouros... O herói pulou dando um grito que encurtou o tamanho do dia. As piranhas tinham comido também o beiço dele e a muiraquitã! Ficou feito louco.

Arrancou uma montanha de timbó de açacu de tingui de cunambi, todas essas plantas e envenenou pra sempre o lagoão. Todos os peixes morreram e ficaram boiando com a barriga pra cima, barrigas azuis barrigas amarelas barrigas rosadas, todas as barrigas sarapintando a face da lagoa. Era de-tardinha.

Então Macunaíma destripou todos esses peixes, todas as piranhas e todos os botos, caqueando a muiraquitã nas barrigadas. Foi uma sangueira mãe escorrendo sobre a terra e tudo ficou tinto de sangue. Era a boca-da-noite.

Macunaíma campeava campeava. Achou os dois brincos achou os dedões achou as orelhas os nuquiiris o nariz, todos esses tesouros e prendeu todos nos lugares deles com sapé e cola de peixe. Porém a perna e a muiraquitã não achou não. Tinham sido engolidos pelo Monstro Ururau que não morre com timbó nem pau. O sangue coalhara negro cobrindo a praia e o lagoão. E era de-noite.

Macunaíma campeava campeava. Soltava gritos de lamentação encurtando com a bulha o tamanho da bicharada. Nada. O herói varava o campo, saltando na perna só. Gritava:

— Lembrança! Lembrança da minha marvada! não vejo nem ela nem você nem nada!

E pulava mais. As lágrimas pingavam dos olhinhos

azuis dele sobre as florzinhas brancas do campo. As florzinhas tingiram de azul e foram os miosótis. O herói não podia mais, parou. Cruzou os braços num desespero tão heroico que tudo se alargou no espaço pra conter o silêncio daquele penar. Só um mosquitinho raquitiquinho infernizava inda mais a disgra do herói, zumbindo fininho: "Vim di Minas... vim di Minas...".

Então Macunaíma não achou mais graça nesta terra. Capei bem nova relumeava lá na gupiara do céu. Macunaíma cismou inda meio indeciso, sem saber si ia morar no céu ou na ilha de Marajó. Um momento pensou mesmo em morar na cidade da Pedra com o enérgico Delmiro Gouveia, porém lhe faltou ânimo. Pra viver lá, assim como tinha vivido era impossível. Até era por causa disso mesmo que não achava mais graça na Terra... Tudo o que fora a existência dele apesar de tantos casos tanta brincadeira tanta ilusão tanto sofrimento tanto heroísmo, afinal não fora sinão um se deixar viver; e pra parar na cidade do Delmiro ou na ilha de Marajó que são desta terra carecia de ter um sentido. E ele não tinha coragem pra uma organização. Decidiu:

— Qual o quê!... Quando urubu está de caipora o de baixo caga no de cima, este mundo não tem jeito mais e vou pro céu!

Ia pro céu viver com a marvada. Ia ser o brilho bonito mas inútil porém de mais uma constelação. Não fazia mal que fosse brilho inútil não, pelo menos era o mesmo de todos esses parentes, de todos os pais dos vivos da sua terra, mães, pais manos cunhãs cunhadas cunhatãs, todos esses conhecidos que vivem agora do brilho inútil das estrelas.

Plantou uma semente do cipó matamatá, filho da luna, e enquanto o cipó crescia agarrou numa itá pontuda e escreveu na laje que já fora jabuti num tempo muito de dantes:

NÃO VIM NO MUNDO PARA SER PEDRA

A planta já tinha crescido e se agarrava numa ponta de Capei. O herói capenga enfiou a gaiola dos legornes no braço e foi subindo pro céu. Cantava triste:

Vamos dar a despedida,
— Taperá,
Talequal o passarinho,
— Taperá,
Bateu asa foi-se embora,
— Taperá,
Deixou a pena no ninho.
— Taperá...

Lá chegado bateu na maloca de Capei. A lua desceu no terreiro e perguntou:

— Que que quer, saci?

— Abênção minha madrinha, me dá pão com farinha?

Então Capei reparou que não era saci não, era Macunaíma o herói. Mas não quis dar pensão pra ele, se lembrando do fedor antigo do herói. Macunaíma enfezou. Deu uma porção de munhecaços na cara da Lua. Por isso que ela tem aquelas manchas escuras na cara.

Então Macunaíma foi bater na casa de Caiuanogue, a estrela-da-manhã. Caiuanogue apareceu na janelinha pra ver quem era e confundida pelo negrume da noite e a capenguice do herói, perguntou:

— Que é que quer, saci?

Mas logo pôs reparo que era Macunaíma o herói e nem esperou resposta se lembrando que ele cheirava muito fedido.

— Vá tomar banho! falou fechando a janelinha. Macunaíma tornou a enfezar e gritou:

— Vem pra rua, cafajeste!

Caiuanogue raspou um susto enorme e ficou tremendo espiando pelo buraco da fechadura. Por isso que a bonita da estrelinha é tão pecurrucha e tremelica tanto.

Então Macunaíma foi bater na casa de Pauí-Pódole, o Pai do Mutum. Pauí-Pódole gostava muito dele porque Macunaíma o defendera daquele mulato da maior mulataria na festa do Cruzeiro. Mas exclamou:

— Ah, herói, tarde piaste! Era uma honra grande pra mim receber no meu mosqueiro um descendente de jabuti, raça primeira de todas... No princípio era só o Jabuti Grande que existia na vida... Foi ele que no silêncio da noite tirou da barriga um indivíduo e sua cunhã. Estes foram os primeiros fulanos vivos e as primeiras gentes da vossa tribo... Depois, que os outros vieram. Chegaste tarde, herói! Já somos em doze e com você a gente ficava treze na mesa. Sinto muito mas chorar não posso!

— Que pena, sinh'Helena! que o herói exclamou.

Então Pauí-Pódole teve dó de Macunaíma. Fez uma feitiçaria. Agarrou três pauzinhos jogou pro alto fez em encruzilhada e virou Macunaíma com todo o estenderete dele, galo galinha gaiola revólver relógio, numa constelação nova. É a constelação da Ursa Maior.

Dizem que um professor naturalmente alemão andou falando por aí por causa da perna só da Ursa Maior que ela é o saci... Não é não! Saci inda para neste mundo espalhando fogueira e trançando crina de bagual... A Ursa Maior é Macunaíma. É mesmo o herói capenga que de tanto penar na terra sem saúde e com muita saúva, se aborreceu de tudo, foi-se embora e banza solitário no campo vasto do céu.

Epílogo

Acabou-se a história e morreu a vitória.

Não havia mais ninguém lá. Dera tangolomângolo na tribo Tapanhumas e os filhos dela se acabaram de um em um. Não havia mais ninguém lá. Aqueles lugares aqueles campos furos puxadouros arrastadouros meios-barrancos, aqueles matos misteriosos, tudo era a solidão do deserto. Um silêncio imenso dormia à beira-rio do Uraricoera.

Nenhum conhecido sobre a terra não sabia nem falar na fala da tribo nem contar aqueles casos tão pançudos. Quem que podia saber do herói? Agora os manos virados na sombra leprosa eram a segunda cabeça do Pai do Urubu e Macunaíma era a constelação da Ursa Maior. Ninguém jamais não podia saber tanta história bonita e a fala da tribo acabada. Um silêncio imenso dormia à beira-rio do Uraricoera.

Uma feita um homem foi lá. Era madrugadinha e Vei mandara as filhas visar o passe das estrelas. O deserto tamanho matava os peixes e os passarinhos de pavor e a própria natureza desmaiara e caíra num gesto largado por aí. A mudez era tão imensa que espichava o tamanhão dos paus no espaço. De repente no peito doendo do homem caiu uma voz da ramaria:

— Currr-pac, papac! currr-pac, papac!...

O homem ficou frio de susto feito piá. Então veio brisando um guanumbi e boleboliu no beiço do homem:

— Bilo, bilo, bilo, lá... teteia!

E subiu apressado pras árvores. O homem seguindo o voo do guanumbi, olhou pra cima.

— Puxa rama, boi! o beija-flor se riu. E escafedeu.

Então o homem descobriu na ramaria um papagaio verde de bico doirado espiando pra ele. Falou:

— Dá o pé, papagaio.

O papagaio veio pousar na cabeça do homem e os dois se acompanheiraram. Então o pássaro principiou falando numa fala mansa, muito nova, muito! que era canto e que era caxiri com mel-de-pau, que era boa e possuía a traição das frutas desconhecidas do mato.

A tribo se acabara, a família virara sombras, a maloca ruíra minada pelas saúvas e Macunaíma subira pro céu, porém ficara o aruaí do séquito daqueles tempos de dantes em que o herói fora o grande Macunaíma imperador. E só o papagaio no silêncio do Uraricoera preservava do esquecimento os casos e a fala desaparecida. Só o papagaio conservava no silêncio as frases e feitos do herói.

Tudo ele contou pro homem e depois abriu asa rumo de Lisboa. E o homem sou eu, minha gente, e eu fiquei pra vos contar a história. Por isso que vim aqui. Me acocorei em riba destas folhas, catei meus carrapatos, ponteei na violinha e em toque rasgado botei a boca no mundo cantando na fala impura as frases e os casos de Macunaíma, herói de nossa gente.

Tem mais não.

Apêndice

O mito de Macunaíma[1]

SÉRGIO BUARQUE DE HOLANDA

Do imenso material poético que apresenta o folclore dos nossos indígenas do Extremo Norte, o sr. Mário de Andrade retirou o personagem mítico cujas aventuras extraordinárias serviram de base para uma versão nova, admirável como trabalho de recriação e também como interpretação desse espírito mágico, que contrasta com a nossa civilização técnica, utilitária, mas que, apesar de tudo, ainda vive entre nós, sob mil formas intermediárias. Invocando uma distinção célebre, o que empreendeu o escritor paulista em *Macunaíma* foi um esforço incomparável e inédito para nos descrever o mundo estranho desse tipo humano a que Denzel[2] chamou de *homo divinans*, contraposto ao *homo faber*, e sobre o qual já se construíram tantas teorias complicadas e engenhosas. Não existe em toda a nossa literatura de imaginação — salvo, talvez, em *Cobra Norato* de Raul Bopp — uma

1 Publicado na revista *O Espelho*, Rio de Janeiro, v. 6, pp. 54-6, set. 1935. In: Sérgio Buarque de Holanda, *O espírito e a letra*. Org. de Antonio Arnoni Prado. São Paulo: Companhia das Letras, 1996. v. 1: 1920-47.

2 Referência a Bernhard Gottlieb Denzel (1773-1838), religioso e pedagogo alemão, autor, entre outros escritos, da obra *Einleitung in die Erziehungs und Unterrichts lehre für Volksschullehrer* (1814-7).

apresentação tão sugestiva e tão rica do *substractum* primitivo de nossa cultura.

Macunaíma, o "herói sem nenhum caráter", não foi construído pelo sr. Mário de Andrade. Ele vive em um sem-número de fábulas dos índios da grande família caraíba, que se expandiu desde os sertões de Mato Grosso, onde Von den Steinen[3] a encontrou em fins do século passado, representada pelos Bacairis, até a península da Flórida, onde viveram algumas das suas ramificações, à época da conquista europeia. Entre os arecunás, os taulipans e os macuxis, no norte da Amazônia, Theodor Koch-Grünberg[4] recolheu as histórias de Macunaíma que publicou no segundo volume de seu livro monumental, intitulado *Vom Roraima Zum Orinoco* [Stuttgart, edição Strecker und Schroder, 1924]. Damos abaixo duas versões de lendas corrigidas por Koch-Grünberg. A que se intitula "Macunaíma e Piá" foi coligida por Walter Roth[5] (*An inquiry into the a animism and folk-lore of the Guyana indians.* Thirtieth Annual Report of the Bureau of American Eth-

3 Etnólogo e viajante alemão (1855-1929) que participou de expedições de exploração ao Polo Sul e esteve em contato com os nativos nas regiões de Cuiabá e do Xingu, na selva brasileira, de que resultaram seus conhecidos estudos sobre os índios bacairis e bororos. Entre suas principais obras estão *Durch Zentral-Brazilien* (1886) e *Unter den Naturvölkern Zentral-Braziliens* (1894).

4 Etnólogo alemão (1872-1924) que depois de exercer o magistério em Freiburg e dirigir o Lindenmuseum de Stuttgard, em 1915, participou de expedições de estudos dos nativos nas selvas da Venezuela e do Brasil, onde morreu em outubro de 1924. Além de seu conhecido livro *Vom Roraima zum Orinoco*, aqui citado por Sérgio Buarque de Holanda, deixou também o relato *Zwei Jahre unter den Indianern* (1903-5).

5 Indólogo alemão (1821-95) também conhecido por seus estudos sobre a civilização veda, de que se destaca o ensaio *Zur Litteratur und Geschichte des Weda* (1846).

nology. Washington, 1915) e trazida para a coletânea *Indianermärchen aus Südamerika* [edição Eugen Diedrichs Jone, 1927]. Tivemos empenho em resistir a qualquer tentação de apresentar uma tradução literal das lendas, mantendo a maior fidelidade possível ao espírito do narrador indígena.

"Incêndio"

Depois da Grande Inundação, quando tudo estava seco, houve um enorme incêndio. Todos os bichos do mato entraram na terra por um orifício. Ninguém sabe onde fica esse orifício. Todas as coisas se queimaram — os homens, os morros, as pedras... Os rios secaram. E é por isso que, ainda hoje, se encontram grandes pedaços de carvão pela terra. Macunaíma fabricou homens novos com cera. Mas todos se derreteram ao calor do sol. Então fez homens de barro. Ao sol eles se endureceram. Então ele os transformou em gente.

"Macunaíma e Piá"

Há muito tempo existiu uma mulher que ficou grávida, por artes do Sol, de duas crianças gêmeas, Macunaíma e Piá. Certo dia, ainda no ventre de sua mãe, assim lhe falou Piá: "Saiamos a visitar nosso pai. Mostraremos o caminho. Apanha para nós todas as flores bonitas que enxergares pela estrada". Imediatamente ela se ergueu e partiu rumo a oeste, a fim de ir ver seu esposo.

Durante a viagem, como se fosse colhendo as flores que encontrava às margens do caminho, ela tropeçou, caiu e machucou-se. Isso aborreceu as duas crianças, que ainda não tinham nascido. E ficaram tão zangadas que mais tarde, quando a mãe lhes perguntou por onde devia seguir, negaram-se a ensinar. Sucedeu, assim, que errou de direção e finalmente, cansada e com os pés magoados, chegou a uma casa estranha. Pertencia a Konoboarú, a rã de tempestade, mãe de um jaguar. Quando a mulher, exausta da viagem, descobriu onde estava, disse à velha que lamentava ter chegado àquele lugar, pois muito ouvira contar sobre a maldade de seu filho. Então a dona da casa teve pena dela. Convenceu-lhe de que não tivesse receio e escondeu-a no pote de fazer caxiri, que cobriu com a tampa. De tarde, quando o jaguar chegou, pôs-se a fungar de um lado para o outro e a exclamar: "Mamãe, sinto cheiro de alguém. Quem está aqui?". Conquanto a mãe respondesse que não havia ninguém em casa, o jaguar assim mesmo não se deu por satisfeito. Tratou ele próprio de procurar e acabou espiando dentro da vasilha, onde descobriu a aterrorizada criatura.

Matou a pobre mulher, encontrou as duas crianças, que ainda não tinham nascido e mostrou-as à mãe dele. "Deves tomar conta das crianças e sustentá-las", disse-lhe. Ela embrulhou os pequenos em um manto de algodão a fim de aquecê-los e notou, no dia seguinte, que já tinham começado a crescer. Na outra manhã estavam bem maiores e, com o crescimento de todos os dias, dentro de um mês já eram como adultos. Então a mãe do jaguar falou que podiam usar arco e flecha e que deveriam atirar no mutum, pois fora ele — dizia — o matador de sua mãe.

Na manhã seguinte puseram-se a caminho o Piá e o Macunaíma, que entraram a alvejar os mutuns. Não havia dia em que não matassem dessas aves. E como pensassem em dar cabo de todas elas, disse-lhes então o mutum que o matador de sua mãe não fora nenhum animal de sua raça e sim o jaguar. E narrou-lhes todas as particularidades da morte. Os dois moços ficaram muito zangados quando ouviram isso, pouparam o pássaro e disseram à velha, quando chegaram de mãos vazias à casa, que o mutum lhes tomara as flechas. Isso naturalmente não era verdade, mas um simples pretexto. Eles próprios tinham escondido as flechas no mato e pretendiam fazer armas novas e mais poderosas. Quando essas armas ficaram prontas, fizeram um esconderijo em uma árvore e, quando o jaguar passou por baixo, alvejaram-no e mataram-no. Depois voltaram para casa e mataram também a mãe do jaguar.

Os dois moços seguiram então o seu caminho e chegaram por fim a um mato de algodoeiros, no meio do qual havia uma casa. Nela morava uma mulher muito velha, que em verdade era uma rã, e ali instalaram sua residência. Todos os dias iam à caça e, ao regresso, encontravam regularmente uma porção de mingau de mandioca que tinha preparado a dona da casa. "Isso é extraordinário", observou Piá ao seu irmão, "não há aqui nenhum campo e, no entanto, vê a quantidade de mandioca que nos dá a velha! Precisamos observá-la!"

No dia seguinte, em vez de ir à caça, foram ao mato, a pequena distância da casa, e esconderam-se por detrás de uma árvore, de onde podiam espiar o que sucedia lá dentro. Viram então que a velha rã tinha uma mancha branca nos ombros; repararam que, quando ela se curvava e coçava essa mancha, saía por ali a farinha de mandioca. Voltando à casa, recusaram a comida de costume, agora que sabiam a sua origem. Na manhã seguinte colheram uma porção de algodão dos arbustos vizinhos e espalharam-no pelo chão. Como a velha perguntasse para que servia aquilo, responderam eles que lhe preparavam uma cama bonita e macia. Muito contente, ela sentou-se imediatamente em cima. Mal, porém, se tinha sentado, os moços puseram fogo no algodão. A pele da velha ficou tão horrivelmente queimada que tomou o aspecto encarquilhado e áspero que ainda hoje apresenta.

Macunaíma e Piá continuaram a viagem a fim de irem ao encontro de seu pai, e chegaram logo à casa do Tapir, onde permaneceram três dias. No terceiro dia voltou o Tapir e pareceu-lhes muito liso e roliço. Os moços bem queriam saber o que tinha ele comido. Por isso seguiram os seus rastros até que encontraram uma ameixeira. Sacudiram a árvore com tamanha força que caíram todas as frutas, maduras e verdes, esparramando-se pelo chão. Quando o Tapir chegou no dia seguinte, ficou muito zangado. Voltou rapidamente para casa, deu muita pancada nos dois e foi-se embora correndo, para o mato. Os moços decidiram então segui-lo, acompanhando-o durante alguns dias. Por fim alcançaram-no. Então Piá recomendou a Macunaíma que passasse adiante, espantasse o Tapir para o seu lado e, enquanto isso, fosse preparando uma flecha de arpão. No caminho, porém, Macunaíma embaraçou-se no cordão e ficou sem uma perna.

Nas noites claras ainda podem ser vistos no céu — lá está o Tapir (Hyades), acolá Macunaíma (Orion) e mais embaixo sua perna cortada (a cinta de Orion).

"As brigas de Macunaíma"

Quando Macunaíma ainda era muito pequeno, passava todas as noites chorando e pedia à mulher de seu irmão mais velho que o levasse para fora de casa. Lá fora ele queria por força agarrá-la para se deitar com ela. A mãe dele fazia menção de levá-lo, mas ele nada de deixar. Então dizia à nora que carregasse a criança para fora de casa. Esta o conduzia a uma pequena distância, mas ele implorava que fosse ainda mais adiante. Então a mulher ia com Macunaíma mais adiante, para trás do morro. Macunaíma ainda era muito pequeno. Mas quando ali chegava virava homem e deitava-se com ela. Assim fazia ele sempre com a mulher, servindo-se dela todas as vezes em que seu irmão saía para a caça. Mas o irmão de nada sabia. Em casa Macunaíma era uma criança. Fora, virava logo homem.

O irmão mais velho apanhava as fibras do carauá a fim de fazer um laço para a anta. Disse que tinha encontrado o rastro recente de uma anta e queria colocar o laço no caminho por onde ia passar o bicho. Macunaíma pediu um laço também para ele, mas o irmão mais velho não quis dar, e disse:

— Para quê? Menino não brinca com laço. É só para gente que sabe lidar com essas coisas.

Mas o pequeno era teimoso e queria obter por força o laço. E tornava a pedir todos os dias. Afinal lhe deu o irmão mais velho um pouco de fibra de carauá, e perguntou à mãe:

— Para que esse menino quer laço?

O irmão mais velho tinha encontrado o rastro recente da anta e queria botar ali o laço. Então o pequeno falou à mãe:

— A anta não vai cair no laço dele!

E pôs o seu laço, que fez com as fibras de carauá, em um caminho antigo, por onde já não passava nenhuma anta. O irmão mais velho já tinha armado o seu laço.

No outro dia Macunaíma disse à mãe que fosse ver se tinha caído alguma anta em seu laço. Lá estava uma. A mãe voltou e disse que a anta já tinha morrido. Então o menino falou à mãe que dissesse ao irmão mais velho para tirar a anta e cortá-la. Ela precisou dizer isso duas vezes porque o irmão não queria acreditar. E falou:

— Eu sou mais velho e não há nenhuma anta em meu laço. Por que razão haveria no laço desse menino?

Macunaíma falou à sua mãe:

— Diga-lhe que leve a mulher dele para que carregue a carne.

Quando o irmão tinha partido em companhia da mulher, a fim de cortar a anta, Macunaíma disse à mãe que não devia ir junto. E quando o irmão tinha cortado a anta, Macunaíma disse à mãe para lhe avisar que trouxesse o animal inteiro para casa; ele próprio queria distribuir a carne. Mas o irmão mais velho não lhe quis dar nenhum pedaço de carne, pois era muito criança. Então levou toda a carne para casa e deu os intestinos da anta para o menino. Este ficou muito zangado.

O irmão mais velho percebeu que Macunaíma andava fazendo das suas com a mulher dele. Saiu a caçar, mas voltou do meio do caminho a fim de espreitar o menino. Esperou junto ao lugar para onde a mulher tinha o hábito de ir sempre com Macunaíma. Então ela chegou com o menino no colo. Quando estavam atrás do morro, ela pôs a criança no chão. Então Macunaíma virou homem. E crescia até não poder mais. (O menino era muito gordo.) Pegou a mulher e deitou-se com ela. O irmão viu tudo. Agarrou um pedaço de madeira e deu uma sova bem dada em Macunaíma.

Mas Macunaíma começou a ficar farto dessa vida. E disse à mãe: "Mamãe, quem levará a casa ao cume da montanha alta?".

E disse ainda:

— Fecha os olhos! Diga esta frase: "Quem leva a casa ao cume da montanha?".

Quando a mãe fechou os olhos, Macunaíma disse:

— Fica ainda mais um pouquinho de olhos fechados.

Então ele levou a casa e todas as plantas, bananeiras e outras, para o cume da montanha. Depois disse:

— Abre os olhos!

Quando ela abriu os olhos, já estava tudo no alto da montanha.

Então ela jogou lá embaixo uma casca de banana com um pedacinho da fruta, porque o irmão de Macunaíma e sua família não tinham de que comer — o pequeno carregara tudo. Macunaíma perguntou:

— Por que isso?

— Seu irmão está com fome, respondeu ela.

Então o menino disse:

— Faz para eles a bebida caxiri.

Durante o dia a mãe deu alguns nós em uma corda de fibra de meriti, a fim de preparar o caxiri, e jogou a corda para o filho, lá embaixo.

Aí o menino falou à sua mãe:

— Diz, mamãe, quem levará a casa, de novo, para baixo. Fecha os olhos e diz essas palavras: "Quem leva a casa de novo para baixo?". Assim fez ela. Então o menino disse:

— Deixa os olhos fechados, ainda um pouquinho. — E pôs a casa de novo, lá embaixo, em um lugar diferente, perto da residência de seu irmão. Trouxe então o irmão com sua família à sua casa, no cume da montanha. Mas o irmão estava muito magro. Dançaram e o irmão ficou bêbedo e caiu. Macunaíma riu-se, pois ele estava muito magro e todos os seus ossos apareciam, mesmo os do traseiro. Então o irmão comeu muito e ficou de novo gordo.

Certo dia o irmão ia com os outros irmãos a caçar e deixou sua esposa em casa com o menino e a mãe. A mãe foi ver as plantações e Macunaíma ficou só em casa com a mulher. Transformou-se em uma pulga de areia para fazê-la rir. A princípio ela não se riu. Então ele se transformou em um homem, com o corpo coberto de feridas, para fazê-la rir. Pois o que ele queria era abrandá-la mais um pouco. Aí a mulher começou a rir. Macunaíma caiu em cima dela e deitaram-se os dois. O irmão mais velho soube de tudo, mas fez de conta que não sabia. Pois só pensava na fome que tinha tido e além disso não podia passar sem seu irmãozinho. Por isso mesmo resolveu não brigar nunca mais com ele. Então morreu a mãe deles no lugar chamado "Pai da Tocandira" ou Murazapombo. A casa da mãe chama-se Araliamaintepe. É uma montanha.

Carta a Carlos Drummond de Andrade

São Paulo, nem sei se é 18 ou 19 de janeiro de 1927

Que é isso Carlico, desconfio que você está me devendo carta porém mesmo que não esteja porque agora você não me escreve mais! Vamos, toca pra diante qualquer assunto e venha discutindo. Falar nisso, você não comentou aquela minha rabecada em você por causa das suas considerações estéticas ou coisa que o valha sobre o que seja conto, se lembra? Você veio com história, que conto é isto e mais aquilo, e eu secundei que conto era conto e só conto. Que todas as considerações sobre isso não prestavam e você bico, não concordou nem discordou, se anime homem![1] Pois hoje recebi o primeiro exemplar do meu *Primeiro andar*, até que enfim, puxa! Imagine que o livro sai datado de setembro do ano passado, se eu ficar célebre seria muito engraçado que os bibliógrafos se pusessem procurando nos jornais a notícia do livro e só depois de janeiro essas notícias aparecessem... Enfim, aqui também você vai encontrar muito conto que não será conto na regra do conto nem nada. Porém juro que é conto. Agora além de contos são porcarias, puxa! Estou com vergonha, palavra. Tem cada besteira! Porém ter coragem das suas próprias besteiras me parece neste caso muito útil pros outros. Vocês que julgam-me com algum valorzinho, se um sujeito com mais de vinte anos apresentasse pra vocês certas páginas que escrevi com mais de vinte anos, tenho certeza que vocês concluíam logo: este sujeito não dá pra nada. E será mesmo que dei! Deixemos de humildades falsas, tenho certeza que dei sim. É verdade que entre o que vocês pensam que pra isso dei e o que eu penso vai um estirão de légua e meia. Vocês inda estão convencidos que estou fazendo obras enquanto não faço senão ações. Minhas ações é que têm valido alguma coisa, minhas obras, com um pouco mais de brilhação não deixando ver elas bem, não passam de Primeiros Andares. Como o romance me foi prometido pro sábado, depois d'amanhã, espero mandar os dois livros pra vocês na semana que vem. Pretendia escrever pra *tutti quanti* da fazenda[2] porém afora algumas urgências não escrevi pra ninguém. Nem vadiei tampouco. O caso é que me veio na cachola o diacho duma ideia de romance engraçado e já posso apresentar pra você o sr. Macunaíma, índio legítimo que me filiou aos indianistas da nossa literatura e andou fazendo o diabo por esses Brasis à procura da muiraquitã perdida. Os heróis, além desse principal, são os manos dele Maanape já velhinho e Guiguê[3] na força do homem. E o gatuno da muiraquitã é o regatão peruano Venceslau Pietro Pietra que é o gigante Piaimã, comedor de gente. Não tem senão dois capítulos meus no livro, o resto são lendas aproveitadas com deformação ou sem ela. Está me parece que um gosto e já escrito inteirinho o romance, e em segunda redação. Podia publicar hoje. Porém inda estou com ideia de fazer uma terceira redação depois do livro descansado duns seis meses. Daí pego nele e torno a passar a limpo definitivamente e com mais alguma ideia se aparecer. Eis o nome dos capítulos: Macunaíma; Maioridade; Ci, Mãe do Mato; Piaimã; A francesa e o gigante; Macumba; Vei, a Sol; Carta pras Icamiabas; Pauí-Pódole; As três normalistas; A velha Ceiuici; Teque-teque, Chupinzão e a injustiça dos homens; A piolhenta do Guiguê; Muiraquitã; A pacuera de Oibê; Uraricoera; Torre Eiffel; Epílogo.[4] Tem prefácio também já escrito e importante.[5] Os títulos geralmente indicam o episódio culminante no capítulo porém em geral os capítulos têm mais dum episódio. Não está apetitoso? Porém antes desse livro tenho mais dois pra botar na rua: o *Clã do jabuti* e a *História da música*.[6] Esta inda não escrevi! Vai ser uma trabalheira infernal por estes meses até junho. Hoje estive revendo um poucadinho o *Clã* e no caso das dedicatórias fiquei indeciso a respeito de você. Não sei se dedico pra você "O poeta come amendoim" ou deixo pra depois dedicar "Nízia Figueira, sua criada". Qual que você escolhe, hem? Diga sem salamaleque na carta próxima e fixo isso.[7] Pretendia escrever uma página e já vão duas. Ciao. Ah, ia me esquecendo de dar os parabéns pelo *Diário de Minas*. Vi duma assentada todos os números guardados aqui e fiquei entusiasmado com o que vocês estão fazendo nele. Está cutubíssimo o trabalho. Mas com que pseudônimos você escreve? Não te percebo lá dentro.

Bom, té-logo. Beije a mão de sua companheira por mim e escreva homem.

Mário

Tenho um favor pra pedir pra você. Você vai fazer o impossível pra ver se me arranja aí um livro ou folheto sobre o "Aleijadinho" dum fulano chamado Rodrigo José Ferreira Bretas, aparecido talvez por 1858.[8] Primeiro vá aí na Biblioteca Pública ver o que é. Não tem pressa mas tem importância. Com paciência talvez você descubra algum exemplar. Pergunte pra todos os conhecidos. Papel de fuinha. E mande dizer o preço que mandarei o arame. Ciao.

Notas de Carlos Drummond de Andrade

1. Assunto provocado na carta de 23 de novembro de 1926. É famosa a definição de conto dada por Mário de Andrade em *O empalhador de passarinho* (*Obras completas*, XX. São Paulo: Martins, 1944-65, p. 7): "Em verdade,

sempre será conto aquilo que seu autor batizou com o nome de conto". Considera a forma do conto "indefinível, insondável, irredutível a receitas" (Ibid., p. 10).

2. Fazenda Santa Isabel, em Araraquara, São Paulo, de propriedade de parentes de MA. Aí passava férias, quando estudante. Mais tarde, frequentou-a para restauração da saúde. Vendida a propriedade, passou a hospedar-se na chácara da Sapucaia, ou "chácara do tio Pio", na realidade seu primo Pio Lourenço Correia, nas imediações da cidade de Araraquara. Nessa chácara foi escrito *Macunaíma*.
3. Na versão definitiva do livro, está grafado *Jiguê*.
4. Os títulos foram mantidos no texto final de *Macunaíma*, com exceção de "Torre Eiffel", substituído por "Ursa Maior", e o acréscimo de "Boiuna Luna". *Ceiuici* passou a *Ceiuci*.
5. *Macunaíma* teve dois prefácios, além dos esboços de mais outros dois, nenhum deles aproveitado no livro. Estão reproduzidos em fac-símile na edição crítica da obra, estabelecida por Telê Porto Ancona Lopez (1978), que transcreve de Haroldo de Campos (p. 365):

   O autor *arrependeu-se* dos dois prefácios que compôs para o livro. Achou o primeiro insuficiente e o segundo suficiente demais. O primeiro por ter sido escrito antes da obra pronta, e enquanto ela lhe aparecia como uma simples *brincadeira*, segundo a sua própria expressão. E o segundo, escrito em março deste ano [1928] depois de ter findo o livro — talvez por ter dado uma importância excessiva à obra como *sintoma de cultura nacional*. Decidiu então publicar o livro sem explicação nenhuma. O público que o entendesse como quisesse.

6. Seria publicada em 1929 sob o título *Compêndio de história da música*. Refundida, passou a intitular-se *Pequena história da música*, 1942. (*Obras completas*, VIII, op. cit.)
7. Mário de Andrade dedicou-me "O poeta come amendoim", poema que abre *Clã do jabuti*.

8. "Traços biográficos relativos ao finado Antônio Francisco Lisboa/ distinto escultor mineiro, mais conhecido pelo apelido de Aleijadinho", texto de Rodrigo José Ferreira Bretas, publicado no *Correio Official* de Minas Gerais (Ouro Preto, 1858). Depois, em *Revista do Arquivo Público Mineiro* (Ouro Preto, 1896) e *O Aleijadinho de Vila-Rica*, de Gastão Penalva (1937). Há edição anotada nas *Publicações da diretoria do Patrimônio Histórico e Artístico Nacional: Antônio Francisco Lisboa* (1951).

Prefácio*

(Prefácio inédito escrito imediatamente depois de terminada a primeira versão.)

1926

Este livro carece dumas explicações pra não iludir nem desiludir os outros.

Macunaíma não é símbolo nem se tome os casos dele por enigmas ou fábulas. É um livro de férias escrito no meio de mangas abacaxis e cigarras de Araraquara, um brinquedo. Entre alusões sem malvadeza ou sequência desfatiguei o espírito nesse capoeirão da fantasia onde a gente não escuta as proibições os temores, os sustos da ciência ou da realidade — apitos dos polícias, breques por engraxar. Porém imagino que como todos os outros o meu brinquedo foi útil. Me diverti mostrando talvez tesouros em que ninguém não pensa mais.

O que me interessou por *Macunaíma* foi incontestavelmente a preocupação em que vivo de trabalhar e descobrir o mais que possa a entidade nacional dos brasileiros. Ora depois de pelejar muito verifiquei uma coisa me parece que certa: o brasileiro não tem caráter. Pode ser que alguém já tenha falado isso antes de mim porém a minha conclusão é (uma) novidade pra mim porque tirada da minha experiência pessoal. E com a palavra caráter não determino apenas

* O texto de ambos os prefácios e das notas a eles concernentes foi estabelecido por Telê Ancona Lopez e Tatiana Longo Figueiredo, a partir do manuscrito no arquivo Mário de Andrade, no IEB-USP.

uma realidade moral não em vez entendo a entidade psíquica permanente, se manifestando por tudo, nos costumes na ação exterior no sentimento na língua na História na andadura, tanto no bem como no mal.

(O brasileiro não tem caráter porque não possui nem civilização própria nem consciência tradicional. Os franceses têm caráter e assim os jorubas e os mexicanos. Seja porque civilização própria, perigo iminente ou consciência de séculos tenha auxiliado, o certo é que esses uns têm caráter.) Brasileiro (não). Está que nem o rapaz de vinte anos: a gente mais ou menos pode perceber tendências gerais, mas ainda não é tempo de afirmar coisa nenhuma. Dessa falta de caráter psicológico creio otimistamente, deriva a nossa falta de caráter moral. Daí nossa gatunagem sem esperteza, (a honradez elástica/ a elasticidade da nossa honradez), o desapreço à cultura verdadeira, o improviso, a falta de senso étnico nas famílias. E sobretudo uma existência (improvisada) no expediente (?) enquanto a ilusão imaginosa feito Colombo de figura-de-proa busca com olhos eloquentes na terra um eldorado que não pode existir mesmo, entre panos de chãos e climas igualmente bons e ruins, dificuldades macotas que só a franqueza de aceitar a realidade poderia atravessar. É feio.

Pois quando matutava nessas coisas topei com Macunaíma no alemão de Koch-Grünberg. E Macunaíma é um herói surpreendentemente sem caráter. (Gozei.) Vivi de perto o ciclo das façanhas dele. Eram poucas. Inda por cima a história da moça deu enxerto cantando pra outro livro mais sofrido, tempo da Maria... Então veio vindo a ideia de aproveitar pra um romancinho mais outras lendas casos brinquedos costumes brasileiros ou afeiçoados no Brasil. Gastei muito pouca invenção neste poema fácil de escrever.

Quanto a estilo, empreguei essa fala simples tão sonorizada, música mesmo, por causa das repetições, que é costume dos livros religiosos e dos contos estagnados no rapsodismo popular. Foi pra fastarem de minha estrada essas gentes que compram livros pornográficos por causa da pornografia. Ora si é certo que meu livro possui além de sensualidade cheirando alguma pornografia e mesmo coprolalia não haverá quem conteste o valor calmante do brometo de meu estilo, aqui/ dum estilo assim.

Não podia tirar a documentação obscena das lendas. Uma coisa que não me surpreende porém ativa meus pensamentos é que em geral essas literaturas rapsódicas e religiosas são frequentemente pornográficas e em geral sensuais. Não careço de citar exemplos. Ora uma pornografia desorganizada é também da quotidianidade nacional. Paulo Prado, espírito sutil pra quem dedico este livro, vai salientar isso numa obra de que aproveito-me antecipadamente.

E se ponha reparo que falei em "pornografia desorganizada". Porque os alemães científicos, os franceses de sociedade, os gregos filosóficos, os indianos especialistas, os turcos poéticos etc. existiram e existem, nós sabemos. A pornografia entre eles possui caráter étnico. Já se falou que três brasileiros estão juntos, estão falando porcaria... De fato. Meu interesse por Macunaíma seria hipocritamente preconcebido por demais se eu podasse do livro o que é da abundância das nossas lendas indígenas (Barbosa Rodrigues, Capistrano de Abreu, Koch-Grünberg) e desse pro meu herói amores católicos e discrições sociais que não seriam dele pra ninguém.

Se somando isso com minha preocupação brasileira, profundamente pura, temos *Macunaíma*, livro meu.

Quanto a algum escândalo possível que o trabalho possa causar, sem sacudir a poeira das sandálias, que não uso sandálias dessas, sempre tive uma paciência (muito) piedosa com a imbecilidade pra que o tempo do meu corpo não cadenciasse meus dias de luta com noites cheias de calma/ pra que no tempo do corpo não viessem cadenciar meus dias de luta as noites cheias de calma.

Araraquara, 19 de dezembro de 1926

… pra que não viessem cadenciar minhas lutas, umas noites dormidas bem (umas noites dormidas com calma).

(Este livro afinal não passa duma antologia do folclore brasileiro.)

(Um dos meus interesses foi desrespeitar lendariamente a geografia e a fauna e flora geográficas. Assim desregionalizava o mais possível a criação ao mesmo tempo que conseguia o mérito de conceber literariamente o Brasil como entidade homogênea — um conceito étnico nacional e geográfico.)

(Dizer também que não estou convencido pelo fato simples de ter empregado elementos nacionais, de ter feito obra brasileira. Não sei si sou brasileiro. É uma coisa que me preocupa e em que trabalho porém não tenho convicção de ter dado um passo grande pra frente não.)

Nota para prefácio

Eu não tenho a veleidade de estar atenazando nem desencaminhando ninguém não. Pelo contrário ando sentindo já uma certa precisão de mostrar que minhas mudanças de pesquisa de livro pra livro, nem são tanta mudança assim, antes é transformação concatenada, desbastada e completada da mesma pesquisa inicial.

Os que imaginarem pois que eu mudei mais uma feita com este livro me parece que se enganam bem. Pelo contrário: nada mais provável na minha obra depois de *Amar, verbo intransitivo* e *Clã do jabuti*, do que o livro de agora. Sem vontade de pandegar sinto lógica em estabelecer uma equação assim:

Amar, verbo intransitivo + *Clã do jabuti* = *Macunaíma*

Contar a embrulhada geográfica proposital de fauna e flora.

Nota para prefácio

Evidentemente não tenho a pretensão de que meu livro sirva pra estudos científicos de folclore. Fantasiei quando queria e sobretudo quando carecia pra que a invenção permanecesse arte e não documentação seca de estudo. Basta ver a macumba carioca desgeograficada com cuidado, com elementos dos candomblés baianos e das pajelanças paraenses. Com elementos dos estudos já publicados, elementos colhidos por mim dum ogã carioca "bexiguento e fadista de profissão" e dum conhecedor das pajelanças, construí o capítulo a que inda ajuntei elementos de fantasia pura. Os meus livros podem ser resultado dos meus estudos porém ninguém não estude nos meus trabalhos de ficção, leva fubeca.

Prefácio

(Prefácio inédito escrito quando da impressão do livro.)
1928

Este livro de pura brincadeira escrito na primeira redação em seis dias ininterruptos de rede, cigarros e cigarras na chacra de Pio Lourenço perto do ninho da luz que é Araraquara, afinal resolvi dar sem mais preocupação. Já estava me enquizilando... Jamais não tive tanto como diante dele a impossibilidade de ajuizar dos valores possíveis duma obra minha.

Não sei ter humildades falsas não e se publico um livro é porque acredito no valor dele. O que reconheço é que muitas vezes publico uma coisa ruim em si, por outros valores que podem resultar dela. É o caso por exemplo do poder de ensaios de língua brasileira, tão díspares entre si, tão péssimos alguns. Não me amolo que sejam péssimos e mesmo que minha obra toda tenha a transitoriedade precária da minha vida. O que me interessa mesmo é dar pra mim o destino que as minhas possibilidades me davam. E que tenho sido útil: as preocupações, as tentativas, as amizades e até as repulsas (dinâmicas?) que tenho despertado provam bem. Principalmente disso vem o orgulho tamanho que possuo e me impede completamente qualquer manifestação de vaidade. Eu não me contentei em desejar a felicidade, me fiz feliz.

Ora este livro que não passou dum jeito pensativo e gozado de descansar umas férias, relumeante de pesquisas e intenções, muitas das quais só se tornavam conscientes no nascer da escrita, me parece que vale um bocado como sintoma de cultura nacional.

Me parece que os melhores elementos duma cultura nacional aparecem nele. Possui psicologia própria e maneira de expressão própria. Possui uma filosofia aplicada entre otimismo ao excesso e pessimismo ao excesso dum país bem onde o praciano considera a Providência como sendo brasileira e o homem da terra pita o conceito da pachorra mais que fumo. Possui aceitação sem timidez nem vanglória da entidade nacional e a concebe tão permanente e unida que o país aparece desgeograficado no clima na flora na fauna no homem, na lenda, na tradição histórica até quanto isso possa divertir ou concluir um dado sem repugnar pelo absurdo. Falar em "pagos" e "querências" em relação às terras do Uraricoera é bom. Além disso possui colaboração estrangeira e aproveitamento dos outros, complacente, sem temor, e sobretudo sem o exclusivismo de todo ser bem-nascido pras ideias comunistas. O próprio herói do livro que tirei do alemão de Koch-Grünberg, nem se pode falar que é do Brasil. É tão ou mais venezuelano como da gente e desconhece a estupidez dos limites pra parar na "terra dos ingleses" como ele chama a Guiana Inglesa. Essa circunstância do herói do livro não ser absolutamente brasileiro me agrada como o quê. Me alarga o peito bem, coisa que antigamente os homens expressavam pelo "me enche os olhos de lágrimas".

Agora: não quero que imaginem que pretendi fazer deste livro uma expressão de cultura nacional brasileira. Deus me livre. É agora, depois dele feito, que me parece descobrir nele um sintoma de cultura nossa. Lenda, história, tradição, psicologia, ciência, objetividade nacional, cooperação acomodada de elementos estrangeiros passam aí. Por isso que malicio nele o fenômeno complexo que o torna sintomático.

Quanto às intenções que bordaram o esquerzo, tive intenções por demais. Só não quero é que tomem Macunaíma e outros personagens como símbolos. É certo que não tive intenção de sintetizar o brasileiro em Macunaíma nem o estrangeiro no gigante Piaimã. Apesar de todas as referências figuradas que a gente possa perceber entre Macunaíma e o homem brasileiro, Venceslau Pietro Pietra e o homem estrangeiro, tem duas omissões voluntárias que tiram por completo o conceito simbólico dos dois: a simbologia é episódica, aparece por intermitência quando calha pra tirar efeito cômico e não tem antítese. Venceslau Pietro Pietra e Macunaíma nem são antagônicos, nem se completam e muito menos a luta entre os dois tem qualquer valor sociológico. Se Macunaíma consegue retomar a muiraquitã é porque eu carecia de fazer ele morrer no Norte. E é impossível de se ver na morte do gigante qualquer aparência de simbologia. As próprias alusões, sem continuidade ao elemento estrangeiro que o gigante faz nascer, concorrem pra minha observação do sintoma cultural do livro: é uma complacência gozada, uma acomodação aceita tão conscientemente que a própria mulher dele é uma caapora e a filha vira estrela. Me repugnaria bem que se enxergasse em Macunaíma a intenção minha dele ser o herói nacional. É o herói desta brincadeira, isso sim, e os valores nacionais que o animam são apenas o jeito dele possuir o "Sein" de Keyserling a significação imprescindível a meu ver, que desperta empatia. Uma significação não precisa de ser total pra ser profunda. E é por meio de "Sein" (ver o prefácio do tradutor em *Le Monde qui Naît*) que a arte pode ser aceita dentro da vida. Ele é que fez da arte e da vida um sistema de vasos comunicantes, equilibrando o líquido que agora não turtuveio em chamar de lágrima.

Outro problema do livro que careço explicar é da imoralidade. Palavra que seria falso concluir pela imoralidade e pela porcariada mesmo que está aqui dentro, que me comprazo com isso. Quando muito admito que concluam que me comprazo... com o brasileiro. Uma coisa fácil de constatar é a constância da porcaria e da imoralidade nas lendas de primitivos em geral e nos livros religiosos. Não só aceitei mas acentuei isso. Não vou me desculpar falando que as flores do mal dão horror do mal não. Até que despertam muito a curiosidade... Minha intenção aí foi verificar uma constância brasileira que não sou o primeiro a verificar, debicá-la numa caçoada complacente que a satiriza sem tomar um pitium moralizante. Macunaíma afinal afrouxou e num esforço... de herói, se acaba ver peixe, pela... boca. Mas me repugnava servir de mendoim pra piazotes e velhotes. Empreguei todos os calmantes possíveis: a perífrase, as palavras indígenas, o cômico, e um estilo poético inspirado diretamente dos livros religiosos. Creio que assim pude restabelecer a paz entre os homens de boa vontade.

E resta a circunstância da falta de caráter do herói. Falta de caráter no duplo sentido de indivíduo sem caráter moral e sem característico. Está certo. Sem esse pessimismo eu não seria amigo sincero dos meus patrícios. É a sátira dura do livro. Heroísmo de arroubo é fácil de ter. Porém o galho mais alto dum pau gigante que eu saiba não é lugar propício pra gente dormir sossegado.

Como se vê não é o preconceito contra a moral nem vergonha de parecer moralista na roda inda decadente que me leva a certas complacências.

Nas épocas de transição social como a de agora é duro o compromisso com o que tem de vir e quase ninguém não sabe. Eu não sei. Não desejo a volta do passado e por isso já não posso tirar dele uma fábula normativa. Por outro lado o jeito de Jeremias me parece ineficiente. O presente é uma neblina vasta. Hesitar é sinal de fraqueza, eu sei. Mas comigo não se trata de hesitação. Se trata duma verdadeira impossibilidade, a pior de todas, a de nem saber o nome das incógnitas. Dirão que a culpa é minha, que não arregimentei o espírito na cultura legítima. Está certo. Mas isso dizem os pesados de Maritain, dizem os que espigaram de Spengler, os que pensam por Wells ou por Lenine e viva Einstein!

Mas resta pros decididos como eu que a neblina da época está matando o consolo maternal dos museus. Entre a certeza decidida que eletrocuta e a fé franca que se recusa a julgar, nasci pra esta. Ou o tempo nasceu por mim... Pode ser que os outros sejam mais nobres. Mais calmos certamente que não. Mas não tenho medo de ser mais trágico.

27 de março de 1928

Cronologia

1893 Mário Raul de Moraes Andrade nasce no dia 9 de outubro, em São Paulo. Seu pai, de origem modesta, no final dos anos 1870 funda o primeiro jornal vespertino da cidade. Depois trabalha como guarda-livros (contabilista) e comerciante. Sua mãe descendia de família rica. O avô materno, ex-presidente de Goiás e ex-deputado provincial de São Paulo durante o Império, era dono do diário *O Constituinte* e professor da Faculdade de Direito. Mário nasce na casa do avô, onde seus pais também residem: rua Aurora, 320, bairro de Santa Ifigênia (hoje demolida). Em seu último livro de poemas, escreveria: "Meus pés enterrem na rua Aurora" ("Quando eu morrer", *Lira paulistana*, 1945). E também: "Na rua Aurora eu nasci/ Na aurora de minha vida/ E numa aurora cresci".

1896 Muda-se com a família — pai, mãe, irmão (Carlos, nascido em 1889), avó, tia-madrinha — para um sobrado de esquina no largo do Paissandu, 26. Viveria até 1921 nesse sobrado, que não existe mais. "No Paiçandu deixem meu sexo", pediria em "Quando eu morrer" (1945).

1899 Em 6 de fevereiro, nasce seu irmão Renato.

1901 Nasce sua irmã Maria de Lourdes, em 17 de agosto.

1904 Escreve o primeiro poema, cantado, com palavras inventadas.

1905 Matricula-se no Ginásio de Nossa Senhora do Carmo, dirigido por religiosos maristas.

1909 Lê muito, frequenta concertos e conferências. Começa a estudar piano, em casa, com a mãe e a tia.

1910 Ingressa na Escola de Comércio Álvares Penteado, no largo São Francisco, para aprender o ofício de guarda-livros do pai. Fica na escola por dois meses e sai por desentendimentos com o professor de português. Frequenta como ouvinte a Faculdade Livre de Filosofia, Ciência e Letras de São Bento, no mosteiro beneditino. Cursa apenas o primeiro ano de filosofia. Lê principalmente literatura: Anatole France, Paul Verlaine, Émile Verhaeren, Paul Claudel, Henri Bergson, poesia católica, filosofia grega. Começa a formar uma biblioteca particular que até sua morte, em 1945, chegaria a mais de 17 mil volumes. Adquire um quadro do pintor italiano Torquato Bassi, iniciando uma coleção de artes visuais que alcançaria mais de 1200 itens.

1911 É admitido no terceiro ano do Conservatório, onde seu irmão Renato já estuda piano. Pretende ser pianista profissional.

1912 É monitor de teoria musical no Conservatório, sem remuneração. E vira sócio fundador da Sociedade de Cultura Artística, com o irmão Carlos.

1913 Passa a lecionar piano e história da música no Conservatório.

Em 22 de junho, seu irmão Renato morre das complicações de uma cabeçada durante um jogo de futebol na escola. Mário cai em grave depressão. Passa algumas semanas na chácara Sapucaia, propriedade de um primo materno em Araraquara, o "tio Pio". De volta a São Paulo em setembro, assume-se poeta e desiste de ser concertista.

1914 Matricula-se no curso de canto do Conservatório. Escreve poesia parnasiana. Lê *Só*, de António Nobre.

1915 Em 11 de setembro, é publicado no *Jornal do Commercio* seu primeiro texto de imprensa, a crítica musical "No conservatório dramático e musical: Sociedade de concertos clássicos".

1916 Congregado mariano, em fevereiro escreve ao vigário-geral de São Paulo, solicitando permissão para a leitura de Balzac e Maeterlinck (*Obras completas*), Flaubert (*Madame Bovary*, *Salammbô*), Heine (*Reisebilder*, *Neue Gedichte*) e o *Grand Dictionnaire Larousse*, então proscritos pelo

Índex da Congregação do Santo Ofício. Mas se esquece de enviar a solicitação ao Arcebispado.

Alista-se como voluntário no Exército. Participa de exercícios militares no Rio de Janeiro.

1917 Seu pai morre em 15 de fevereiro de ataque cardíaco.

Em junho, publica *Há uma gota de sangue em cada poema*, primeira coletânea poética, de inspiração parnasiana e católica, assinada com o pseudônimo Mário Sobral.

Em novembro, conhece Oswald de Andrade, jornalista do *Jornal do Commercio*, onde publica "O Brasil na guerra", discurso patriótico sobre a Primeira Guerra Mundial. Torna-se amigo de Anita Malfatti, de quem frequenta a polêmica *Exposição de pintura moderna*, inaugurada em dezembro. A mostra de Malfatti, montada no Palacete Prates, à rua Líbero Badaró, congrega entre seus visitantes alguns membros do futuro "núcleo duro" do modernismo paulista: Mário, Oswald, Guilherme de Almeida, Di Cavalcanti.

1918 Solicita ser admitido como noviço na Venerável Ordem Terceira do Carmo. Em junho, recebe diploma de membro da Congregação da Imaculada Conceição de Santa Efigênia.

Colabora como crítico musical no vespertino *A Gazeta*.

1919 Em março, torna-se irmão da Ordem Terceira do Carmo.

Em junho, viaja pela primeira vez às cidades históricas de Minas Gerais. Conhece o poeta Alphonsus de Guimaraens em Mariana.

Lê Baudelaire (*O spleen de Paris* e *As flores do mal*).

Estuda alemão com Else Eggebert, esposa de um organista, sob cuja influência faz leituras sobre o expressionismo germânico e a música dodecafônica.

1920 Integra o grupo informal dos "avanguardistas", como eram chamados pela imprensa paulistana — Oswald, Menotti Del Picchia, Guilherme e Tácito de Almeida, Rubens Borba de Moraes, Di Cavalcanti —, ou dos "rapazes modernistas", como prefere.

Frequenta o estúdio de Victor Brecheret.

Lê Walt Whitman, além de modernistas e expressionistas europeus.

Inicia sua coleção de documentos de folclore e cultura popular.

Começa a escrever *Pauliceia desvairada*, seu segundo título de poesia. Pioneiros do modernismo literário no Brasil, os novos poemas incorporam influências expressionistas, futuristas e simbolistas.

1921 A família se muda para a Barra Funda, então um bairro periférico da zona ferroviária de São Paulo. Os Andrade compram imóveis na rua Lopes Chaves. Exceto pela permanência no Rio de Janeiro, entre 1938 e 1940, esse será seu endereço definitivo. Desenha o projeto de estantes, mesa, poltrona e sofá para seu quarto e estúdio na Lopes Chaves a partir de imagens de móveis expressionistas alemães.

Na nova casa acontecem reuniões regulares do grupo modernista. "Na Lopes Chaves a cabeça/ Esqueçam" ("Quando eu morrer").

Em 27 de maio, Oswald assina no *Jornal do Commercio* o artigo "O meu poeta futurista", no qual revela à cidade e ao mundo a existência do poeta Mário de Andrade. Segundo Oswald, Mário "é longo como um círio e evoca [...] um cálice do Graal suspenso aos lábios ávidos da *girl* babilônica que é esta cidade de mil portas". O poeta publicamente "denunciado" rejeita o rótulo "futurista" e em resposta reivindica um caminho estético autônomo no artigo "Futurismo?", de 6 de julho. A polêmica faz com que Mário perca alunas de piano.

Conhece Sérgio Buarque de Holanda em São Paulo, pouco antes da mudança do futuro autor de *Raízes do Brasil* para o Rio. Em outubro, viaja com Oswald à capital federal, onde é apresentado a Manuel Bandeira.

Em dezembro, escreve o "Prefácio interessantíssimo", primeiro manifesto modernista do Brasil, para figurar no recém-concluído *Pauliceia desvairada*.

Anita Malfatti começa a pintar seu retrato, em óleo sobre tela, concluído no ano seguinte.

1922 É catedrático de estética e história da música no Conservatório.

Participa da organização da Semana de Arte Moderna, realizada no Theatro Municipal de São Paulo entre 11 e 18 de fevereiro, com o patrocínio do milionário Paulo Prado e de outros ricaços paulistas. No primeiro dia do festival, Mário recita poemas de *Pauliceia desvairada*, ainda inédito. É vaiado pelo público. Também realiza uma conferência sobre arte moderna que seria a primeira versão do manifesto poético *A escrava que não é Isaura* (1925). Mais vaias.

Integra-se ao grupo de *Klaxon. Mensário de Arte Moderna*, órgão oficial dos "rapazes modernistas" que circula em nove números, entre maio de 1922 e janeiro de 1923. Entre os editores, Mário, Oswald, Menotti, Di Cavalcanti, Manuel Bandeira e Graça Aranha. Assina textos de poesia, estética, artes visuais e cinema, vários deles com pseudônimo.

Em 21 de julho, publica *Pauliceia desvairada*, pagando com as próprias economias. A capa é projeto seu, inspirada na novela *Arlecchino*, do futurista italiano Ardengo Soffici.

Escreve os primeiros poemas de *Losango cáqui* (1926), cujo título alude à cor do fardamento do Exército brasileiro na época.

Forma o Grupo dos Cinco com Tarsila do Amaral (recém-chegada da Europa), Anita Malfatti, Oswald e Menotti Del Picchia. Tarsila e Anita o retratam em pastel.

Inicia a correspondência com Sérgio Buarque de Holanda e Manuel Bandeira.

1923 Estuda alemão com a professora Käthe Meichen-Blosen, por quem nutre uma paixão platônica. Käthe é o modelo de Fräulein, a preceptora da novela *Amar, verbo intransitivo* (1927), que começa a escrever.

Lê sobre marxismo e psicanálise.

Zina Aita o retrata num desenho a nanquim sobre papel.

1924 "Viagem da descoberta do Brasil": Mário, Oswald e Tarsila, além de Olívia Guedes Penteado, rica mecenas do movimento modernista, passam a Semana Santa em Minas Gerais para acompanhar Blaise Cendrars, ora em visita ao Brasil. Conhece Pedro Nava e Carlos Drummond de Andrade na capital mineira.

Faz intensas pesquisas linguísticas sobre poesia e música popular, visando à construção de uma nova linguagem literária. Inicia a "desgeograficação" da poesia com os poemas de *Clã do jabuti* (1927). Faz experiências com a "língua brasileira" em *Amar, verbo intransitivo* e nos contos de *Belazarte*, livros em preparo.

Apaixona-se platonicamente por Carolina da Silva Telles, filha de Olívia Penteado e casada com Gofredo da Silva Telles.

Elogia *Memórias sentimentais de João Miramar*, novo romance de Oswald, mas recebe com reservas seu "Manifesto da poesia pau-brasil".

Compra uma máquina de escrever Remington e a batiza de Manuela, em homenagem ao amigo Manuel Bandeira.

1925 Em janeiro, publica *A escrava que não é Isaura. Discurso sobre algumas tendências da poesia modernista* na *Revista do Brasil*.

Começa a correspondência com Drummond.

Escreve os poemas "Louvação matinal" e "Louvação da tarde", que sairão no volume *Remate de males* (1930).

Em dezembro, escreve o primeiro balanço da Semana de 1922 e do movimento modernista numa série especial do jornal carioca *A Noite*.

1926 Intensifica as pesquisas sobre a cultura popular brasileira. Compõe sua única canção: "Viola quebrada".

Nas férias de fim do ano, entre dezembro e janeiro, escreve a primeira e a segunda versões de *Macunaíma* na chácara em Araraquara, inspirado pela leitura de *Vom Roraima zum Orinoco*, do antropólogo alemão Theodor Koch-Grünberg.

Publica a coletânea poética *Losango cáqui ou Afetos militares de mistura com os porquês de eu saber alemão*, com capa de Di Cavalcanti, e de *Primeiro andar* (contos). Como de hábito, a impressão é paga pelo autor.

Convidado por Oswald, torna-se crítico do suplemento paulistano do diário *A Manhã*, do Rio de Janeiro.

1927 Novas redações de *Macunaíma* se estendem até as vésperas da publicação, no ano seguinte.

Entre maio e agosto, acompanhado por Olívia Guedes Penteado, Margarida Guedes Nogueira (sobrinha de Olívia) e Dulce do Amaral Pinto, filha de Tarsila, realiza uma longa viagem de pesquisa etnográfica. A excursão, de navio, sobe o rio Amazonas a partir de Belém, passando pela ilha de Marajó, Santarém e Óbidos para alcançar o rio Negro. De Manaus chegam até Iquitos, no Peru, na única ocasião em que Mário sai do Brasil. Na volta, sobem o rio Madeira até a fronteira da Bolívia. Escreve o *Diário do turista aprendiz* (edição póstuma, 1977). Na viagem começa a escrever a narrativa *Balança, trombeta e battleship ou O descobrimento da alma*, publicada postumamente em 1994.

Publica a novela *Amar, verbo intransitivo* (*idílio*) e os poemas de *Clã do jabuti*. O autor paga a impressão e projeta as capas.

Lasar Segall pinta seu retrato em óleo sobre tela.

1928 Em maio, publica *Macunaíma, o herói sem nenhum caráter* (*rapsódia*). Meses depois, sai o *Ensaio sobre música brasileira*.

Redige em três dias de agosto o libreto de *Pedro Malazarte*, ópera cômica em um ato, com música de Mozart Camargo Guarnieri. A composição da partitura, completada em 1932, é acompanhada por Mário. A ópera estrearia em 1953, no Theatro Municipal do Rio de Janeiro.

Entre dezembro de 1928 e março de 1929, viaja ao Nordeste para pesquisar sobre a música, o folclore e a cultura popular da região. Visita Salvador (onde encontra Jorge de Lima e José Lins do Rego), Maceió, Recife e Natal (hospedado na casa de Câmara Cascudo). Publica no *Diário Nacional* a série de crônicas *O turista aprendiz*.

1929 Planeja, com o material das viagens de 1927 e 1928, a obra *Na pancada do ganzá*, série enciclopédica sobre música e dança popular que ficará inédita. Os livros que a compõem — *Danças dramáticas do Brasil*, *Música de feitiçaria no Brasil*, *Melodias do boi e outras peças* e *Os cocos* — foram publicados postumamente.

Inicia pesquisa para o *Dicionário musical brasileiro*, obra que não conclui (edição póstuma em 1989). Publica o *Compêndio de história da música*.

Inicia o romance *Café*, que ficará inacabado, sendo publicado em 2015 sob os cuidados de Tatiana Longo Figueiredo.

Rompe a amizade com Oswald.

1930 Publica *Modinhas imperiais*, crítica e antologia, e a coletânea poética *Remate de males*, que contém o famoso "Eu sou trezentos...".

Apoia a Revolução de 1930, deflagrada em outubro.

1932 Apoia a Revolução Constitucionalista, iniciada em julho. O *Diário Nacional* e o Partido Democrático são fechados após a derrota de São Paulo, em setembro.

1933 Torna-se crítico do *Diário de S. Paulo* (até 1935).

Adoece com nefrite. As doenças de Mário de Andrade se multiplicam a partir desse ano, ligadas a seu estado depressivo. Recorre a temporadas em Araraquara para se recuperar.

Amar, verbo intransitivo é traduzido para o inglês e publicado em Nova York.

1934 Publica *Belazarte* (contos) e *Música, doce música* (coletânea de artigos críticos).

Fábio Prado, prefeito da capital paulista, convida Mário de Andrade para chefiar o Departamento de Cultura.

1935 No final de maio, é nomeado simultaneamente chefe da divisão de Expansão Cultural e diretor do Departamento de Cultura da Prefeitura de São Paulo. Em agosto, inaugura a Discoteca Pública. Cria parques infantis e projeta casas de cultura.

Publica os ensaios de *O Aleijadinho e Álvares de Azevedo*.

Candido Portinari pinta seu retrato em óleo sobre tela.

1936 Prepara a segunda edição de *Macunaíma*, realizando acréscimos e refusões.

No Departamento de Cultura, promove concursos sobre assuntos variados como: mobília proletária, suíte para banda, peça sinfônica e quarteto de cordas, leitura educativa.

1937 É lançada a segunda edição de *Macunaíma* pela Livraria José Olympio Editora, do Rio de Janeiro.

Promove, pelo Departamento de Cultura, o I Congresso da Língua Nacional Cantada, no qual apresenta quatro trabalhos, publicados nos *Anais* do encontro. Projeta o regulamento do Departamento. Contrata o casal Dina e Claude Lévi-Strauss para ministrar um curso de etnografia.

Posiciona-se contra o Estado Novo, decretado em novembro.

Cria o Serviço do Patrimônio Histórico e Artístico Nacional (SPHAN) com Rodrigo de Melo Franco Andrade.

1938 Escreve para *O Estado de S. Paulo*.

Por discordâncias com o novo prefeito, Prestes Maia, deixa a direção do Departamento de Cultura.

Funda com o casal Lévi-Strauss a Sociedade de Etnografia e Folclore, tornando-se o primeiro presidente.

Muda-se para o Rio de Janeiro. Em julho, assume os cargos de catedrático de filosofia e história da arte e diretor do Instituto de Artes da Universidade do Distrito Federal, no Rio.

A frustração pela saída do Departamento de Cultura e a mudança para o Rio lançam Mário em dura crise: isola-se, bebe, desgasta a saúde. Torna-se paciente de Pedro Nava.

1939 Torna-se consultor técnico do Instituto Nacional do Livro (INL), onde elabora projeto para uma enciclopédia brasileira.

Participa da programação cultural do Ministério da Educação e Saúde, chefiado por Gustavo Capanema.

Frequenta o grupo de jovens escritores da *Revista Acadêmica*, do Rio, entre os quais Moacir Werneck de Castro e Carlos Lacerda.

Inicia a redação de *Quatro pessoas*, romance inacabado (publicação póstuma em 1985).

Flávio de Carvalho pinta seu retrato em óleo sobre tela.

1940 Escreve novo ensaio sobre Portinari para a exposição do pintor no Museu Nacional de Belas Artes.

Estabelece contato com escritores e intelectuais argentinos.

Agravam-se seus problemas de saúde.

1941 Regressa a São Paulo e à rua Lopes Chaves.

Trabalhando na seção paulista do SPHAN, inicia a pesquisa sobre o pintor e padre Jesuíno do Monte Carmelo.

Com a antologia *Poesias*, inicia sua ligação com a Livraria Martins Editora.

1942 Publica *Pequena história da música*. “A expressão musical dos Estados Unidos” é traduzido na Argentina.

Em abril, profere a conferência “O movimento modernista", retrospecto do modernismo brasileiro, na Biblioteca do Itamaraty, e depois na Faculdade de Direito da Universidade de São Paulo.

Vira sócio fundador da Sociedade dos Escritores Brasileiros e sócio correspondente da Sociedade de Etnologia e Antropologia.

Colabora nos jornais *Diário de S. Paulo*, *O Estado de S. Paulo* e *Folha de S.Paulo.*

Recusa convites de viagens aos Estados Unidos e à Argentina.

1943 *Macunaíma* é traduzido para o espanhol na Argentina.

Escreve os poemas de *O carro da miséria* e um ensaio sobre Lasar Segall.

Inicia a publicação das *Obras completas* pela Livraria Martins com *Aspectos da literatura brasileira*, *Os filhos da Candinha*, *O baile das quatro artes* e *Obra imatura*, esta reunindo *Há uma gota de sangue em cada poema*, contos de *Primeiro andar* e *A escrava que não é Isaura.*

1944 Manifesta repúdio ao nazismo e se declara a favor da liberdade de pensamento e da arte interessada.

Escreve *Lira paulistana*, onde consta o poema "Quando eu morrer".

Recusa proposta de Murilo Miranda para uma edição de luxo para *Macunaíma* e o publica pela Livraria Martins, nas *Obras completas.*

Compra o sítio Santo Antônio, em São Roque, doze alqueires com construções bandeiristas do século XVII, a fim de torná-lo um retiro para artistas.

Em setembro, viaja a Belo Horizonte para conhecer o complexo arquitetônico e paisagístico da Pampulha, projetado por Oscar Niemeyer.

1945 Participa do I Congresso Brasileiro de Escritores, em São Paulo, entre 22-26 de janeiro.

Em 25 de fevereiro, morre de infarto do miocárdio em sua casa, em São Paulo. É enterrado no Cemitério da Consolação.

Pouco depois de sua morte, sai *Lira paulistana.* "Minha viola quebrada,/ Raiva, anseios, lutas, vida,/ Miséria, tudo passou-se/ Em São Paulo".

Outras leituras

AMARAL, Aracy (Org.). *Correspondência de Mário de Andrade e Tarsila do Amaral*. São Paulo: Edusp, 1999.

BATISTA, Marta Rossetti (Org.). *Coleção Mário de Andrade: Religião e magia, música e dança, cotidiano*. São Paulo: Edusp; Imprensa Oficial, 2004.

BOSI, Alfredo. *História concisa da literatura brasileira*. São Paulo: Cultrix, 2006.

BOTELHO, André. *De olho em Mário de Andrade*. São Paulo: Companhia das Letras, 2012.

"CRONOLOGIA de Mário de Andrade". *Revista do IEB*, São Paulo, Universidade de São Paulo, n. 36, pp. 247-56, 1994.

FONSECA, Maria Augusta. *Por que ler Mário de Andrade*. São Paulo: Globo, 2013.

GONÇALVES, Marcos Augusto. *1922 — A semana que não terminou*. São Paulo: Companhia das Letras, 2012.

LOPEZ, Telê Ancona. "Mário de Andrade, a biblioteca e Baudelaire". Texto apresentado na exposição *A presença da França na biblioteca de intelectuais brasileiros*. São Paulo: Casa das Rosas, 2009. Disponível em: <http://www.ieb.usp.br/marioscriptor/escritos/mario-de-andrade-a-biblioteca-e-baudelaire.html>. Acesso em: 3 dez. 2015.

MORAES, Marcos Antonio de (Org.). *Correspondência de Mário de Andrade e Manuel Bandeira*. São Paulo: Edusp, 2000.

SANTOS, Marcelo Burgo dos. "O turista aprendiz: breves notas e observações sobre a viagem de formação de Mário de Andrade". *Revista Aurora*, São Paulo, PUC-SP, n. 6, 2009.

Machado de Assis

Quincas Borba

Introdução de
JOHN GLEDSON
Notas de
CRISTINA CARLETTI

Publicado pela primeira vez em livro em 1891, portanto depois de *Memórias póstumas de Brás Cubas* (1880) e antes de *Dom Casmurro* (1899), *Quincas Borba* é uma das obras mais marcantes da fase realista de Machado de Assis. O romance remete ao Machado contista que começava a abordar temas historicamente mais próximos de sua época e a explorar os conflitos psicológicos de seus personagens.

O romance, narrado com o ceticismo e a ironia implacável tão presentes na obra machadiana, conta a história do provinciano Rubião — herdeiro do filósofo Quincas Borba — e dos tipos urbanos que o levam à ruína.

Esta edição de *Quincas Borba*, além de mais de uma centena de notas explicativas, traz uma extensa e abrangente introdução do britânico John Gledson, estudioso do autor e tradutor de *Dom Casmurro* para o inglês.

1ª EDIÇÃO [2016]
2ª EDIÇÃO [2016] 7 reimpressões

Esta obra foi composta em Sabon por Alexandre Pimenta e impressa
em ofsete pela Geográfica sobre papel Pólen Soft da Suzano S.A.
para a Editora Schwarcz em março de 2024